A História é uma das disciplinas do saber a que melhor se associam os impulsos do imaginário: o passado revivido como recriação dos factos, e também como fonte de deleite, de sortilégio e, quantas vezes, de horror. A colecção «A História como Romance» tentará delinear, no enredo das suas propostas, um conjunto de títulos fiel ao rigor dos acontecimentos históricos, escritos numa linguagem que evoque o fascínio que o passado sempre exerce em todos nós.

1. *Rainhas Trágicas*, Juliette Benzoni
2. *Papas Perversos*, Russel Chamberlin
3. *A Longa Viagem de Gracia Mendes*, Marianna Birnbaum
4. *A Expedição da Invencível Armada*, David Howart
5. *Princesas Incas*, Stuart Stirling
6. *Heréticos*, Anna Foa
7. *Senhores da Noite*, Juliette Benzoni
8. *Maria Antonieta*, Claude Dufresne

MARIA ANTONIETA

O escândalo do prazer

Título original:
Marie-Antoinette

© 2006 Éditions Bartillat

Tradução: Pedro Elói Duarte

Revisão: Luís Abel Ferreira

Capa de José Manuel Reis

Ilustração de capa:
(Casa da Imagem) SUPERSTOCK / AEI

ISBN: 978-972-44-1348-8

Depósito Legal n° 252769/07

Paginação, impressão e acabamento:
Manuel A. Pacheco

para
EDIÇÕES 70, LDA.
Janeiro de 2007

Todos os direitos reservados para língua portuguesa
por Edições 70

EDIÇÕES 70, Lda.
Rua Luciano Cordeiro, 123 – 1° Esq° - 1069-157 Lisboa / Portugal
Telefs.: 213190240 – Fax: 213190249
e-mail: geral@edicoes70.pt

www.edicoes70.pt

Esta obra está protegida pela lei. Não pode ser reproduzida,
no todo ou em parte, qualquer que seja o modo utilizado,
incluindo fotocópia e xerocópia, sem prévia autorização do Editor.
Qualquer transgressão à lei dos Direitos de Autor será passível
de procedimento judicial.

Claude
DUFRESNE

MARIA ANTONIETA

O escândalo do prazer

À minha mulher, Danielle

Introdução

A finalidade deste livro não é contar a vida de Maria Antonieta. O destino trágico da rainha-mártir já foi objecto de tantos comentários que seria supérfluo acrescentar outros. No frontão da História, independentemente dos erros tão graves quanto incontestáveis que tenha cometido, o «assassinato» de Maria Antonieta permanece como uma mancha sangrenta. Com efeito, deve falar-se de assassinato e não de julgamento, uma vez que ainda antes de comparecer diante do tribunal estava já condenada no espírito daqueles que lhe ditariam a sorte. Não é de admirar que vários escritores se tenham debruçado sobre o destino de Maria Antonieta. O percurso que a conduziu desde o topo da glória até ao abismo do opróbrio, a vida que começa no trono para terminar no cadafalso, o amor apaixonado que lhe devota todo um povo e que se transforma em ódio feroz, não parecem episódios de uma ópera grandiosa? A mutação sofrida pela heroína, à medida que passa pelas mais variadas contrariedades, não evoca as metamorfoses de uma personagem de romance? Maria Antonieta, a mulher superficial, indolente, indiferente às realidades, ávida apenas do seu prazer, quando chega o tempo da desgraça eleva-se até aos mais elevados cumes do espírito. A princesinha demasiado mimada, caprichosa, que julgávamos ligar apenas a futilidades, encerra em si inesperados encantos de alma. Nos derradeiros momentos da sua vida, dá o exemplo de uma dignidade inabalável e caminha para o suplício como uma verdadeira rainha. É claro que o conhecimento da sua personalidade chega demasiado tarde para a salvar da morte, mas, pelo menos, permite que a posteridade lhe faça justiça.

Este relato não é, portanto, um livro clássico de história, não analisa os acontecimentos do *exterior*, mas sim do *interior*. Partindo do princípio de que o comportamento de Maria Antonieta obedece, antes de tudo, aos impulsos do seu coração, é à escuta dos seus batimentos que nos colocamos, são os movimentos resultantes que pretendemos seguir.

Projecto ambicioso, temerário até, aquele que consiste, dois séculos depois, em entrar na intimidade de uma mulher como ela, querer desvendar os mistérios de uma alma tão complexa quanto a sua, pretender desvelar um aspecto que ela própria ocultou enquanto viveu. Mas é também uma sensação exaltante encontrarmo-nos frente-a-frente com uma criatura tão espontânea, tão desconcertante, e tentar compreendê-la, para melhor a poder julgar.

À custa de pesquisas pacientes, do estudo de documentos pouco conhecidos, alguns escondidos sob a mortalha do tempo, juntando aquilo que se sabe com aquilo que se pode deduzir, fazendo uma amálgama subtil entre a interpretação científica dos factos e a análise psicológica dos sentimentos, é possível pintar um retrato de Maria Antonieta, se não diferente, ainda assim mais humano, mais sensível, mais vibrante do que aquele que a História nos legou. E, na sequência desta exploração apaixonante e apaixonada, a pouco e pouco, algumas acções da rainha, que podiam parecer insensatas, explicam-se e, por vezes, até se justificam. Em todo o caso, obedecem, na maioria, ao mesmo motivo: em Maria Antonieta, a necessidade de amar e ser amada é de tal modo imperiosa que a pode levar a cometer actos que depois lamentará e que a posteridade não lhe perdoará. Mas esta obstinação na procura do amor será, ao mesmo tempo, a sua desculpa e o aspecto mais comovente da sua personalidade.

I
A razão de Estado

Não tenhamos medo das palavras: os casamentos reais dos séculos passados não estavam muito distantes das práticas de algumas tribos de África. «Vendia-se» uma princesa por um trono, tal como se vendia uma escrava por um rebanho de carneiros. Se as formas da transacção diferem, os princípios são os mesmos. Às críticas justificadas que estas acções poderiam provocar, a resposta é sempre a mesma: a sacrossanta razão de Estado! Em nome da razão de Estado, coloca-se, numa noite, na mesma cama, dois adolescentes que nunca se tinham encontrado, com a missão de produzirem o maior número possível de herdeiros masculinos, no mínimo tempo possível. Sim, repetimo-lo, trata-se de um costume bárbaro; no entanto, foi este costume que, durante mais de mil anos, regeu o processo matrimonial de todos os soberanos.

Nesta aventura, quem tem mais razões de queixa não é o rapaz; mesmo que a parceira que lhe impuseram não seja um modelo de beleza, depressa se consolará com outras por si escolhidas; em relação à esposa, só terá a obrigação de fazer com que fique grávida de dois em dois anos, o que não exige grande assiduidade da sua parte. Cumprida esta formalidade, poderá então «viver a sua vida» com quem lhe aprouver. Mas a jovem, que pensará ela da obrigação a que está sujeita? Que sentirá quando é tratada como uma mercadoria de exportação? Que é feito dos seus sonhos, aspirações e quimeras que alimentou desde a adolescência? Que é feito da procura do príncipe encantado, que todas as raparigas desejam, quando as primeiras emoções precipitam o batimento dos seus corações? Aqueles que traçaram para sempre o destino de uma princesa não se preocuparam em sondar o seu estado de alma, e muito menos em pedir-lhe a opinião. É costume admitir que o facto de se tornar rainha basta para assegurar a felicidade de uma mulher. Portanto, que importa que tenham sido consideradas meras máquinas de procriar, Maria, a mulher de Carlos VII, Margarida da Escócia, de Luís XI, Cláudia, de Francisco I, Catarina, de Henrique II, Ana, de Luís XIII, ou Maria Teresa, de Luís XIV! Sim, que importa que tenham sido abandonadas, ultrajadas pelos maridos e motivo de troça da Corte e do povo! O essencial era que o sistema funcionasse e, em quase todos os casos, funcionou perfeitamente, até Maria Antonieta. Ao longo dos séculos, com efeito, raros são os gestos de revolta destas Ifigénias sacrificadas no altar da razão. São educadas, ou melhor, «preparadas», em função do papel que lhes é atribuído; por conseguinte, quando chega o momento de desempenharem o papel em questão, mesmo que isso não lhes agrade, por que razão se recusariam a tal? Por vezes, na altura de deixar a família, a princesa, que, na maioria das vezes, é ainda uma criança, sofre uma crise de choro, mas é-lhe pedido que esconda o mais depressa possível o desespero e que mostre um rosto sorridente ao marido, que ela ainda não conhece, mas a quem terá de se submeter. Além disso, a ternura recebida dos pais foi sempre pouca. Nas famílias reais, não é costume manifestar grande afeição às filhas, porque estão destinadas quer a morrer cedo, quer a tornar-se moeda de troca. Vemo-las, pois, a afastarem-se sem lamentos supérfluos e com perfeita consciência disso. Por último, os preceptores encarregados de as educar tomam o cuidado de não lhes despertar demasiado a inteligência: só lhes ensinam o estritamente necessário para desempenharem o seu papel de figurante real. Esta táctica proporciona a vantagem de lhes proteger a tranquilidade de espírito durante o máximo de tempo possível. A infanta Maria Teresa, casada com o jovem Luís XIV, após a longa guerra que opusera os Habsburgos aos Bourbons, ignorou durante mais de dez anos os «feitos» extraconjugais do marido. Teria de ser muito inocente, já que o rei não se coibia de exibir as suas amantes. Além disso, o que reforça a passividade das soberanas é a presença quase permanente, a seu lado, de um confessor, a quem obedecem

A razão de Estado

piamente. Abeatadas, ocupadas com duas ou três missas diárias, como poderiam elas ter tempo para se dedicar às intrigas da Corte?

Só circunstâncias excepcionais permitem que algumas delas saiam da delicada letargia a que estavam confinadas. Será, por exemplo, o caso de Catarina de Médecis, que, após a morte de Henrique II, dirige o reino de França durante trinta anos. Igualmente, Ana de Áustria, que, quando tem de assumir, face à Fronda, pesadas responsabilidades, revelará uma personalidade inesperada. Mas estes são casos raros.

Com Maria Antonieta, esta tradição de docilidade será seriamente abalada. Se quisermos esquematizar, pode atribuir-se ao seu comportamento duas fases distintas: durante os primeiros anos, não só não procura intrometer-se nos assuntos do reino, como também demonstra em relação a estes uma indiferença que alguns considerarão censurável. Isto, principalmente, porque a política a aborrecia e porque não percebia muito do assunto. Depois, começou a interessar-se cada vez mais e, como não tinha experiência na matéria nem qualquer disposição natural para governar, a maioria das suas iniciativas será mal interpretada. Mas, em todos os casos, independentemente da atitude da rainha, as suas acções e gestos obedecem aos impulsos do coração. Guiada por estes impulsos, não tem tempo para reflectir; por isso tantas decisões infelizes que em vez de afastarem as ameaças que pesam sobre o regime, as aproximam. Mais tarde, na altura das provações supremas por que terá de passar, é também no coração que encontrará os recursos para lhes fazer frente.

Será que esta espontaneidade, que a leva a agir e lhe interdita muitas vezes a reflexão, exclui também a inteligência? Alguns afirmam isso mesmo e põem esse rumor a circular na opinião pública. Sejamos justos: devido a algumas tomadas de posição irreflectidas, a própria Maria Antonieta favorece a propagação das maledicências, ajuda os inimigos a duvidarem das qualidades do seu espírito. Também aqui, a rainha restabelecerá a verdade por ocasião do seu processo; as suas réplicas às acusações de Fouquier-Tinville, as suas explicações precisas, a sua habilidade em evitar as armadilhas nas quais os juízes se esforçavam por a fazer cair, dizem-nos bem que esta «leviana» não era uma desmiolada. Mas seria preciso o espectro da morte para o revelar...

Mas ainda não chegámos aí; estamos apenas no tempo da felicidade, no tempo da despreocupação, no tempo dos divertimentos... É um quadro idílico que se oferece aos nossos olhos; nas alamedas do parque de Schönbrunn, os risos alegres que se ouvem em cascata são risos de raparigas... Subitamente, ao virar de um arvoredo, uma graciosa aparição; ela é loura, frágil, com ar de uma pequena fada, a excitação da corrida inflama-lhe o olhar, o seu jovem peito incha à procura do fôlego, enquanto que, com um gesto elegante, se apoia no ramo de uma árvore... Aparecem duas outras raparigas, suas irmãs, um pouco mais velhas do que ela; com gritos de triunfo, precipitam-se sobre a irmã mais nova e empurram-na sem cerimónia. Então, em simultâneo, as três atiram-se para o chão e uma nova cascata de risos jorra dos lábios ávidos das jovens...

Sim, é muito graciosa, esta arquiduquesa de Áustria, a quem a família chama Antónia ou Toinette, mas não ainda Maria Antonieta, nome demasiado solene para o seu gosto. Pois a jovem foge a tudo o que tenha a ver com obrigações. É claro que, nas recepções oficiais, em Hofburg, é obrigada a estar junto da mãe, a imperatriz Maria Teresa, mas assim que as cerimónias terminam, manda passear a etiqueta e volta a correr para as suas brincadeiras. Desde tenra idade que Antónia está habituada a fazer só o que quer. E como centenas de ideias lhe passam pela cabeça, não é fácil controlar a princesinha. Mas como fazê-lo? Tem grande encanto e sabe muito bem usá-lo para desarmar as críticas. Mas seria bonita, a travessa Antónia? André Castelot, na excelente biografia que lhe dedicou, responde a esta pergunta:

«É mais do que isso! Apesar de uma testa alta e saliente, dos dentes mal alinhados, de um nariz um pouco aquilino, de um lábio inferior que já descai desdenhosamente, ela é adorável...»

O seu preceptor, o abade de Vermond, aponta no mesmo sentido quando escreve: «Tem um aspecto encantador, reúne todas as graças da compostura, e se, como é de esperar, crescer um pouco, possuirá todas as virtudes que se pode desejar de uma princesa. O seu carácter e coração são excelentes...»

Atentemos um pouco nesta alusão ao seu coração. Desde muito nova, Antónia – chamemos-lhe ainda assim por agora – demonstra uma sensibilidade à flor da pele. Certa noite, durante um jantar, quando o irmão José narra uma montaria que termina na morte do veado, ela desata a chorar e abandona precipitadamente a mesa. A mãe, para lhe aliviar o desgosto, ficou junto dela o resto da noite.

Outro exemplo desta sentimentalidade excessiva: no ano anterior, o pequeno Mozart foi dar um recital em Schönbrunn. Embora não prestasse grande atenção à música, enquanto o jovem tocava, Antónia não conseguia reter as lágrimas, de tão comovida. Mozart podia ser um génio, mas não deixava de ser uma criança; logo que o recital terminou, arrastou consigo a jovem arquiduquesa; os dois, esquecendo a solenidade do lugar, fizeram ressoar os seus gritos e risos pelas galerias do palácio. E, de repente, o jovem prodígio, tomando a mão de Antónia, pergunta-lhe num tom premente: «Serei teu marido?». «Oh sim, tu e mais ninguém!», responde ela no mesmo tom.

É assim que este coração, cujas pulsões ela seguirá, muitas vezes sem discernimento, se manifesta já na mais pequena ocasião e lhe vale a indulgência dos que a rodeiam. É que esta garota graciosa, vivaz e delicada enche de desespero a mãe e os professores, pois é impossível fazer com que se interesse pelos estudos. Com treze anos de idade, não sabe praticamente nada, nem o francês, língua das cortes, nem a sua própria língua. Do ensino que lhe é ministrado, aprecia apenas a dança, para a qual o seu jovem corpo, cheio de graça, parece ser feito. O seu preceptor, o bravo abade de Vermond, que Maria Teresa mandara vir expressamente de França, já não sabe a que santo rezar: «Tem mais espírito do que se pensava», escreve ele. «Infelizmente, este espírito não foi habituado a nenhuma convenção até aos doze anos... Alguma preguiça e muita leviandade tornaram a sua instrução mais difícil. Comecei, durante seis semanas, por noções de belas-letras. Compreendia-me bem quando lhe apresentava ideias muito claras; a sua apreciação era quase sempre justa, mas não conseguia habituá-la a aprofundar um único tema, embora sentisse que ela era capaz disso. Acho que só se conseguia a atenção do seu espírito divertindo-a.»

Divertir-se... A palavra-chave é entretenimento... Eis o que irá governar os seus pensamentos e acções. Para satisfazer o desejo de se divertir, Maria Antonieta vai desperdiçar as oportunidades que o destino lhe concede. Mas, entretanto, sabe tão bem usar os seus encantos que desarma todas as reprimendas. E, de repente, produz-se um verdadeiro golpe de teatro que irá transformar a sua vida de rapariga despreocupada. Fartas de lutarem entre si desde há dois séculos, as casas de Áustria e dos Bourbons resolveram fazer a paz de uma vez por todas. Se pensarmos nas ruínas que as suas lutas causaram, é de lamentar que os seus dirigentes não tenham pensado nisso mais cedo... Seja como for, para cimentar a nova aliança, que melhor garantia senão um contrato matrimonial? É assim que pensam Luís XV e Maria Teresa. A imperatriz tem várias filhas casadouras, e sugere que Maria Antonieta, a mais nova, poderia desposar o delfim, o futuro Luís XVI, enquanto que a mais velha, a arquiduquesa Isabel, casaria... com o próprio Luís XV! No ponto em que se encontram as cortes de Viena e de Paris, porquê estar com minudências?

A ideia não desagradava ao rei de França, pois a prometida tem vinte e cinco anos, ou seja, menos vinte e sete do que ele. É uma diferença de idade que o monarca, dado o seu gosto pelas jovens, não pode deixar de apreciar. Mas no círculo do rei, principalmente entre as suas três filhas, surgem protestos; sendo seriamente encarada a união entre Maria Antonieta e o delfim, Luís XV, ao desposar Isabel, tornar-se-ia cunhado do seu neto! Situação que poderia ser motivo de galhofa em toda a Europa... Renunciam então ao projecto, mas, na falta do avô, a imperatriz Maria Teresa não pretende abandonar o neto. Vai, pois, insistir no caso com toda a tenacidade de que é capaz. E durante três anos, entre Paris e Viena, dança-se uma valsa de hesitações; Choiseul([1]) dando um passo à frente, mas recuando logo a seguir quando Kaunitz, seu homólogo austríaco, pensa levar a sua avante. Por fim, em 1770, Maria Teresa suspira de alívio: a filha mais nova casará com Luís Augusto e será a futura rainha de França!

Como é que esta criança de catorze anos recebe a grande notícia? Como de costume, com despreocupação. Não há dúvida de que não tem consciência das consequências de tal acontecimento. Ou então, se compreende o seu significado, a ideia de ter um marido deve diverti-la, como se fosse um novo jogo. Além disso, ela sabe bem que a sorte de uma princesa está ligada à política do Estado. Deste modo, na sua fértil imaginação, este casamento de conveniência depressa se confunde com um casamento de amor. Não conhece o noivo, o que lhe permite sonhar com ele à vontade e atribuir-lhe a sedução de um príncipe encantado. Como é incapaz de reprimir os eflúvios do coração, é à mãe que confia os pensamentos que a ocupam. Entre as duas, reina uma intimidade rara numa Corte real; Antónia obteve de Maria Teresa o privilégio de partilhar o seu quarto; assim, pode satisfazer a sua necessidade de confidências e de ternura. A imperatriz, por seu lado, conhece bem o físico e o comportamento do futuro marido da filha. O conde de Mercy-Argenteau, seu embaixador em Paris, enviou-lhe um relatório fiel e, para um diplomata, não teve papas na língua: «A natureza tudo parece ter recusado ao Delfim e, além disso, parece ter uma inteligência muito limitada!», escreveu ele.

([1]) Principal ministro de Luís XV.

A razão de Estado

Não se pode ser mais específico... No entanto, a imperatriz não pensa renunciar a um casamento que representa a pedra de toque da sua política externa. Quando muito, acha prudente moderar os impulsos do coração da filha, tentando, por portas travessas, fazê-la voltar à terra: «A felicidade do casal – diz-lhe ela amiúde – consiste na confiança e complacência mútuas. A paixão desaparece.»

Mas era preciso mais para refrear os sonhos da jovem, que pede insistentemente que lhe enviem um retrato do futuro marido. Porque, repetimo-lo, não sabe como ele é – depressa o descobrirá! O marquês de Durfort, embaixador de França em Viena, apressa-se a pedir esse retrato a Paris e, no mês de Abril, o desejo de Antónia é satisfeito. Pode agora admirar à vontade uma representação do jovem Luís, em traje de cerimónia, que o pintor embelezou francamente. Vários outros retratos se seguiram, cada um mais deslumbrante que o outro e todos eles aumentando um pouco mais a exaltação da princesinha. Chega ao ponto de prender no vestido o último que recebeu. Felizmente, trata-se de uma miniatura...

A partir desta altura, festas ininterruptas ocupam a corte de Viena, exigidas pela sacrossanta etiqueta que rege os casamentos reais. São apenas recepções, ora em Schönbrunn, ora na embaixada de França, devidamente acompanhadas dos inevitáveis fogos de artifício.

Se o senhor de Durfort queria impressionar os Vienenses com o esplendor da magnificência francesa, conseguiu-o. É preciso dizer que pagou por isso: os cofres da embaixada depressa se esvaziaram! Maria Antonieta está deslumbrada. Todo este luxo, em sua honra... É caso para dar a volta à cabeça de uma adolescente, já predisposta à demanda das quimeras. Admira, em especial, as duas berlindas, estofadas a veludo azul e decoradas com ramos de flores dourados, nas quais deverá viajar até França. Só por estas viaturas, o tesouro francês desembolsou uma pequena fortuna; Antónia tomou o acto como admiração pela sua pessoa...

E as festas prosseguem, dias após dia, até a 19 de Abril, quando, na igreja dos Agostinhos, se desenrola o casamento por procuração. É verdade que é o seu irmão Fernando, acabado de perfazer dezasseis anos, que desempenha o papel de noivo, mas a jovem não fica menos comovida quando o núncio do papa, que oficia a cerimónia, benze os anéis que lhe selarão o destino.

Na noite seguinte, véspera da partida para França, Antónia passa a última noite da sua vida no quarto da imperatriz. Será que pressente que nunca mais verá uma mãe que ela adora mais do que teme? Maria Teresa, mulher de carácter excepcional, não consegue conter as lágrimas enquanto, por uma última vez, aperta contra si aquela criança tão frágil. Apesar das promessas de um futuro dourado, como ela confidenciará a Mercy-Argenteau, a imperatriz sente uma estranha angústia: será que esta rapariga vivaz, encantadora, inconsequente, ganhará alguma vez maturidade suficiente para assumir as responsabilidades que um dia lhe incumbirão?

António, por seu lado, está muito longe destas preocupações, enquanto que um longo cortejo de carruagens a conduz à sua nova vida, em Versalhes... Versalhes, cada vez que esta palavra é pronunciada à sua frente, não consegue deixar de estremecer... Versalhes, a residência de conto de fadas da qual irá ser soberana. Fechando os olhos, compraz-se a imaginar a vida de sonho que a espera com o entusiasmo dos seus catorze anos. Assim, como poderia ela conservar as sérias recomendações que a mãe lhe fizera antes da partida? Como poderia conceber que o ofício de soberano, tão brilhante visto de fora, exige firmeza moral, um rigor intelectual que exclui qualquer fantasia? Não, se o coração lhe bate desenfreadamente à medida que se aproxima da «terra prometida», é um único pensamento que a ocupa: será rainha, e a rainha do país mais belo do mundo...

Momento solene desta viagem que se arrasta – não podia ser de outro modo, com 350 cavalos a puxar cerca de 50 carruagens, nas quais se acumulam quase 150 pessoas – é a chegada ao território francês, a Estrasburgo. É aqui que a filha de Maria Teresa tem de se separar do seu séquito austríaco, é aqui também que abandona o nome de António e assume o de Maria Antonieta, é aqui que a arquiduquesa de Áustria se transforma em delfina de França. Esta metamorfose, que a separa brutalmente do seu ambiente habitual, não deixa de oprimir o coração da princesa ainda criança. Num encantador gesto de espontaneidade, lança-se nos braços de Madame de Noailles, a dama de honor que a corte de França lhe atribuíra. Mas Madame de Noailles é muito pouco sensível às manifestações sentimentais; o seu aspecto físico evoca mais um portão de prisão do que uma amável confidente. Apartando-se da princesa, faz-lhe observar que a etiqueta não prevê esse género de manifestação sentimental; e Maria Antonieta faz das tripas coração.

Em Estrasburgo, foi recebida pelo velho cardeal de Ruão, arcebispo da cidade; no dia seguinte, não é o cardeal que celebra a missa, mas o seu sobrinho e coadjuvante, Luís. Prelado de aspecto insólito, gosta de se fazer sedutor, o que, dada a sua condição, não é normal. A sua elegância, o assalto de galanteria a que se entrega, surpreendem a delfina; os bispos austríacos são muito menos atrevidos! Com a sua bela voz, cujos trémulos perturbadores sabe acentuar, Luís de Ruão dirige-se à futura rainha:

«Ireis estar entre nós, Madame, a imagem viva da querida imperatriz, desde há muito a admiração da Europa, tal como o será da posteridade. É a alma de Maria Teresa que se unirá à alma dos Bourbons.»

Ao ouvir esta homenagem prestada à querida mãe, a pequena «Madame» de catorze anos não consegue reter as lágrimas, e é com esta efusão que agradece ao belo bispo. Como poderia ela imaginar que esse mesmo príncipe de Ruão, aquele bispo que a benzia com um gesto suave e solene, seria, quinze anos depois, o instrumento da sua desgraça? Como poderia adivinhar que aquele homem, de aspecto tão brilhante, viria a ser o triste e ridículo herói do «caso do Colar», que marcará o início da sua infelicidade? Não, para já está totalmente feliz, e se o coração lhe bate, é de alegria.

«Tendes muita pressa em ver o delfim?», pergunta-lhe Madame de Noailles.

Com um brilho de malícia nos seus olhos risonhos, Maria Antonieta replica:

«Madame, daqui a cinco dias estarei em Versalhes; ao sexto, poderei responder-vos mais facilmente.»

Mas sob esta aparência de ligeireza, a jovem princesa esconde a pressa de encontrar o seu destino...

Não há dúvida de que aquele rapaz sentado à sua frente na carruagem que rola em direcção a Versalhes não se parece com o príncipe encantado que esperava. Ele desvia os olhos daquela que, contudo, é a sua esposa, e a sua miopia nada tem a ver com esta atitude. Uma timidez doentia aumenta-lhe o mal-estar à medida que o tempo passa, comportamento que contrasta com o do seu avô. Luís XV, sempre sensível ao charme feminino, acha muito bonita aquela a quem chama sua «neta». Consciente da decepção que pode ser para ela a falta de atenção de Luís Augusto, esforça-se por alegrá-la e animar o ambiente. Só que não é com ele que ela se casa, mas sim com este grande basbaque de quinze anos, que corou violentamente quando ela lhe depôs na face um beijo fresco como o orvalho... Que pensamentos seriam os desta adolescente impulsiva, sentimental, que descobre de repente que o sonho e a realidade raramente andam juntos? Talvez seja deste momento que data a decepção que, a pouco e pouco, se vai instalar no seu coração e que a vai levar a desvairar por todos os meios.

Quanto ao jovem príncipe, a julgar pela expressão carrancuda, os seus sentimentos não devem ser dos mais alegres. A visão da bonita figura, que, em breve, estará no seu leito, não lhe inspira qualquer pensamento agradável. Incapaz de pronunciar uma palavra, poder-se-ia duvidar da sua inteligência; no entanto, sob esta fachada artificial, Luís esconde um coração bom e sensível, uma natureza leal e, tal como mais tarde revelará, uma dignidade e uma coragem a toda a prova.

Por enquanto, dir-se-ia que os acontecimentos que decorrem não lhe dizem respeito. No seu Diário, na data de 14 de Maio de 1770, tudo o que escreve é: «entrevista com Madame, a Delfina...» Difícil ser mais lacónico. É verdade que, na noite de 14 de Julho de 1789(*), no mesmo Diário, será ainda mais breve: «Nada», anotará ele.

Apesar desta recepção fria, Maria Antonieta faz das tripas coração. O sorriso encantador que exibe constantemente, o seu carácter digno e caloroso valem-lhe os elogios de todos aqueles que conhece. Sobre este primeiro dia, Madame Campan conta: «Ninguém deixou de admirar aquele aspecto aéreo; seduzia-nos com um único sorriso e, em todo aquele ser encantador em que cintilava o brilho da graça francesa, não sei que serenidade augusta, talvez a pose um pouco altiva da cabeça e dos ombros, fazendo lembrar a filha dos Césares.»

Note-se, de passagem, o epíteto de «francesa» que Madame Campan lhe atribui e que demonstra a rapidez de adaptação daquela que, ainda na véspera, era uma arquiduquesa austríaca. Por seu lado, outra testemunha da época, a baronesa de Oberkirch, muitos anos antes, conservara uma recordação maravilhada da delfina e, nas suas *Memórias*, relatava o seu reflexo fiel: «O seu porte de cabeça, a majestade da sua figura, a elegância e graça de toda a sua pessoa eram aquilo que são hoje. Enfim, toda ela transpirava a grandeza da sua raça, a doçura e a nobreza da sua alma; ela atraía os *corações*.»

Mais uma vez, esta palavra aparece num comentário a respeito da futura rainha de França. Até as três personagens amargas das senhoras Adelaide, Vitória e Sofia, filhas de Luís XV, se dignaram encontrar qua-

---

(*) Data da tomada da Bastilha. (*N. T.*)

A razão de Estado

lidades na futura sobrinha, sem, contudo, chegarem ao ponto de responder com sorrisos aos que a princesa lhes dirige, pois essa é uma expressão a que as suas fisionomias já se desabituaram.

A família real e as gentes da Corte não são as únicas a glorificar a esposa do delfim: em poucos dias, vendem-se centenas de exemplares de uma miniatura que a representa, enquanto que, à passagem do seu coche, os habitantes das cidades e das aldeias não lhe poupam as aclamações. E isto é apenas o princípio de uma popularidade idólatra que a acompanhará nos primeiros anos do seu reinado. As festas, as homenagens, as adulações que a rodeiam transformam a vida de Maria Antonieta numa série de triunfos incessantemente renovados. Mergulhada neste clima de euforia, a adolescente não consegue conter as lágrimas, mas são lágrimas de felicidade: o futuro que lhe é prometido parece idílico.

Por seu lado, Mercy-Argenteau, o embaixador da Áustria, esfrega as mãos; como escreve à imperatriz Maria Teresa, «toda a família real está louca pela Senhora Arquiduquesa». No entanto, há uma mancha no quadro: no dia 15 de Maio, logo após a chegada da princesa, realizar-se-á um grande jantar, em Versalhes, em sua honra. Mas eis que, de repente, surge um grave «perigo»! Será que lhe irão impor a presença da «criatura»? Ou seja, a condessa du Barry, a jovem de origens duvidosas que, segundo as próprias confidências de Luís XV, lhe «deu a conhecer prazeres que ignorava», o que não é pouco, pois, neste domínio, o rei não é um menino de coro! Ora, o soberano, que não é um ingrato, como recompensa pelos «serviços prestados» instalou a sua favorita na Corte e, a bem ou a mal, a família real teve de aceitar esta coabitação. Mercy, ainda assim, espera que Luís XV não ouse pôr a «pestífera» na presença da sua princesa. Como se du Barry fosse «contagiosa»! O embaixador está tão preocupado que relata as suas angústias a Maria Teresa. «Este caso de Estado» vai acabar mal, o rei insiste e a jovem aparece na mesa real. Notando aquele rosto bonito que lhe sorri, a delfina responde-lhe com outro sorriso e informa-se junto de Madame de Noailles das «funções» dela na Corte... A condessa, claro, fica embaraçada e desembaraça-se com uma pirueta:

«As suas funções consistem em entreter o rei!», explica ela. O que, porém, é um facto exacto, independentemente dos meios que emprega para o fazer! Este primeiro contacto entre a futura rainha e a favorita em título foi, portanto, dos mais amáveis. Mas algumas semanas chegarão para destruir esta bela harmonia.

Maria Antonieta

Durante o jantar, Maria Antonieta reparou noutra jovem, de olhar doce, por vezes escurecido sob um véu de melancolia: trata-se da princesa Maria Teresa de Lamballe, a sua futura «amiga do coração», que, um dia, pagará com a vida a fidelidade à «viúva Capeto». Mas isso, felizmente, nem uma nem outra poderiam adivinhar...

E, no dia seguinte, é o grande dia, o do casamento; os futuros esposos atravessam a galeria dos Espelhos em direcção à capela onde serão unidos. A delfina caminha com o seu passo alado, com a graça cujo segredo ela guarda. A seu lado, o andar bamboleante do bravo Luís Augusto evoca mais o de um plantígrado. Exibe uma expressão cada vez mais contrariada. Não há dúvida de que pensa, como confessou na véspera a um dos seus fidalgos, nas horas de caça que esta cerimónia lhe fez perder! Maria Antonieta percebe bem que a atitude do delfim não corresponde de modo nenhum à que se poderia esperar de um jovem casado, mas nada deixa transparecer do seu estado de alma e continua a exibir o sorriso angélico que a torna irresistível. Por graça de um fenómeno estranho, aquela que não passa ainda de uma rapariga impõe-se a todos os que a vêem passar apenas pela magia da sua presença. Este seu modo de andar, aprumado e altivo, entre os cortesãos que se acotovelam à sua volta, causa admiração, mas também a maledicência de várias damas da Corte. Pressentem já que aquela adolescente ainda frágil, de corpo só agora formado, em breve as eclipsará no domínio do encanto e da popularidade. No severo e sumptuoso palácio de Versalhes, onde a vida é regrada por uma etiqueta implacável, levanta-se uma brisa primaveril que confere alguma juventude a uma corte adormecida sob o lençol do tempo. Na biografia que lhe dedicou, Stefan Zweig debruçou-se com paixão sobre os estados de alma de Maria Antonieta; pintou um belo quadro do dia do seu casamento e da impressão que ela causou: «Há muito que não se via pessoa tão encantadora, de silhueta deliciosamente esbelta, como que moldada numa peça de Sèvres, com tez de porcelana, olhos azuis vivos, boca fina e vivaz que sabe fazer um beicinho admirável ou rir da maneira mais infantil...»

Mais alguns momentos e a adolescente, a pequena arquiduquesa, a filha querida de Maria Teresa, terá deixado a sua infância feliz para se tornar a herdeira do reino de França. Ajoelhada numa almofada de veludo vermelho, recebe de Luís Augusto o anel que consagra o seu novo estado. Tem grande dificuldade em dominar a emoção e sorri para o marido. Talvez devido à contrariedade de ter de se prestar à operação política que é o seu casamento, o delfim, contrariamente ao habitual, não acompanha o serviço divino cantando com uma voz tão falsa quanto sonora; do mesmo modo, não ousa retirar o punhal para cortar um pedaço de pão benzido, como costuma fazer. Ao erguer-se da almofada, evita cuidadosamente o olhar da esposa; vê-se que está com pressa de chegar ao fim desta «corveia» matrimonial.

Na altura de assinar o registo dos casamentos, a mão da delfina treme e faz um borrão de tinta na folha de pergaminho. Agora que se inicia o seu destino de rainha, o que se passará no fundo do seu pequeno coração?

Em todo o caso, não é a noite de núpcias que vai provocar uma grande mudança na sua vida. Quando chegou a hora de jantar, Luís Augusto recuperou o bom humor e empanturra-se alegremente, sob o olhar reprovador do avô:

– Não encheis demasiado o estômago esta noite – recomenda o rei ao seu herdeiro.

– Porquê? – pergunta o delfim, rindo. – Durmo sempre melhor quando janto bem.

Com efeito, Luís dormirá bem o seu sono das consciências puras; no dia seguinte, como único comentário, anotará no seu Diário «nada», a palavra que mais usa para definir os episódios da sua vida; esse «nada» que se tornará, dia após dia, durante sete anos, o fiel reflexo dos seus «feitos» conjugais...

E ela? Terá dormido bem, a pequena delfina, junto do marido cujo ressonar traduz a beatitude? Não é tão certo, mas não o confidenciou a ninguém. No dia seguinte, repete-se a mesma situação. Levantando-se de manhã, Luís Augusto pergunta à mulher se dormiu bem; assim se conclui a sua «corte», a caça espera-o, que é, para ele, um exercício muito mais agradável do que a troca de afectos com a mulher.

Esta lua-de-mel insólita tem muitos espectadores, pois a etiqueta não concede qualquer intimidade aos recém-casados. O abade de Vermond, preceptor francês de Maria Antonieta em Viena, foi com ela para Paris, onde se esforça, sem grande sucesso, por completar a sua instrução. O abade conta:

«Após a partida do marido para a caça, a delfina entretém-se com um cachorro. Durante algum tempo, é útil como distracção, depois volta ao devaneio. Sinto-lhe o coração magoado...»

Tentemos imaginar o que vai pela cabeça desta casada que é ainda uma rapariga e, mais ainda, uma criança. O mal-entendido que se instaura, entre o género de vida que querem que ela leve e aquele a que aspira, tem a ver com esta contradição. Pelo estatuto que o destino lhe reservou, Maria Antonieta é a delfina, a esposa do homem que, em breve, reinará sobre a França. Como tal, tem direito às homenagens e ao respeito daqueles que a rodeiam, mas tem de observar o comportamento digno e moderado que convém à herdeira do reino.

Por outro lado, dada a sua jovem idade, a sua falta de instrução, o seu carácter impulsivo, continua a ser uma menina, que convém repreender quando manifesta veleidades de independência, educar quando necessário, e a quem é preciso lembrar as boas maneiras, quando as esquece. A sua dama de honor, a condessa de Noailles, encarrega-se desta função da forma mais desajeitada. Com falta de psicologia, apegada a uma linha de conduta de outra época, a condessa é incapaz de compreender os ímpetos de um coração terno e impulsivo. Não é sem razão que Maria Antonieta a apelidou de «Madame Etiqueta...». «Madame Etiqueta» elaborou um programa tão simples quanto desagradável: contrariar os desejos da sua educanda, sob pretexto de que são incompatíveis com a sua condição de delfina.

Enquanto que, em Schönbrunn, uma vez terminadas as corveias protocolares, as crianças estavam livres de andar à vontade, enquanto que as salas do castelo repercutiam os ecos dos seus risos alegres e das suas correrias desenfreadas, aqui, a princesa tem de estudar cada um dos seus gestos, preocupar-se incessantemente com o espectáculo que oferece a cortesãos que elevaram a maledicência ao nível de culto, dirigir sorrisos àqueles que a detestam, aprender a ler-lhes nos rostos a evolução das suas intrigas, fingir constantemente; em suma, tinha de contrariar a sua própria natureza.

Adivinha-se com que impaciência esta jovem égua impetuosa suporta estas obrigações e se revolta contra o código de boa conduta que lhe querem impingir. Habituada a seguir todos os movimentos do seu coração, recusa adormecê-los. De modo que, após os primeiros tempos de euforia, uma clima de mal-estar começa a reinar entre a pequena arquiduquesa e os censores de todo o tipo que lhe impuseram. É preciso dizer que o empreendimento que consiste em introduzir um mínimo de instrução na sua cabeça pode ser comparado aos trabalhos de Hércules! Se já dominava mal a sua língua materna, pior ainda a língua de adopção. O bravo abade de Vermond, a quem cabe a temível tarefa de lhe preencher os vazios de espírito, baixou praticamente os braços. As suas lições de francês tornaram-se... cursos de tagarelice, pois Maria Antonieta

A razão de Estado

nutre mais curiosidade por todos os rumores de Versalhes do que pelas tragédias de Racine ou pelos poemas de Virgílio. Não só a sua escrita é a de uma criança de seis anos, como cada uma das suas frases é marcada por um notável número de erros ortográficos. Maria Teresa, que conhece melhor do que ninguém as insuficiências da filha, repete os conselhos na correspondência regular que lhe dirige:

«Procura encher o cérebro com boas leituras – escreve-lhe ela – são mais necessárias a ti do que a outros. Temo que os cavalos e os burros tenham ocupado o tempo destinado aos livros. Não negligencies esta ocupação, pois não possuis inteiramente qualquer outra, nem música, nem desenho, nem dança, nem pintura, nem outras belas-artes.»

Seria difícil elaborar um inventário mais completo das lacunas. Ainda que Maria Antonieta ame ternamente a mãe, depressa esqueceu as suas recomendações. Por agora, a única coisa que quer é divertir-se. Desejo difícil de concretizar naquele sinistro templo de Versalhes, onde só as querelas entre os cortesãos, as ambições de uns e outros, as intrigas e as traições criam alguma diversidade.

Aquilo que Maria Antonieta precisava era de juventude. Para que o seu coração se desenvolvesse, precisava de ter em seu redor pessoas da mesma idade, que a pudessem compreender e partilhar os sentimentos e jogos. Em vez disso, só tem à sua volta «velhas jarretas», que parecem há muito congeladas nos seus trajes de cerimónia... Velhos, o rei Luís XV, que queima os últimos cartuchos de prazer com Madame du Barry... Velhas, as três filhas do rei, Vitória, Adelaide e Sofia, verdadeiras harpias, conservadas em devoções, que a fealdade encerrou numa virtude forçada.... Velhas e velhos, Madame de Noailles, as outras damas de honor, os preceptores, a governanta, os padres que lhe ocupam quase todo o dia... Todas estas personagens afectadas oferecem à jovem princesa uma visão do mundo que não lhe agrada e que rejeita instintivamente. É então que se lembra de organizar autênticas corridas através das galerias do palácio com os seus jovens cunhados, de treze e catorze anos, Provença e Artois, os futuros Luís XVIII e Carlos X. Os príncipes receberam com prazer visível esta jovem cunhada, que trazia um raio de sol ao céu de Versalhes. Terão tempo de mudar de atitude, mas, por agora, entre as três crianças, reina um clima de alegre cumplicidade. Organizada por Maria Antonieta, a brincadeira consiste geralmente em mascararem-se com roupas dos militares da guarda, após o que, assim disfarçados, representam cenas de teatro e divertem-se imenso, quer se trate de comédias ou de dramas.

Maria Antonieta

Mas eis que «Madame Etiqueta» aparece no horizonte! Então, despem-se rapidamente, escondem as roupas num armário e adquirem um ar inocente de modo a afastarem as suspeitas do Cérbero.

Certo dia, a delfina é apanhada em «flagrante delito» de juventude; levara para o quarto os dois filhos de uma criada; aparentemente muito pouco preocupadas com as convenções, tendo a sua idade suprimido as barreiras sociais, as três crianças arrastam-se pelo chão, para grande prejuízo do vestido da princesa.

Quando Madame de Noailles descobre este espectáculo, quase sufoca de indignação e lança-se num discurso reprovador no qual evoca o perigo que tais práticas podem representar para os próprios fundamentos da monarquia. Mas, como resposta, recebe apenas um riso da delfina, um riso que lhe vinha do coração...

II

«Nada»

Esta cumplicidade de todos os instantes, esta aliança sentimental de dois jovens face ao mundo adulto, Maria Antonieta poderia encontrá-las na pessoa do marido. Sensivelmente da mesma idade que ela, o delfim poderia ser o companheiro ideal para uma jovem romântica, que tudo espera da vida e que não compreendia que esta a recusasse. Mas, para isso, era preciso que Luís Augusto fosse uma pessoa aberta e não um adolescente embaraçado, tímido e constrangido, que só se sente bem na caça ou nos trabalhos manuais. Se um homem de mister se apresenta no castelo para reparar um telhado ou para construir uma parede, o delfim depressa se precipita para junto dele, ajuda-o no trabalho, transporta-lhe o material e, à noite, não se dando ao trabalho de mudar de roupa, aparece diante da mulher com ares de triunfo. Convenhamos que isso não deve inflamar os sonhos de uma jovem. Para ela, o delfim não é o homem da situação. Este será, aliás, o drama de Luís XVI, o de nunca estar em sintonia com os acontecimentos com que será confrontado.

Há outro domínio em que também não é homem da situação, domínio esse que diz directamente respeito à sua jovem esposa: chegada a noite, Luís Augusto só sabe ressonar. E isto também não é qualidade que encha de alegria o coração de Maria Antonieta. Como vimos, a noite de

Maria Antonieta

núpcias do casal foi das mais sossegadas, e as que se seguirão não o serão menos. Deitado junto da mulher, Luís Augusto dorme descansado, sem manifestar a mais pequena veleidade de um qualquer desejo. Por muito inocente que seja, a delfina percebe bem que esta situação não é normal. À medida que o delfim anota no seu Diário «nadas» sucessivos, a princesinha sente-se cada vez mais frustrada no seu coração, ainda mais do que no corpo. Maria Antonieta confidencia este sentimento àquela que, mesmo longe, mais perto está do seu espírito, à sua mãe. A imperatriz vai logo falar com o conde de Mercy-Argenteau, que é não só o seu embaixador, mas também, mais ainda, o seu espião; a sua missão principal consiste em vigiar as acções e gestos da delfina e relatá-los à imperatriz.

Mercy mostra-se tranquilizador. Ainda que nada perceba desta matéria, oferece um conselho médico: «A natureza tardia do Delfim – explica ele – não reage sobre ele porque, provavelmente, o seu físico foi enfraquecido pelo rápido crescimento que sofreu..."

Pia mentira, destinada a dissimular uma verdade menos brilhante, que, por agora, apazigua as preocupações da imperatriz. À filha, Maria Teresa dirige conselhos de paciência:

«Não há humor aí – escreve-lhe ela. – Não poupes carícias nem mimos, mas age com moderação, pois qualquer pressa estragaria tudo.»

Mas a natureza de Maria Antonieta não a predispõe à paciência, sobretudo num capítulo particularmente sensível para uma mulher. Não consegue compreender por que razão o seu encanto não surte efeito, quando toda a gente lhe repete que é bela... Como sabemos, tem dificuldade em dominar os impulsos; no domingo de 8 de Julho, após a missa, aproveitando um dos raros momentos em que está sozinha com o marido, Maria Antonieta pergunta-lhe por que razão nada se passa entre eles desde há sete semanas. O delfim dá-lhe uma explicação esfarrapada...

«Asseguro-vos – diz-lhe ele – que não ignoro nada a respeito do estado do casamento. Desde o primeiro dia que me impus uma regra de conduta, que quis respeitar; mas o prazo que eu fixei já terminou. Vereis que, em Compiègne, viverei convosco na maior intimidade que poderíeis desejar» [2].

---

[2] Citado por André Castelot em *Marie-Antoinette*.

«Nada»

Mas em Compiègne, a 23 de Agosto, ainda nada! E o mesmo a 20 de Setembro, quando o delfim prometera a Maria Antonieta «ir dormir com ela»! Nova promessa para 10 de Outubro, e outra vez nada! Os bons ares da floresta de Fontainebleu, onde a Corte passa algum tempo, não estimulam o fervor do delfim. Maria Antonieta, cada vez mais exasperada, não se limitou a queixar-se à mãe; as suas tias, as três filhas de Luís XV, estão também ao corrente e juntam as suas críticas às da jovem. Rapidamente, vão encher o infeliz sobrinho de conselhos, como se estas velhas percebessem alguma coisa do prazer! Madame Adelaide afirma até que pode resolver as coisas... graças às exortações que dirigirá ao «culpado». Luís XV, por seu lado, é perito na matéria; interroga o neto: a sua mulher não lhe agradava? Luís Augusto protesta, a arquiduquesa agrada-lhe muito, mas pede mais algum tempo, no fim do qual, jura ele, cumprirá os seus deveres.

Nesta altura, o pequeno «drama» conjugal do jovem casal tornara-se um «segredo» de Polichinelo. Os cortesãos são os primeiros a gozar com o caso. Para saberem do estado das relações entre os recém-casados, mostram uma expressão falsamente afligida. Não são os únicos a comentarem esta situação insólita; os criados do palácio têm um prazer malicioso em espalhar a notícia, notícia esta que toda a França não tarda a conhecer e que provoca uma chuva de gracejos sobre a cabeça do pobre Luís. Quando este subir ao trono, a sua carência, com as consequências que tal acarreta, vai adquirir a dimensão de um caso de Estado; a falta de um herdeiro para a coroa de França constitui um facto de alcance internacional. Nas suas relações, os embaixadores em Paris das grandes potências fazem frequentes alusões ao caso. Em especial, o embaixador de Espanha, conde Aranda; tendo pago a vários criados do palácio para ter uma opinião o mais exacta possível, chegou a examinar... a roupa da cama real! É a isto que se chama consciência profissional!

O povo, obviamente, também não deixa de escarnecer do rei; libelos correm pelas ruas, insistindo fortemente na sua incapacidade, como este:

> *Maurepas era impotente,*
> *O rei tornou-o mais potente.*
> *O ministro reconhecido*
> *Diz: «Por vós, Senhor,*
> *Desejava poder*
> *Fazer o mesmo».*

Maria Antonieta

Mas ainda não chegámos aí, e Luís, por enquanto, é apenas o delfim. O seu «caso» preocupa também o círculo real, a ponto de o avô exigir que seja examinado pelo doutor Lasserre, o médico da Corte. Durante anos, sucedem-se as consultas médicas, e todas concluem numa anomalia congénita no jovem. Antecipemos novamente para citar um relatório secreto do embaixador de Espanha, sem dúvida bem informado, que nos esclarece sobre a causa real da «frigidez» do delfim: «Uns dizem que o freio comprime de tal modo o prepúcio que este não abre no momento da introdução e lhe causa uma dor intensa, que obriga Sua Majestade a moderar a força necessária para a realização do acto. Outros supõem que o dito prepúcio é tão unido que não abre o suficiente para permitir a saída da extremidade peniana, o que impede a produção da erecção completa.»

Esta malformação podia ter sido corrigida por uma intervenção cirúrgica benigna quando Luís Augusto era ainda criança. Mas ninguém se preocupara com isso e o pobre rapaz confronta-se hoje com uma situação humilhante. Tanto mais que a esta anomalia se junta outro factor, igualmente muito incómodo: no domínio glandular, o delfim acusa um atraso considerável, o que explica também o seu pouco ardor pela bonita companheira. Para se fazer de Luís Augusto um homem normal, era pois preciso uma operação, mas o herdeiro do trono não podia aceitar esta solução e os médicos não ousavam recomendar-lha. Então, chega-se a um compromisso, que, na falta de eficácia, tem o mérito de satisfazer o delfim: recomendam-lhe uma alimentação abundante e violentos exercícios físicos. O príncipe vai, deste modo, continuar a empanturrar-se, de consciência tranquila, sem que, evidentemente, esta bulimia traga a mínima melhoria ao seu estado.

Durante este tempo – estes sete longos anos que decorrem até que Luís se decida finalmente a ser operado –, qual era o estado de alma daquela que deveria ser a sua esposa e que só o é de nome? Como pode reagir esta adolescente face a situação tão deprimente quanto humilhante? Nos primeiros tempos, atordoada pelas festas que acompanham a sua instalação na Corte, não levanta muitas questões, mas, à medida que o tempo passa, toma consciência da sua frustração. E esta constatação, no segredo do seu coração, só pode ter consequências deploráveis. Quando se conhece a sensibilidade e a fragilidade mental de uma rapariga desta idade, pode imaginar-se os estragos que podem ser causados por um casamento tão ilusório. Maria Antonieta é mulher, em toda a acepção

«Nada»

da palavra; a sua natureza espontânea, o seu fervor, a sua alegria de viver fazem augurar uma sensualidade exigente, condição do seu equilíbrio. Um equilíbrio frágil, sujeito a dura prova; quando compara a sua sorte com a das outras raparigas da Corte, Maria Antonieta sente uma espécie de mal-estar... e também inveja. Quando a sua prima por aliança, a duquesa de Chartres, a mulher do futuro Filipe-Igualdade(*), que, mais tarde, votará a morte de Luís XVI, dá à luz um nado-morto, a jovem escreve à mãe: «Por muito terrível que isso seja, ainda assim gostaria que me acontecesse a mim!» Confissão que traduz a frustração que sente constantemente e que explica o comportamento de uma esposa ainda virgem após sete anos de casamento... O que não é muito habitual!

Para esquecer o drama que lhe perturba a intimidade, Maria Antonieta vai então procurar distrair-se por todos os meios. É o suficiente para que, sobre ela, caia uma chuva de calúnias. Na Corte, não faltam as más-línguas... Como é que uma mulher tão delicada como Maria Antonieta, de temperamento fervoroso, olhar prometedor de prazeres, poderia satisfazer-se com um marido letárgico, que responde mais ao apelo do sono do que ao da carne? Por conseguinte, atribuem-se amantes tão célebres quanto diversos àquela que será a rainha de França. E como se estes amantes imaginários não chegassem para satisfazer o apetite de falatório de uns e outros, eis que Maria Antonieta é suspeita de manter relações duvidosas com as suas «amigas do coração», a princesa de Lamballe e a condessa de Polignac. Teremos oportunidade de aprofundar as razões que levaram a rainha a procurar amizades femininas; de ver também em que medida estas puderam compensar o vazio do seu coração. Mas, para já, constate-se que, de forma paradoxal e reveladora, os ataques contra Maria Antonieta partem do seu próprio círculo; é no seio da Corte que ela vai encontrar os seus primeiros detractores, pior, no seio da própria família real. A começar pelos dois irmãos do rei. O conde de Provença, bem como o conde de Artois, regozijam-se com as carências do irmão mais velho. Vêem assim aproximar-se o trono que cobiçam e que a ausência de um herdeiro varão lhes prometia. Quanto ao duque de Orleães – Filipe-Igualdade –, alimenta também os rumores mais venenosos contra a prima, pelas mesmas sórdidas razões. Grave é o

---

(*) Phillipe-Égalité, nome que Luís Filipe de Orleães assumirá após a Revolução Francesa. (*N. T.*)

facto de esta campanha de maledicência depressa chegar aos ouvidos do povo; vai fornecer aos adversários da jovem os argumentos de má-fé de que precisam para a desgraçar. Como vemos, a impotência de Luís ultrapassa o âmbito da intimidade para se tornar um caso nacional. Aquilo que permaneceria em segredo num casal burguês, ganha proporções anormais quando se trata do casal real. A primeira a sofrer as consequências é justamente a vítima deste terrível estado de coisas.

É preciso dizer que, pela sua atitude, Maria Antonieta dá o flanco às críticas. Incapaz de dominar os impulsos, a sua procura de prazeres, o seu desprezo pelas convenções podem ser vistos como provocação. Mas pouco se preocupa com isso. Tenta, acima de tudo, dar a ilusão de felicidade, divertir-se a todo o custo. O seu espírito aguçado depressa lhe faz perceber os ridículos de uma Corte presa às tradições; não se priva de os comentar em voz alta e o seu riso, um riso fresco e sonoro que reflecte tão bem os impulsos do seu coração, soa como uma ofensa aos ouvidos daqueles que são objecto dos seus gracejos. Ora, como se sabe, o riso é proibido em Versalhes, a alegria é suspeita. O caso é considerado suficientemente grave por Mercy, para o qual ele alerta Maria Teresa:

«A Senhora delfina – escreve o embaixador – esquece a continência externa. Graceja com as ridiculezas dos outros; é tanto mais grave já que sabe dar às suas observações todo o espírito capaz de as tornar mais picantes. Vejo-a muitas vezes a falar aos ouvidos das jovens damas e a rir com elas.»

Mercy deplora também as amizades da delfina, que considera incompatíveis com o estatuto da princesa. Os jovens que adoram a dança, que só pensam em ir às festas, que prolongam as suas noites até aos primeiros clarões da aurora, só podem prejudicar a boa reputação da futura rainha. Maria Teresa tem razão neste conselho que manda à filha:

«Diz-se que começais a disparatar, a rir na cara das pessoas. Para agradar a cinco ou seis jovens damas ou cavaleiros, perdeis o resto. Não vos deixeis levar pelo gosto de ridicularizar os outros...»

O espírito de emancipação manifestado por Maria Antonieta é também influenciado, se não mesmo justificado, pelas faltas repetidas de Luís Augusto. Com que direito – pensa ela – lhe podem proibir de viver como quiser, impor-lhe deveres, enquanto que o marido molengão é incapaz de cumprir os seus? Não terá ela legitimidade para procurar compensações ou, pelo menos, o esquecimento do seu infortúnio, em distracções, ainda por cima inocentes, apesar das aparências?

«*Nada*»

Esta posição de «rebelde» também não agrada a Luís XV. Ainda que este não possa apresentar-se como paladino da virtude, não pretende que o seu mau exemplo seja seguido. Já se fala o suficiente sobre as suas estroinices; pelo menos que o resto da família esteja ao abrigo dos comentários. O rei convoca a condessa de Noailles:

«Acho bem que – diz-lhe ele – na intimidade, a Senhora delfina manifeste a sua alegria natural, mas em público, na Corte, é preciso um pouco mais de reserva no seu comportamento.»

A dama de honor transmite logo à pupila as declarações do rei; mas, justamente, Maria Antonieta já não se considera sua pupila. Em alguns meses passados na Corte, se não é ainda uma mulher, no sentido psicológico do termo, pelo menos deixou de ser uma criança. Como escreve André Castelot: «a sorridente arquiduquesa tornou-se também uma delfina trocista, turbulenta, com um só desejo: distrair-se».

Tem ainda mais vontade de se distrair já que, desde há algum tempo, lhe é infligida uma nova provação. Na louvável intenção de obedecer às repreensões de que é objecto por parte do avô e das tias, Luís Augusto resolveu-se a tentar aquilo de que é incapaz: tornar-se o marido da sua mulher. Doravante, em vez de dormir, como fazia até agora, o desgraçado entrega-se todas as noites a tentativas que não têm outro resultado que não despertar os sentidos da jovem, sem nunca a satisfazer. Como conta Stefan Zweig, «aquilo que provoca a agitação e a superexcitação perigosa dos seus nervos é o facto de o marido que lhe foi imposto pela razão de Estado não a deixar passar esses sete anos numa castidade completa... Durante anos, a sua sexualidade é assim infrutuosamente estimulada, de forma humilhante, que não a liberta da virgindade».

Esta situação, repetimo-lo, vai manter-se durante sete anos, agindo da forma mais nefasta sobre os nervos da jovem. Por isso esta fuga para a frente frenética, em direcção a tudo o que pode fazer-lhe esquecer que está insatisfeita, que não é uma «mulher como as outras», por isso a sua atracção por personagens por vezes de qualidade duvidosa ou por jovens mulheres que só pensam em explorar a sua amizade, por isso os caprichos, as imprudências, o carácter galanteador, as afirmações desajeitadas que lhe valem as críticas do seu círculo e, mais tarde, a vindicta do povo. Quando Luís XV, Mercy ou a mãe a criticam, não faz caso deles. À noite, se vai para o quarto cada vez mais tarde, não é apenas por apreciar os encantos da vida nocturna, mas também para fugir dos assédios desajeitados e, sobretudo, inúteis do marido. O género de exercício a que ele a submete não poderia agradar-lhe; se o aceita, é porque, princesa real acima de tudo, sabe que o seu dever lhe ordena que se sacrifique à razão de Estado. Talvez também espere que, à força de «voltar a pôr as mãos à obra», as coisas acabem por se resolver...

Por seu lado, Luís XVI encontra um derivativo aos seus dissabores nos exercícios físicos que adora, trabalhos de marcenaria, de serralharia, ou caça nos bosques circundantes; é assim que descobre um terreno para gastar as suas forças, já que não pode gastá-las de outra forma. Mas trata-se apenas de um paliativo; Luís está perfeitamente consciente do drama do qual é o actor involuntário, de tal modo que, com o tempo, vai crescendo nele um sentimento de culpabilidade e um complexo de inferioridade relativamente à mulher. Este duplo fenómeno explica o seu comportamento quando ascende ao trono. Finalmente, quando se resolve a fazer a operação salvadora e se torna num homem no sentido completo do termo, será tarde de mais: o mal estava feito. Nunca recuperará a segurança nem o domínio de si mesmo que perdera definitivamente na alcova conjugal; nunca conseguirá esquecer aqueles sete anos de humilhações diárias; não tendo podido agir como homem, terá muita dificuldade em agir como rei.

Alguns dos seus actos políticos serão então influenciados pelos desaires conjugais que conheceu. Tendo dado o exemplo de uma hesitação perpétua, quando tenta demonstrar a sua autoridade, fá-lo de forma desajeitada, brutal, para recuar alguns dias depois e anular decisões tomadas antes. Entre os jovens elegantes de espírito aguçado que a sua mulher frequenta, Luís sente-se pouco à vontade, não sabe que atitude adoptar, oscilando incessantemente entre uma vontade impotente e uma fraqueza aflitiva. Quando é confrontado com uma situação sem precedentes na História de França, é completamente ultrapassado. Porque não ousa agir, fecha voluntariamente os olhos aos perigos e caminha para a morte com uma aparente indiferença. Será que, no seu âmago, sofrerá desta impotência, corolário de outra impotência? Não há dúvida de que este homem inteligente não pode ignorar as insuficiências lastimáveis do seu carácter, mas não tem meios para as evitar. É claro que não se pode atribuir a responsabilidade de todos os erros que vai cometer apenas aos episódios da sua vida íntima falhada; a natureza do rei não fez dele um bravo, em nenhum domínio. Mas é incontestável que as suas vãs tentativas para coroar o casamento agravaram as tendências nefastas da sua personalidade e não contribuíram para lhe devolver a autoconfiança que lhe faltava.

«Nada»

Maria Antonieta está consciente disso, tal como está consciente da posição de inferioridade em que Luís se encontra relativamente a si. Se nos primeiros tempos do casamento não deu muita importância aos desaires do marido, à medida que sai da adolescência para se tornar uma mulher, as críticas sobem de tom, contribuindo para agravar a confusão do delfim. A pouco e pouco, Maria Antonieta vai tirar proveito da situação insólita do marido e ganhar sobre ele um ascendente definitivo. Deste modo, não se importa de agir como quer, sem se preocupar com o que Luís pensa. Este, embora não aprecie o comportamento da mulher, embora reprove as suas amizades, nada ousa dizer-lhe. Com que direito este marido impotente se armaria em senhor e mestre? É isto que Maria Antonieta lhe deixa entender e é isto que Luís aceita sem ousar insurgir-se. A jovem recalca no coração os seus sonhos desiludidos, tal como recalca os desejos insatisfeitos, mas, em contrapartida, exerce sobre o marido uma autoridade que se repercutirá na vida política do país, e nem sempre no bom sentido, longe disso! Por ela mesma ter sofrido com esta união falhada, Maria Antonieta faz sentir a Luís tudo o que ele estragou entre eles; como ele lhe comprometeu o desenvolvimento, como lhe frustrou ilusões que ela nunca recuperará. Quando, de noite, Luís oferece à mulher o espectáculo repetido dos seus falhanços, não pode, evidentemente, no dia seguinte, mostrar a autoridade de um marido normal. Como que para compensar as decepções que causou à mulher, Luís cede a todas as exigências de Maria Antonieta, até às mais fantasiosas e perigosas. Nas suas relações psicológicas com a rainha, o rei abdicou; este estado de coisas irá repercutir-se em todos os domínios, durante todo o seu reinado.

Por conseguinte, não tendo encontrado nesse «marido de palha» aquilo que esperava, a princesinha organiza a vida de modo a torná-la tão divertida quanto possível. Como não se pode divertir com aquele gordo rapaz desajeitado e tímido, divertir-se-á com outros, é tudo... E para começar, resolve fazer... tudo aquilo que lhe proíbem! Típica reflexão infantil... Como, devido ao seu estatuto, à etiqueta, ao decoro e ao que se possa dizer, lhe proíbem quase tudo, tem dificuldade em escolher. O seu último capricho consiste em... montar a cavalo. Acontecimento dramático que desassossega toda a Corte! Alerta-se o primeiro-ministro, o duque de Choiseul, que, por sua vez, alerta Luís XV, para quem o problema levanta um caso grave de consciência, que ele resolve autorizando a neta a montar... num burro! Embora não tenha ainda dezasseis

35

anos, a delfina já sabe o que quer. Avisada pelo fiel Mercy, Maria Teresa veio em seu socorro e proibiu a filha de participar numa caçada... O que Maria Antonieta se apressou a fazer... Quer seja a cavalo ou num cabriolé, a delfina entrega-se assim a este novo prazer, o que lhe dará oportunidade de manifestar o coração generoso que se lhe conhece. Certo dia, o condutor da sua carruagem sofre uma queda; o desgraçado é pisado pelo atrelado. Rapidamente, a princesa manda parar a caçada, precipita-se junto do ferido e ordena que seja imediatamente tratado.

Numa carta dirigida à mãe, Maria Antonieta conta o incidente, sem conseguir esconder a emoção:

«Dizia a todas as pessoas que elas eram minhas amigas, pajens, palafreneiros, postilhões. Dizia-lhes: "Meu amigo, vai buscar os cirurgiões! Meu amigo, corre depressa à procura de uma maca! Vê se ele fala, se está consciente!"»

A imperatriz da Áustria ainda não chegara ao fim das suas emoções; eis que Mercy a informa de uma nova iniciativa da jovem «desmiolada»:

«Sua Alteza Real – diz-lhe ele – costuma levar nas suas carruagens todo o tipo de carnes frias e refrescos, que se apraz em distribuir aos cortesãos que a seguem na caça; toda a juventude do séquito do rei abandona o veado para se juntar em redor da carruagem onde a princesa se diverte com as réplicas destes estouvados...»

No meio destas «catástrofes», uma notícia reconfortante, felizmente: Maria Antonieta mandara às urtigas o seu espartilho, bem como outras obrigações. Esta iniciativa provocara a inquietação da Corte de Viena e uma troca de correspondência entre a condessa de Noailles, o embaixador Mercy e a imperatriz Maria Teresa. Finalmente, após várias semanas de delicadas negociações, Mercy envia à sua imperatriz uma mensagem de vitória: «A Senhora delfina voltou a usar o seu corpete de baleia!», exclama ele.

Infelizmente, a pobre imperatriz vai ser novamente submetida a rude prova, por culpa desta rapariga, cujo coração palpita a um ritmo incessante e lhe inspira sentimentos imprevisíveis. De que se trata agora? De uma querela que opõe a família real à todo-poderosa favorita, a condessa du Barry; querela que divide os cortesãos em dois campos. De um lado, estão os «velhos jarretas», guardiões do templo das conveniências, e, do outro, os pequenos diabos, que não querem, sobretudo, desagradar ao senhor. O campo dos irredutíveis é liderado pelas filhas de Luís XV. Estas três beatas lamentam-se com a ideia de a favorita lhes levar o pai directo para o inferno e invocam o Céu todos os dias. Não tardaram a «recrutar» a jovem delfina, a qual se esforçaram por voltar contra a «criatura». Ainda inocente, e sobretudo ignorante dos costumes tradicionais dos reis de França, Maria Antonieta ficou horrorizada quando soube como Jeanne du Barry «entretinha» Luís XV. Resolutamente, sem muito reflectir – a reflexão, aliás, não é o seu forte –, adere ao partido dos bem-pensantes e, naturalmente, Luís Augusto segue o movimento. Como nada faz por metade, a delfina jura nunca mais dirigir palavra à «enviada do demónio». Maria Antonieta mantém a palavra e o seu ostracismo vai provocar um caso de Estado, pois a favorita aceita mal a situação. Considera que a sua «desonra» deve ser «honrada». Dá parte das suas queixas ao rei e este promete-lhe fazer com que a irascível neta volte ao bom caminho. Mas, como sabemos, Maria Antonieta está habituada a fazer apenas o que quer e mantém-se resolutamente nas suas posições.

À medida que os dias passam, o caso ganha proporções inquietantes. Mais uma vez, Maria Teresa tem de se preocupar com os estragos que a estouvada filha pode provocar. Mais do que nunca, a aliança com a França é indispensável à Áustria; com efeito, a Áustria prepara-se para ser parte interessada na divisão da Polónia e, para esta má acção, precisa da bênção de Luís XV. O incansável conde de Mercy-Argenteau é então incumbido de restabelecer as relações entre a delfina e a bela condessa. A fim de explorar o «terreno», vai a casa da «criatura»... e cai sob o encanto da condessa. Madame du Barry sabe como levar os homens! Por seu lado, Luís XV interpela o diplomata:

«Amo a delfina de todo o meu coração – diz-lhe ele – mas sendo viva e tendo um marido que não está em condições de a guiar, é impossível que ela evite as armadilhas que a intriga lhe estende.»

Mercy volta-se então para a delfina; a questão não é fácil. Exortada pelas tias harpias, a jovem mulher – não devíamos antes chamar-lhe «rapariga», tendo em conta a sua estranha união? – permanece obstinada. No seu coração puro, a ideia do pecado está ainda demasiado viva para que transija com os princípios que lhe tinham sido inculcados. O embaixador, como diplomata hábil, evoca as necessidades imperativas da política austríaca; não é altura para contrariar o rei de França. «A Senhora arquiduquesa» não pode desinteressar-se do seu país de origem... O argumento funciona: Maria Antonieta acaba por aceitar dirigir algumas palavras à condessa, mas «como que por acaso», foram estas as suas palavras. Mercy comunica logo a novidade à favorita, que exulta de alegria! E, no domingo seguinte, a princesa está pronta para o «sacrifício»... Fazendo a sua entrada no salão de jogos, dirige a palavra a cada uma das damas presentes; Jeanne du Barry, ansiosa e extasiada, espera pela sua vez. A delfina está apenas a alguns passos dela e vai decidir-se, quando Madame Adelaide se atira sobre ela como uma águia sobre a presa e lhe ordena que a siga até aos aposentos da irmã Vitória. Submetida à autoridade das tias, como criança que ainda é, Maria Antonieta obedece e deixa ali Madame du Barry, à beira de uma ataque de nervos...

As repercussões do caso vão adquirir a dimensão de uma crise internacional. As grandes capitais ficam a saber que, tendo a condessa du Barry sofrido uma afronta da pequena arquiduquesa, a política da Europa corre o risco de ser perturbada e o seu equilíbrio ameaçado. Nada mais, nada menos!

Quanto a Luís XV, levou muito a mal a afronta infligida à mulher que detém o segredo de lhe reavivar a juventude. Não tem papas na língua para o infeliz Mercy, que, obviamente, repercute a «investida» real junto de Maria Teresa. A imperatriz não está com meias medidas: põe os princípios de lado. A razão de Estado tem razões que as outras razões desconhecem; a respeitável soberana vai em socorro da dama de pouca virtude e repreende a filha:

«Uma palavra sobre um vestido, sobre uma bagatela, custa-vos assim tanto? Depois da conversa com Mercy e de tudo aquilo que ele vos disse que o rei desejava e que o vosso dever exigia, como haveis ousado falhar-lhe? Que boa razão podeis alegar? Nenhuma. Deveis conhecer e ver Madame du Barry apenas como uma dama admitida na Corte e na sociedade do rei. Sois a primeira súbdita dele, deveis o exemplo à Corte, aos cortesãos, que as vontades do vosso senhor sejam satisfeitas. Se vos fossem exigidas baixezas, familiaridades, nem eu, nem ninguém vos poderia criticar; mas uma palavra indiferente, alguns olhares, não pela dama, mas por vosso avô, vosso senhor, vosso benfeitor?»

Maria Antonieta ousa revoltar-se contra a própria mãe. Decididamente, a pequena tem coração! Prova disso é a réplica:

«Podeis estar segura de que não preciso de ser guiada por ninguém a respeito da honestidade. Se, como eu, pudésseis ver tudo o que aqui se passa, saberíeis que essa mulher e a sua súcia não se contentariam com uma palavra, e seria preciso recomeçar sempre.»

«*Nada*»

Já não é a linguagem de uma rapariga, mas sim a de uma mulher independente e muito consciente do estatuto que ocupa.

O brincadeira já durara o suficiente e Maria Antonieta tem de se sujeitar. Fá-lo com raiva no coração; convoca Mercy e anuncia-lhe as suas condições:

«Está bem – diz-lhe ela. – Falarei à Madame du Barry, mas não num dia ou hora marcada, para que ela não fale disso antecipadamente e transforme o caso num triunfo.»

Mas como guardar um segredo no cortiço zumbidor de Versalhes, onde as paredes estão cheias de ouvidos indiscretos? Portanto, no dia 1 de Janeiro de 1772 – que primeiro dia do ano! –, no salão onde deverá ter lugar o famoso confronto, os cortesãos reúnem-se e ostentam curiosidade. Lembremo-nos das multidões da Antiguidade que se reuniam nos jogos do circo; desta vez, são dois gladiadores de saias que se vão defrontar, e as únicas feridas que daí resultarão serão feridas de orgulho, mas são estas as mais difíceis de cicatrizar.

E dá-se o prelúdio do combate: as damas desfilam e inclinam-se diante da delfina; quando chega a vez de Madame du Barry, voltando apenas os olhos para ela, sem perder a expressão desdenhosa que exibe na sua presença, Maria Antonieta deixa passar pela ponta dos lábios: «Hoje há muita gente em Versalhes!» Como se vê, frase de um interesse palpitante! Mas o essencial estava feito: a delfina falou à favorita! Dirigiu-lhe apenas seis palavras de uma banalidade aflitiva, mas de importância histórica! Graças a estas seis palavras, a Europa respira, a aliança franco-austríaca está salva, a divisão da Polónia pode ir avante, Luís XV está satisfeito e Madame du Barry encantada. Quanto a Maria Antonieta, a sua amargura está ao nível da sua indignação, mas o incidente dá-lhe também a ocasião de revelar um aspecto até então ignorado da sua personalidade: esta rapariga de dezassete anos, esta jovem estouvada, mostrou a todos que, por detrás da sua frágil aparência, escondia uma alma orgulhosa. No dia seguinte, Mercy foi agradecer-lhe e felicitá-la, mas ela declara-lhe:

«Falei uma vez, mas estou decidida a ficar por aí, e essa mulher não ouvirá mais nenhum som da minha voz!»

E para que não houvesse qualquer equívoco sobre a sua determinação, Maria Antonieta reafirma-o à mãe:

«Podeis crer que sacrifico sempre todos os meus princípios e repugnâncias, desde que não me proponham nada de ostensivo e contra a honra.»

Maria Antonieta

Vai manter a palavra e rejeitar com desdenho todas as tentativas de reconciliação de Madame du Barry... Só o destino, igualmente cruel para ambas, se encarregará de as aproximar, conduzindo-as ao cadafalso...

Mas este 1.º de Janeiro de 1772, este incidente fútil e, em suma, bastante ridículo, permitiu a Maria Antonieta mostrar a todos que saiu definitivamente da infância para entrar na vida.

III

Em busca do prazer

8 de Junho de 1773... O grande dia, aquele que a «Madame Delfina» escolheu para fazer a sua entrada solene em Paris... e para conhecer finalmente a capital! Mas, admiramo-nos nós, casada já há três anos, a jovem nunca fez o pequeno percurso entre Versalhes e Paris? Não é que não o tenha desejado; pelo contrário, já nesta época a miragem da velha cidade atrai numerosos visitantes. Como muitos outros, Maria Antonieta desejava ir a Paris o mais cedo possível; mais uma vez, a etiqueta entrepusera-se entre a princesa e os seus desejos. A primeira visita dos herdeiros do trono de França à sua boa cidade deve ser rodeada de faustos e, sobretudo, não pode desenrolar-se sem a permissão do rei. Ora, desde há três anos, por uma vez no mesmo lado, apesar do ódio mortal que os opõe, as três tias beatas, os dois irmãos do rei e até a condessa du Barry unem-se para impedir a delfina de conhecer o triunfo que não deixará de lhe ser oferecido pela população parisiense. Tal triunfo dar-lhe-ia um prestígio insuportável para as altas figuras da Corte. Deste modo, revezando-se nesta corrida à perfídia, semana após semana, mês após mês, inventam sempre um novo obstáculo aos desejos de Maria Antonieta. É precisamente aquilo que esta não pode admitir. Ávida de aproveitar a juventude, não compreende por que é proibido obedecer aos seus sentimentos, nesta Corte de França cujos membros pare-

Maria Antonieta

cem estagnados sob o lençol do tempo. De bom grado acabaria com este tédio solene que rege o emprego do tempo da família real; aliás, não deixa de o fazer, suscitando já numerosas críticas. Mas se as maledicências de que é objecto a indignam, não chegam para a impedir de seguir os impulsos do seu coração. Aos dezoito anos, instruída por três anos de experiência, sabe agora distinguir os adversários e evitar as armadilhas que lhe estendem.

Maria Antonieta arrasta consigo o marido. Não é que o pobre rapaz tenha recuperado os meios que tão cruelmente lhe fazem falta, mas, pelo menos, «descongelou». Agora está apaixonado pela mulher. Já não era sem tempo... Não há dúvida de que a alegria e o entusiasmo de Maria Antonieta são contagiosos; triunfaram sobre a apatia e timidez do delfim. Quando chega a noite, embora sinta sempre a vontade irresistível de ir para a cama, o jovem acompanha agora a mulher nas suas saídas nocturnas e confraterniza com os seus amigos. Na maioria das vezes, é em família que os delfins se divertem; acompanham-nos os jovens casais formados pelo conde de Provença e pelo conde de Artois. Os irmãos do delfim desposaram duas irmãs, Maria Josefa e Maria Teresa de Sabóia, que são tão parecidas até na fealdade repulsiva. Se Provença parece acomodar-se com Maria Josefa, o mesmo não se passa com Artois. No dia seguinte ao seu casamento, deixou a mulher para ir ter com a amante, de modo que a infeliz se viu abandonada, no meio de uma Corte que não conhecia. Mais uma vez, Maria Antonieta deixa falar o coração e convida a condessa de Artois a juntar-se ao seu pequeno grupo. Assim, o futuro Carlos X é obrigado a aceitar a companhia da esposa. Outro par se junta regularmente aos três casais principescos, o duque de Chartres e a sua mulher, Batilde de Orleães. Todos parecem entender-se muito bem; nem sempre será assim, mas, por agora, o clima é agradável e até Luís Augusto manifesta um bom humor a que o seu círculo não estava habituado.

Sensibilizada pelos esforços do delfim, Maria Antonieta foi descobrindo neste companheiro qualidades humanas que a impressionavam. Comparando-o com os dois cunhados e com o primo, não hesita em confessar a Mercy:

«Estou convencida de que se tivesse de escolher um marido entre os três, preferiria aquele que o céu me deu, e ainda que ele seja desajeitado, tem todas as atenções e complacências por mim.»

Em busca do prazer

E, numa carta à mãe, confirma a sua boa disposição:

«No que respeita ao meu querido marido – diz-lhe ela – mudou muito e tudo para melhor. Manifesta muita amizade por mim e até começa a mostrar confiança.»

É verdade que Luís Augusto tenta mostrar-se galante e, ainda que o faça de forma desajeitada, a delfina não deixa de apreciar os esforços do marido. Na falta de amor, sente por ele verdadeira afeição. Quanto a Luís, subjugado por ela e, como vimos, consciente da posição «especial» em que se encontra, é incapaz de resistir aos caprichos da mulher. Num dia da Primavera de 1773, quando Maria Antonieta lhe declara que deseja ir brevemente a Paris, mesmo que tenha de quebrar o protocolo, Luís apressa-se a aquiescer.

Como a ida do casal principesco à capital só se pode efectuar com a permissão do rei, a delfina, determinada quando se trata do seu prazer, vai ter com Luís XV e expõe-lhe o objecto dos seus desejos. Sempre galante com uma mulher bonita, o rei não só acede ao seu pedido como também a autoriza a marcar a data da visita. Foi, portanto, ela quem escolheu o dia de 8 de Junho.

Na expectativa do grande momento, a princesinha ferve de impaciência; os dias passam e já não aguenta mais; uma ideia louca atravessa-lhe o espírito: e se fosse a Paris clandestinamente? Não tem dificuldade em convencer o marido e o cunhado Artois, e eis que os três jovens, em plena noite, mandam preparar uma carruagem e dirigem-se para a capital! Travestidos e disfarçados, vão ao baile da Ópera. Maria Antonieta saboreia com uma alegria infantil este prazer proibido e jura a si mesma repeti-lo. Embora se tenham deitado muito tarde, os três heróis da aventura assistem devotamente à primeira missa na manhã seguinte, e a sua escapadela não é descoberta.

Chega então o muito esperado 8 de Junho, primeiro contacto de Maria Antonieta com o povo que, depois de a ter levado ao triunfo, a levará ao suplício. Debaixo de um Sol radioso, na estrada entre Versalhes e Paris, a multidão forma uma fileira ininterrupta que grita o seu entusiasmo e fidelidade ao jovem casal. E este júbilo popular vai aumentando à medida que se aproximam de Paris. Nas portas da cidade, o governador, marechal de Brissac, apresenta as chaves da cidade. Maria Antonieta sente-se nas nuvens; nunca nos seus sonhos mais loucos imaginara tal recepção, pois é sobretudo para ela que se dirigem as aclamações, que são outras tantas homenagens à sua beleza. O canhão ressoa

Maria Antonieta

nos Paços do Concelho, nos Inválidos e na Bastilha, a mesma Bastilha cuja queda será o prelúdio à da monarquia. Outro encontro com o destino, com as mulheres do mercado, que lhe oferecem flores; entre as que contemplam com admiração a bonita cabeça da delfina, quantas exigirão o machado do carrasco, vinte anos depois?... Mas hoje, diante deste povo em adoração, nenhuma visão funesta poderia ofuscar o enlevo da jovem.

Quando aparece na varanda das Tulherias, é o delírio: os homens agitam os chapéus, as mulheres levantam os filhos para estarem mais perto do ídolo; esta alegria colectiva roça a histeria... Projectemo-nos mais uma vez no futuro: a 10 de Agosto de 1792, uma multidão semelhante reunir-se-á frente às Tulherias, mas, em vez de a aclamar, amaldiçoará «a Austríaca»...

Como é que esta recepção não daria a volta à cabeça daquela que é o seu objecto? O seu coração bate ao mesmo ritmo do do povo; a emoção submerge-a, lágrimas brilham-lhe nos olhos; os gritos entusiastas que lhe lançam oferecem-lhe a coroa de França ainda antes da sagração de Reims... Sim, neste momento, Maria Antonieta toma realmente consciência do estatuto de excepção que a Providência lhe atribuiu...

Enquanto centenas de milhares de pessoas clamam agora o nome da futura rainha, a seu lado, o marechal de Brissac, como bom cortesão, acha por bem anunciar-lhe:

«Madame, sem desprimor para Sua Alteza o Delfim, estão aqui duzentos mil homens apaixonados por vós.»

Alguns dias depois desta jornada memorável, ainda impregnada da maravilhosa aventura que vivera, Maria Antonieta senta-se na escrivaninha para transmitir a sua alegria e orgulho àquela que continua a ser a sua confidente favorita, a mãe:

«Na terça-feira passada tive uma festa que nunca mais esquecerei; fizemos a nossa entrada em Paris. No que respeita a honras, recebemos todas as que se pode imaginar, mas tudo isto, embora tenha sido bom, não foi o que mais me tocou; foi antes a ternura e a solicitude deste pobre povo, que, apesar dos impostos que o oprimem, estava extasiado de alegria por nos ver. Quando fomos passear às Tulherias, estava lá uma multidão tal que estivemos três quartos de hora sem poder avançar nem recuar. O senhor Delfim e eu recomendámos várias vezes aos guardas para que não batessem em ninguém, o que fez um belo efeito. Houve tanta ordem em todo este dia que, apesar do enorme número de pessoas que nos seguiram para toda a parte, não houve ninguém ferido. No

Em busca do prazer

regresso do passeio, subimos a um terraço descoberto e ficámos aí cerca de meia-hora. Não consigo expressar-vos, querida mãe, os enlevos de alegria, de afeição, que nos demonstraram nessa altura. Antes de nos retirarmos, acenámos ao povo, que sentiu grande prazer. Como é bom, na nossa situação, conquistar a amizade de um povo por tão pouco! No entanto, nada há de tão precioso; senti-o bem e nunca o esquecerei.»

É uma demonstração significativa da sua sensibilidade. Repetimo-lo: em Maria Antonieta, os juízos passam sempre pelo coração. Este entusiasmo popular encontrou nela um forte eco. Note-se também que ela está consciente da miséria do povo e que se aflige com isso. Mas, no seu espírito, as impressões sucedem-se a um ritmo incessante e não lhe dão tempo para se concentrar num mesmo pensamento. Uma ideia expulsa a outra; ávida de aproveitar a sua vida dourada, esquece no dia seguinte aquilo que, na véspera, a afectara. Depressa se habitua a esta idolatria de que é objecto, considerando-a a coisa mais natural do mundo, a homenagem justa de um povo à sua soberana.

Este estado de espírito pode surpreender; para o compreendermos, temos de nos lembrar do atavismo de Maria Antonieta; descendente de uma longa linhagem de reis, fazendo parte da família Habsburgo, habituada a um domínio absoluto sobre os povos que governa, ela admite, como um facto estabelecido pela tradição histórica, as infelicidades do povo. Como tem um espírito bom, lamenta esse facto... no momento, mas se um novo prazer a solicita, se uma noite a espera, deixa de se preocupar com o assunto. Tudo para a sua alegria de viver, não quer assombrá-la pela invocação da desgraça dos outros. Aliás, tem grande dificuldade em invocá-la, pois é tão feliz que não pode imaginar que os outros o não sejam também. Esta adulação que a rodeia dá-lhe uma segurança que não possuía. Acabou-se a rapariga tímida que corava quando lhe dirigiam a palavra e que se deixava impressionar pelas grandes figuras da Corte. Agora, a delfina tomou consciência da sua importância, fala alto e firme, impõe as suas vontades, rejeita todas as tutelas, quer se trate da das tias ou da do faz-tudo da mãe, Mercy-Argenteau. O seu andar continua a ter aquela graça alada que faz lembrar uma dança, mas é mais firme, mais altivo. Mesmo no plano dos conhecimentos, que deixam muito a desejar, fez alguns progressos; domina agora o francês e as suas cartas ressentem-se disso. A única mancha no quadro, mas grande, é o vazio do seu coração. Embora esteja completamente arrebatado pelo encanto da sua mulher, Luís não se tornou, porém, um «amante ideal»; as suas tentativas, incessantemente repetidas, falham sempre também lastimosamente. Maria Antonieta sente-se, pois, muito só num domínio em que, na sua idade, todas as esperanças são permitidas. Não tendo ninguém para amar, recalcando em si os desejos do corpo e as aspirações do coração, «apaixona-se por si mesma – como escreve Stefan Zweig, que acrescenta – o doce veneno da lisonja circula-lhe nas veias». Por outras palavras, debaixo da vaga de cumprimentos que a submerge, a jovem perdeu a noção das realidades para nadar em plenas delícias de Cápua. Quando despertar, será tarde de mais.

A sua visita a Paris marca então o início da metamorfose da adolescente numa mulher segura do seu encanto e poder. Ao regressar a Versalhes, no intuito de agradar a Luís XV, que poderia ter aproveitado a sombra desta súbita popularidade – ele próprio, agora, evita os banhos de multidão, que lhe são cada vez menos favoráveis –, diz-lhe com um sorriso sedutor:

«Senhor, Vossa Majestade deve ser bem amada pelos Parisienses, pois eles receberam-nos muito bem.» Não se pode ser mais diplomata... Como um licor inebriante que tivesse saboreado, Maria Antonieta está louca por Paris. Depois de lá ter ido, só pensa em voltar, e não se privará disso. No dia 16 de Junho vai à Ópera, a 23 está na Comédie-Française, no dia 30 nos Italianos; em todos estes lugares é longamente aclamada pelos espectadores, o que amima agradavelmente a sua vaidade. Claro que Luís a acompanha, ou melhor, segue-a a alguns passos, pois não sabe que atitude tomar face a estas manifestações populares. Mercy, por seu lado, está encantado e dá parte da sua satisfação à imperatriz:

«É sempre à Madame Delfina que tudo isso era dirigido e seriam precisos volumes para descrever todas as expressões enternecedoras que se faziam, observações sobre a figura, sobre os encantos, sobre o ar de afabilidade e de bondade da Senhora arquiduquesa.»

Senhora arquiduquesa... Decididamente, o embaixador conserva esta denominação; no seu espírito, apesar do casamento, Maria Antonieta continua a ser a fiel súbdita da mãe. Ela própria partilha este ponto de vista e sente-se ainda austríaca de coração. Este sentimento terá consequências nefastas para a delfina.

Apesar desta onda de popularidade que rodeia a filha, ou talvez por causa dela, Maria Teresa continua a temer os impulsos inopinados da princesa. «O seu comportamento fornece provas suficientes do seu carácter pouco reflectido e demasiado apegado às suas próprias ideias. Apesar

Em busca do prazer

das suas belas qualidades e do seu espírito, continuo a temer os efeitos da sua leviandade e teimosia...», escreve ela a Mercy.

As cada vez mais frequentes visitas a Paris têm, evidentemente, a aprovação do delfim, que, quando não pode acompanhar a mulher, não vê qualquer inconveniente em ela ir à capital sem ele. O espírito de tolerância vale-lhe uma nota positiva por parte da princesa:

«O Senhor Delfim ficou maravilhado todas as vezes que esteve em Paris – escreve ela – e, ouso dizê-lo, conquistou o espírito do povo pelo ar de boa amizade que havia entre nós; talvez tenha sido isso que fez com que se dissesse que me beijou em público, embora não seja verdade.»

Confissão significativa: as manifestações de carinho em público, não é o género do delfim. Quanto às manifestações mais íntimas, sabemos como é. Luís não se resolve a submeter-se à operação indispensável e espera que um acréscimo de comida lhe dê os meios para honrar finalmente o casamento. Então, para preencher os vazios das suas noites, Maria Antonieta multiplica as saídas nocturnas. Na maioria dos casos, estas substituem as visitas oficiais, porque, se Maria Antonieta tinha no princípio grande prazer em se fazer reconhecer e aplaudir, tem agora muito mais em misturar-se na multidão anónima dos pândegos. Com o rosto escondido por trás de uma máscara, seguida de um séquito composto de amigos íntimos, na primeira fila dos quais figura o conde de Artois, o seu jovem cunhado, a princesa mergulha com entusiasmo nos prazeres que só Paris pode oferecer. O alegre grupo aparece frequentemente no baile da Ópera, mas por vezes arrisca-se também em lugares menos recomendáveis. Ao abrigo do anonimato, Maria Antonieta diverte-se como uma louca, sem se preocupar em saber quem são os seus parceiros ocasionais. Evidentemente, os seus divertimentos nunca vão demasiado longe. Mesmo que o marido seja apenas um figurante, a sua educação, os seus princípios proíbem-lhe as aventuras extraconjugais... Tal não impede que o rumor destas escapadelas se difunda rapidamente, amplificado pela maledicência que atribui à delfina pecados que ela teria alguma desculpa para cometer... mas que não comete.

No entanto, «o espião» Mercy não deixa de informar Maria Teresa das atribulações da sua filha, e a imperatriz repreendeu-a novamente; mas como travar esta jovem fervorosa, lançada na busca do prazer? Agora que descobriu as alegrias da liberdade, não tem qualquer intenção de dela se privar. Afinal, que faz senão evadir-se da vida monótona de Versalhes, das solenidades antiquadas da Corte, do escárnio das três tias?

Maria Antonieta

É por isso que, duas ou três noites por semana, com os amigos, sobe para uma carruagem e precipita-se para esta cidade onde sopra o vento da liberdade.

Infelizmente, isto é tudo o que retém da capital. De madrugada, quando regressa a Versalhes e, no caminho, se cruza com o povo que vai para o trabalho, não tem a curiosidade de se debruçar mais sobre o modo de vida desses milhares de homens e mulheres de destinos dolorosos. Também nunca teve a curiosidade de visitar o Parlamento ou a Academia Francesa, ainda menos os hospitais ou os hospícios de idosos, não procura conhecer escritores ou cientistas... Não, só lhe interessam os sítios onde há diversão, só as frases galantes e ditos espirituosos lhe seduzem os ouvidos. Esta amante frenética de Paris nunca ouvirá bater o coração da cidade...

Pierre de Nolhac explicou muito bem as razões de uma atitude que, com o passar dos anos, suscitará críticas cada vez mais intensas:

«No final do reinado de Luís XV, aquilo que de mais grave se criticava a Maria Antonieta era o que podia ser desculpado pela sua idade: o amor imoderado pelos prazeres. Com a sua saúde e fervor de criança, encontrava neles a compensação natural para as obrigações estritas da Corte, com as quais se devia aborrecer.»

Esta necessidade de se distrair, de encontrar paliativos para a sua situação insólita não era suficiente, porém, para preencher o coração de Maria Antonieta. Este coração é exigente, o que é muito normal numa rapariga. Na falta do grande amor, a delfina vai refugiar-se na ternura, e é numa amizade feminina que a vai encontrar.

Maria Teresa de Sabóia-Carignan, princesa de Lamballe, tem vinte e cinco anos e está já viúva há vários anos, desde que o marido morreu num estado de forte devassidão. Assim, apesar da imensa fortuna que lhe fora deixada, a princesa sente-se marcada pelo destino. Maria Teresa figurava entre as damas encarregadas de receber Maria Antonieta aquando da chegada desta a Versalhes. A delfina sentiu-se imediatamente atraída pelo sorriso um pouco triste, pelo olhar emotivo e pelas maneiras suaves da jovem. Desde então que se encontravam frequentemente e a delfina tinha cada vez mais prazer nesses encontros. Hoje, a amizade delas é tão forte que já provoca comentários das más-línguas da Corte. Madame Adelaide, em especial, vê com maus olhos o entusiasmo da sobrinha pela Madame de Lamballe. Apegada ao seu ódio por todos os seres jo-

Em busca do prazer

vens e belos, cuja visão ofende a sua própria fealdade, esta velha vota agora a delfina às gemónias. É que Maria Antonieta já não se deixa intimidar por ela; às suas observações malevolentes, responde com o sorriso desdenhoso que caracteriza a fisionomia dos Habsburgos. Seria preciso mais do que isso para a fazer renunciar à «sua querida Lamballe».

Aquilo que aproxima as duas jovens são também os muitos pontos em comum, cujo inventário se pode ver na bela biografia que Michel de Decker consagrou à princesa:

«Que semelhança nos seus destinos! – exclama ele. – Não foram ambas casadas por procuração?... Não são as duas estrangeiras, desenraizadas? O mesmo sangue alemão não lhes corre nas veias? E, acima de tudo isso, a mesma angústia moral, as mesmas desilusões, a mesma profunda decepção: do seu casamento, Maria Teresa conservava apenas recordações amargas, Maria Antonieta não tinha nenhuma...»

E Michel de Decker acrescenta: «Eis duas mulheres em posição de se compreenderem, de simpatizarem, de se amarem...»

E nunca mais se vão separar, estas duas princesas que o destino parece ter mimado, mas às quais, porém, não deu o bem mais precioso, o amor.

Aquilo que Maria Antonieta encontra na sua nova amiga é um coração frágil como o seu, é também um ouvido para as suas confidências. À «sua querida Lamballe», pode confessar os pensamentos mais íntimos sem correr o risco de ser traída; e a delfina não se priva disso. Não há dia em que não se encontrem; quando se sentem observadas, afastam-se dos outros e conversam reservadas, geralmente pontuados por risos sonoros da delfina. A cumplicidade das princesas, que não tentam dissimular, aguça as calúnias, mas elas não se preocupam. Mirabeau, que observa a Corte enquanto a combate, dá-nos esta reflexão edificante:

«A delfina era muito sensível à graça. Em geral, o aspecto dos homens, a figura das mulheres não lhe eram indiferentes; ria e escarnecia de tudo o que era feio e desagradável... Até à morte de Luís XV, só a princesa de Lamballe parecia ter a amizade especial da rainha.»

Assim, todos os dias Maria Teresa de Lamballe deixa Paris em direcção a Versalhes, onde a delfina a espera impacientemente. Quando a princesa fica em Paris, é Maria Antonieta que vai ao seu encontro. Noutros casos, as duas mulheres passeiam-se demoradamente em Choisy ou em Fontainebleau, tal como o farão mais tarde em Trianon. Michelet, a quem a imaginação nunca falta, evocará a intimidade delas... como se estivesse estado presente:

Maria Antonieta

«Os pequenos banhos às escondidas, os gabinetes secretos podem dar uma ideia disso, com os seus espelhos, os seus ornamentos de madrepérola. Nada de pinturas obscenas, mas leves e galantes, como mãos de mulheres, e de mulher excitada...»

Quanto aos cortesãos, pouco embaraçados com a delicadeza, insinuam, nem mais nem menos, que as relações de Maria Antonieta com Maria Teresa são das mais «particulares». Felizmente, a posteridade encarregou-se de fazer justiça a estas afirmações, que não se baseiam em nada de preciso, a não ser no ciúme e inveja de um grupo de ociosos. Na época, Madame Campan, a camareira da rainha, já protestara com indignação contra essas alegações. Quanto à infeliz princesa de Lamballe, também ela as rejeitará quando diz: «Sei que se caluniou a minha amizade com a rainha; nada do que se disse é verdade»[3].

André Castelot lembra-nos que o caso de Maria Antonieta e Madame de Lamballe não é excepcional numa época em que as «amigas ternas» estão na moda, sem que, porém, haja algo de equívoco nas suas relações. Aliás, o próprio Luís XVI não vê qualquer inconveniente na predilecção da mulher; afinal de contas, prefere para ela essa companhia do que a dos jovens presunçosos que lhe fazem a corte, como Lauzun ou Besenval. Ambos têm «argumentos» de que o pobre delfim não dispõe! Quanto a Mercy, não vê favoravelmente esta amizade demasiado forte, que ele receia que tenha influência nefasta sobre o espírito frágil da delfina. Mas Maria Antonieta não quer saber das suas opiniões. Em 1774, algumas semanas depois de ter subido ao trono na companhia do marido, a rainha vai dar à amiga uma demonstração clara da sua afeição: nomeia-a superintendente da sua Casa, cargo regiamente pago, que a princesa aceita sem se fazer rogada, apesar da sua imensa fortuna. Maria Antonieta teve de lutar para conseguir a nomeação da sua favorita, pois Luís XVI não era favorável à ideia, mas acabou por ceder; hábito que nunca perderá...

Para seguirmos a ascensão do poder da princesa de Lamballe, tivemos de antecipar o curso dos acontecimentos, acontecimentos de alcance considerável, pois a 10 de Maio de 1774, a «Madame delfina», a «Madame arquiduquesa» torna-se Sua Majestade, a rainha de França. No termo de uma agonia atroz, vítima de varíola – doença que, na épo-

---

[3] Citado por Michel de Decker em *La Princesse de Lamballe*.

Em busca do prazer

ca, raramente perdoava –, Luís XV sucumbiu, deixando o pesado fardo do reino sobre os ombros de um rapaz de dezanove anos e de uma rapariga de dezoito.

Nos dias que antecederam o finamento do velho libertino, Mercy, sempre lúcido, emitiu um diagnóstico que se revelaria exacto:

«O senhor delfim – escreve ele a Maria Teresa – nunca terá a força nem a vontade de reinar por si mesmo. Se a Senhora Arquiduquesa não o governar, será governado por outros. Ora, a Senhora Arquiduquesa teme demasiado os assuntos do reino. Daí resulta que o seu carácter tenda para uma atitude passiva e dependente. É da máxima importância que a Senhora Arquiduquesa aprenda a conhecer melhor e a avaliar as suas forças.»

A imperatriz da Áustria não parece convencida das capacidades da filha, tal como demonstra esta resposta ao seu embaixador:

«Confesso-vos francamente que não desejo que a minha filha adquira alguma influência decisiva nos assuntos do reino. Sei muito bem por minha própria experiência o fardo pesado que é o governo de uma grande monarquia. Além disso, conheço a juventude e a ligeireza da minha filha, e o seu pouco gosto pela aplicação – é que ela não sabe nada! Isto faz-me desconfiar do sucesso no Governo de uma monarquia tão fragilizada como é actualmente a França.»

Conclusão severa, mas justa; não se deve contar com Maria Antonieta para restabelecer um equilíbrio tão seriamente comprometido. É verdade que a jovem rainha não aprecia muito os assuntos do reino. A mudança de situação não lhe alterou o estado de espírito; este continua virado para as coisas agradáveis, para aquelas que não exigem qualquer esforço intelectual e, sobretudo, que a divirtam. Durante o período de luto que se segue à morte do rei, não observou a reserva que se impõe em tais circunstâncias. Certo dia, chega ao ponto de se rir das expressões afectadas que as velhas duquesas se sentem obrigadas a exibir. Estas levam muito a mal a ofensa e declaram que não voltarão a pôr os pés na Corte «dessa pequena trocista». A partida das duquesas não afecta em nada a jovem rainha:

«Passados trinta anos, não percebo como ainda ousam aparecer na Corte»[4], limita-se ela a dizer, rindo.

---

[4] Citado por André Castelot em *Marie-Antoinette*.

Luís XVI, que tem apenas uma noção muito vaga de como deve dirigir o país, não pode, pois, contar com a mulher para o auxiliar nesta dura tarefa. O que não significa que Maria Antonieta não se intrometa em alguns assuntos políticos. Pelo contrário, nos anos que se seguirão, vê-la-emos intervir cada vez mais frequentemente, mas as suas intervenções procederão mais de desatinos e impulsos de coração do que de juízos reflectidos. Também neste domínio, obedece aos impulsos do momento; impulsos que tem dificuldade em controlar devido à extrema nervosidade do seu temperamento e à preguiça do seu espírito. Recebeu a ascensão ao trono como um presente da Providência, um presente muito agradável, já que a dispensa das tutelas que até então tinha de suportar, mas não se vê na pele de um verdadeiro chefe de Estado, a exemplo da sua mãe. Pretende usar o poder apenas para satisfazer os seus desejos ou caprichos. Neste domínio, podemos acreditar nela...

Ébria da sua omnipotência – já pressente que Luís XVI não se oporá às suas vontades –, dirige à mãe estas linhas significativas:

«Embora Deus me tenha feito nascer com o estatuto que hoje ocupo, não resisto a admirar a organização da Providência que me escolheu, a mim, a mais nova das vossas filhas, para o mais belo reino da Europa.»

Aquilo que lhe aumenta ainda mais a ebriedade é a recepção que o povo reserva à sua nova soberana. Durante todo o reinado de Luís XV, a classe trabalhadora conheceu condições de vida cada vez mais penosas; muitas vezes, nos campos, esteve à beira da penúria. Graças a um sentimento natural de esperança relativamente a tudo o que é novo, o povo espera do reinado que agora começa uma melhoria da sua sorte. A presença de uma rainha jovem e bonita reforça esse sentimento, daí uma recuperação de popularidade para Maria Antonieta. A rainha vai aproveitar este facto para satisfazer as suas vontades.

Em primeiro lugar, para ajustar algumas contas. Como é evidente, a prioridade vai para Madame du Barry: a infortunada condessa é expulsa da Corte e proibida de lá voltar a pôr os pés. Os seus poucos amigos – já não tinha muitos desde que se adivinhara a morte de Luís XV – vão também pagar, a começar pelo chanceler d'Aiguillon, que tomara o partido dos adversários da delfina. Choiseul, que o rei defunto, a pedido da favorita, tinha exilado para o seu domínio de Chanteloup, regressa triunfalmente a Versalhes, mas não tanto como esperava, pois Luís XVI, não tendo qualquer simpatia por ele, não lhe quis restituir o cargo de primeiro-ministro. É a Maria Antonieta que Choiseul deve o seu regresso

Em busca do prazer

em graça; a rainha demonstrou-lhe assim o seu reconhecimento pelo papel que desempenhara na conclusão do seu casamento. Como a mãe lhe fez saber que não gostava muito de voltar a ver Choiseul no poder, Maria Antonieta não insistiu; os assuntos do seu país de origem têm sempre primazia sobre os do país de adopção.

No início do reinado, a jovem rainha faz apenas algumas raras incursões no campo da política; as coisas sérias aborrecem-na, enquanto outras tentações se lhe oferecem. Além disso, tem tanto para fazer se quiser acomodar as condições da sua vida à medida dos seus desejos... Agora que é a senhora da casa, a sua primeira tarefa vai consistir em tornar Versalhes mais humano, menos lúgubre... Para isso, terá de subverter costumes ancestrais, o que não é pouco. Nas suas *Memórias*, Madame Campan dá-nos uma ideia daquilo que espera a soberana:

«Quer o costume que, aos olhos do público, as rainhas de França apareçam rodeadas apenas por mulheres; embora o rei comesse publicamente com a rainha, era servido por mulheres. Quatro mulheres, em traje de cerimónia, apresentavam os pratos ao rei e à rainha; a dama de honor servia-lhes as bebidas. Antigamente, este serviço era prestado pelas damas de honor. Quando sobe ao trono, a rainha abole este costume; acaba também com a necessidade de ser seguida, no palácio de Versalhes, por duas das suas aias em trajes de Corte, nas horas do dia em que as damas não estavam com ela. Doravante, era acompanhada apenas por um lacaio e dois criados de libré. Todos os erros de Maria Antonieta são deste género. A vontade de introduzir a simplicidade dos costumes de Viena em Versalhes foi-lhe mais prejudicial do que poderia imaginar.»

Um frequentador da Corte aponta no mesmo sentido ao declarar:

«Sua Majestade aborrece-se com as cerimónias e não se sujeitará à etiqueta que ela já subvertera quando era ainda delfina.»

Estas reformas, ainda tímidas, como nos diz Madame Campan, provocam fortes críticas no seio da Corte. Por estas reacções, podemos fazer ideia do estado de espírito arcaico da alta sociedade francesa. Nunca a expressão «Antigo Regime» foi tão merecida pelo sistema que governa então a França; facto que a impetuosa Maria Antonieta não pode admitir. Aquilo que mais a irrita é estar sempre acompanhada; nunca tem um momento de solidão, já que isso é contrário à etiqueta. Para uma rapariga criada em liberdade, cujos passos em Schönbrunn não eram vigiados muito de perto, os cerimoniais que a rodeiam são insuportáveis. Por

Maria Antonieta

isso, tenta livrar-se das obrigações que lhe querem impor. Entre outras coisas, vai simplificar a cerimónia do levantar. Logo que sai da cama, prescinde das damas de honor para se entregar aos cuidados especializados de Rose Bertin, a sua modista, e de Léonard, o cabeleireiro. Maria Antonieta tinha por ambos uma daquelas afeições cujos impulsos não podia controlar. Com eles, a rainha passa às vezes horas a escolher os vestidos que usará ou o penteado mais ou menos extravagante de que lançará a moda. Para aprofundar um pouco este aspecto, recorramos novamente às *Memórias* de Madame Campan:

«A rainha foi naturalmente imitada por todas as mulheres. Queriam logo ter a mesma roupa da rainha, usar aquelas plumas, em grinaldas, às quais a sua beleza, que estava então em todo o seu esplendor, conferia um encanto infinito. A despesa das jovens aumentou extraordinariamente; as mães e os maridos murmuravam sobre isso; houve lamentáveis cenas de família, várias famílias zangadas ou agastadas.»

Cruel destino o de Maria Antonieta, que fez dela o bode expiatório de todos os males do país. Do domínio da moda, as críticas vão passar, com o correr dos anos, para outros terrenos mais perigosos. Mas, ligando apenas ao seu prazer, Maria Antonieta recusa ver o perigo; como escreve Rivarol: «Sempre mais perto do seu sexo do que do seu estatuto, ela esquece que está feita para viver e morrer num trono autêntico.»

Maria Antonieta está muito longe deste género de considerações; aquilo que mais lhe interessa é ser uma mulher bonita, a mais bonita do reino, como lhe repetem os seus admiradores, que, aliás, não exageram.

Horace Walpole, quando a conhece, fica deslumbrado, a ponto de esquecer a sua fleuma britânica e exclamar: «Quando está de pé, é a estátua da Beleza; quando se move, é a Graça em pessoa...»

Os retratos que temos dela têm o inconveniente de a representarem numa pose imóvel, enquanto que é pelo movimento do corpo que ela encanta. Quando aparece num salão, os seus gestos revelam uma harmonia natural; parece animada por uma música interior que lhe ritma os passos e imprime ao seu andar um movimento verdadeiramente soberano. Por vezes, a sua jovem idade ganha prioridade sobre as conveniências, põe-se a correr com as jovens amigas, mas, mesmo quando joga à cabra-cega ou se entrega a qualquer outro exercício, a brusquidão do esforço não prejudica em nada a majestade da sua presença. Como é que um ser tão encantador não atrairia um enxame de jovens desejosos de clamar a sua adoração? De tal modo que a rainha recebe as homenagens

Em busca do prazer

com um prazer evidente. Ao «pôr de lado» as velhas jarretas da Corte, afirmava assim que o seu reinado seria o da juventude, e arrasta consigo um alegre cortejo. Na primeira fila do «bando» figura o irmão mais novo do rei, o conde de Artois. O futuro Carlos X, que, mais tarde, quando chegar a sua vez de reinar, dará o espectáculo de um velho abeatado, é então um jovem libertino, mulherengo, cujo espírito mordaz roça a insolência. Maria Antonieta diverte-se na companhia deste jovem cunhado e não o esconde; mesmo quando Artois escarnece abertamente do irmão mais velho e recusa demonstrar-lhe o respeito devido a um soberano. Não há dúvida de que Maria Antonieta deve tremer de prazer quando o cunhado clama alto e a boa voz: «Só há um rei de França, a Rainha!»

Mas, sobretudo, o que mais aprecia no jovem é o facto de ele a distrair; apesar do seu rosto sorridente, a soberana sofre do mal que oprime então os membros das famílias reais: o tédio. Por isso, Maria Antonieta segue Artois e os amigos nas suas alegres peregrinações. O conde e o seu primo, o duque de Chartres, o futuro Filipe-Igualdade, importaram para França as corridas de cavalos, que estavam em voga na Inglaterra; no dia 9 de Março de 1775, podemos ver Maria Antonieta, no bosque de Bolonha, a entregar os prémios aos vencedores da primeira reunião hípica. O tempo está horrível, mau para uma rainha sair; no entanto, heróica debaixo da chuva que cai torrencialmente, instalada num estrado improvisado, Maria Antonieta fica até ao fim e aplaude a vitória do cavalo do seu amigo, o duque de Lauzun. Muitos curiosos foram assistir ao espectáculo insólito de uma rainha de França a tentar agarrar a sua saia levantada por uma forte ventania; talvez não seja uma atitude compatível com a sua dignidade, mas pouco importa, a jovem diverte-se...

IV

O encontro

Decididamente, a pequena rainha não se habitua a Versalhes. Como é óbvio, não se põe a questão de o casal real mudar de residência. Então, Maria Antonieta tem uma ideia: para se evadir, sem sair do recinto do palácio, vai mandar construir uma residência campestre – será o Trianon. Como é habitual, Luís XVI não teve qualquer dificuldade em oferecer este «pequeno» presente à esposa. Do mesmo modo, avaliza sem protestar todas as suas outras «loucuras», para grande desespero do senhor Papillon, intendente das despesas ocasionais – ocasionais talvez, mas muito pesadas –, que chama a atenção para as exigências da rainha, «que não deixam de acarretar uma despesa bastante importante, vista a quantidade de plumas e dourados finos pedidos por Sua Majestade»...

Se as plumas e os dourados são caros, as saídas e as festas são ainda mais dispendiosas, tanto mais que, nas suas escapadelas, a soberana arrasta consigo um séquito de parasitas que ela trata com uma familiaridade incompatível com o estatuto que ocupa. A imperatriz Maria Teresa fica novamente arreliada:

«Diz-se que não se distingue a rainha dos outros príncipes, que a familiaridade é extrema. Deus me guarde de vos inspirar que lhes façais sentir a superioridade em que Deus vos colocou, mas haveis sido muitas vezes surpreendida tanto pelas tias como pelo conde e condessa de Provença. Diz-se que o conde de Artois é excessivamente atrevido; não convém que tolereis isso; a longo prazo, podereis ter problemas. É preciso manter-se no seu lugar, saber desempenhar o seu papel; deste modo, ficamos e colocamos toda a gente à vontade...»

Maria Antonieta já não é a criança submissa que era ainda não há muito tempo. Por isso, insurge-se:

«O rei não pensa gastar milhões em obras; isso é um exagero, tal como as minhas familiaridades», responde ela à mãe. «Não me cabe a mim julgar-me, mas parece-me que, entre nós, existe apenas a boa amizade e a alegria da nossa idade. É verdade que o conde de Artois é muito vivaz e travesso, mas sei fazer-lhe sentir as suas faltas. Quanto às minhas tias, já não se pode dizer que me guiem; e a respeito de Monsieur e Madame(*), estou longe de me confiar inteiramente a eles.»

Maria Antonieta não ignora o ódio inspirado pela inveja que lhe votam agora Provença e a sua horrível mulher; o irmão mais novo de Luís XVI, que se julga infinitamente superior ao irmão, nunca se resolveu a ceder-lhe a precedência. Quanto a Maria Antonieta, o encanto e elegância desta são um insulto permanente para a fealdade da sua própria esposa.

Por seu lado, se as três velhas beatas enviam a sobrinha às gemónias, é porque a rainha escapou definitivamente à sua tutela, o que não lhe poderiam perdoar. Também para elas, a beleza da jovem tem algo de ofensivo. Pertence-lhes o «mérito» de terem sido as primeiras a apelidá-la de «a Austríaca».

Infelizmente, os acessos de ódio, inicialmente limitados à família real, vão difundir-se progressivamente no público. Durante o Verão de 1774, alguns panfletos começaram a circular; um deles, redigido por Beaumarchais, dava conta de uma alegada conspiração contra o rei, na qual a rainha poderia ser cúmplice. Da primeira à última palavra, é uma efabulação, tal como se pode ver pela sua leitura:

«Os únicos meios seguros de controlar esta jovem são confiá-la à vigilância das virtuosas princesas suas tias, romper todas as relações secretas entre ela e a sua mãe, afastar Choiseul, que, relativamente aos

---

(*) *Monsieur* era a denominação oficial do irmão mais velho depois do rei. (*N. T.*)

O encontro

costumes e ao saber da rainha, é o homem mais perigoso. Acreditai que o mal contra o qual tento prevenir todos os interessados está mais perto do que se imagina. Acreditai, sobretudo, que o Estado estará perdido se o rei não tomar, contra a ambição e vaidade da sua mulher, todas as precauções que a prudência, a religião e o amor pela justiça devem inspirar.»

Ainda que seja evidente a intenção de importunar que guiou a mão de Beaumarchais, é verdade que a rainha, pelas suas imprudências, dá o flanco aos rumores caluniosos. No entanto, está convencida de que nada tem a recriminar-se e dá novos exemplos da generosidade do seu coração. Assim, durante uma caçada, um guarda foi ferido por um veado; Maria Antonieta mandou chamar a mulher do guarda, sentou-a na sua carruagem e, depois de a ter reconfortado, deu-lhe uma bolsa. Mas estes gestos não são suficientes para silenciar os comentários venenosos que aumentam à medida que o tempo passa. Quando ela aparece em público, os aplausos são menos sonoros do que antes; a diferença é ainda imperceptível e Maria Antonieta não se dá conta do facto. Além disso, lançada no ritmo de uma vida em constante movimento, não tem uma pausa para pensar. Anda numa roda-viva de festa em festa, mal tendo tempo para se alimentar, começando mil coisas e não terminando nenhuma, movida por uma espécie de frenesim que nunca acalma. O seu irmão, José II, que partilha o trono da Áustria com Maria Teresa, e que conhece bem a irmã, resume o seu comportamento em poucas palavras:

«O seu primeiro movimento – diz ele – é sempre o verdadeiro, e se ela o seguisse, reflectindo um pouco mais, seria perfeita.»

Só que, para reflectir, teria de acalmar a sua agitação, o que não se resolve a fazer. Neste domínio, como ela é diferente de Luís XVI! Quando «o bravo homem» – como ela lhe chama – se vai deitar, por volta das onze horas, é a altura em que ela se prepara para sair, para ir ao baile ou frequentar as mesas de jogos. À mãe, que a critica, explica-se com uma ingenuidade que não exclui alguma má-fé:

«Os meus gostos não são os mesmos dos do rei; ele só gosta da caça e dos trabalhos mecânicos. Concordais que eu ficaria muito mal ao pé de uma forja. Não seria Vulcano, e o papel de Vénus poderia desagradar-lhe muito mais do que os meus gostos que ele não desaprova.»

Não é toda a verdade; o rei não aprova nem os locais e companhias que a mulher frequenta nem as suas distracções, mas não faz parte do seu carácter proibir-lhe seja o que for. Luís ainda não resolveu submeter-se à operação obrigatória. No entanto, no fim de 1774, prometeu à rainha fazê-lo; tanto na Corte de França como na de Viena, a notícia adquiriu proporções consideráveis. Será que Maria Antonieta vai sair finalmente do... seu estado de rapariga? Mas, algumas semanas depois, quando o cirurgião exibe os seus instrumentos diante do rei, este fica em pânico e remete a operação para as calendas gregas. Esta fuga pode ser explicada: neste tempo, as intervenções cirúrgicas evocam autênticas torturas. Em contrapartida, o rei prossegue com as suas vãs tentativas, para grande desgosto da jovem, levando-a a desertar frequentemente da cama conjugal e a multiplicar as saídas nocturnas. Mantida ao corrente dos seus feitos e gestos por Mercy, que tem olhos e ouvidos em toda a parte, a mãe irrita-se e faz-lhe saber directamente:

«Os vossos demasiado impetuosos sucessos e os aduladores fizeram-me temer por vós desde este Inverno, em que vos haveis lançado nos prazeres e nos adereços ridículos. Essas corridas ao prazer, sem o rei, e sabendo que ele não tem gozo nisso e que, por pura complacência, ele vos deixa fazer, tudo isso me fez incluir nas minhas cartas as minhas justas preocupações. Mas vejo-as bem confirmadas pelas vossas cartas. Que linguagem! Pobre homem! Onde está o respeito e o reconhecimento por todas as complacências?... Precipitais-vos por vossa culpa nas maiores infelicidades. É o efeito do terrível hábito de não vos aplicardes a nada. E ousais depois intervir em tudo, nos assuntos importantes, na escolha dos ministros? Reconhecê-lo-eis um dia, mas será tarde de mais...»

Mais uma vez, Maria Teresa faz de Cassandra, mais uma vez a filha não lhe dá ouvidos; prossegue aquilo que considera ser um jogo e eis que, desse jogo, vai surgir a mais maravilhosa e inesperada das histórias de amor... Para situar a sua origem, temos de retroceder até às semanas que antecederam o desaparecimento de Luís XV, quando Maria Antonieta era ainda a delfina.

No dia 30 de Janeiro de 1774, como faz habitualmente, Maria Antonieta vai ao baile da Ópera e arrasta consigo alguns fiéis. Desta vez, porém, embora contrariado, o marido acompanha-a. Os dois estão mascarados, como é de regra; esta precaução para lhes preservar o anonimato é ilusória; a silhueta da delfina é agora célebre e os olhares admirativos que os homens lançam à sua passagem dizem-lhe que foi reconhecida. O que, aliás, não lhe desagrada... De repente, o seu olhar fixa-se num jovem louro, com olhos de um azul de porcelana. Ainda que um sorriso lhe ilumine o rosto, uma sombra de melancolia encobre-lhe a alegria. Como ele não usa máscara, Maria Antonieta depressa reconhece nele

O encontro

um jovem fidalgo que ainda recentemente estivera num baile em Versalhes. Trata-se do conde Axel de Fersen, nobre sueco há pouco chegado à capital, cuja presença é já disputada pelos salões mundanos devido à elegância da sua personalidade. Vindo a Paris, em princípio, para completar os seus estudos, Fersen passa a maior parte do tempo em bailes e, sobretudo, a cortejar todas as mulheres atraídas pela sua sedução. O que é, porém, a maneira mais agradável de prosseguir os estudos. Algum tempo antes, num outro baile da Ópera, sem que ele a visse, a delfina surpreendera-o numa conversa galante com uma pessoa amável, trocando com ela frases galhardas que a tinham divertido bastante. Assim, quando encontra o belo sueco neste 30 de Janeiro, movida por um impulso irresistível, aproxima-se com o seu andar cheio de graça e dirige-lhe a palavra. Abrigada sob a sua máscara negra, diverte-se a espicaçar a curiosidade do jovem. Seduzido pelo som da voz dela e também pelo encanto manifestado por cada um dos seus gestos, Fersen deseja levantar-lhe o anonimato. Faz-lhe perguntas às quais ela se limita a responder com os seus bonitos risos. Subitamente, vários dos seus companheiros aproximam-se da dama misteriosa e levam-na, para grande desapontamento do fidalgo sueco. É então que um rumor lhe revela a identidade da interlocutora... Aquelas frases jocosas, a roçar a galhofa, foi à futura rainha de França que as dirigiu! O jovem fica totalmente perplexo.

Assim, no meio de uma multidão ruidosa, num clima de festa muito pouco propício às emoções do coração, desenrola-se o primeiro encontro destes dois seres que uma paixão violenta irá unir, uma paixão exacerbada pelos perigos e obstáculos que lhes surgirão no caminho. Mas nenhum deles podia adivinhar isso, enquanto à sua volta as máscaras de Carnaval dançam uma roda interminável...

Terá Maria Antonieta ficado impressionada com o belo rosto um tanto grave de Axel? É provável, a julgar pela recordação que dele guardará, o que nela não é muito frequente. Quanto ao jovem, se ficou perturbado com a revelação da identidade da máscara negra, não sentiu a violência de um raio. Prova disso é esta nota, no seu Diário, no dia seguinte ao encontro:

«... À uma hora fui ao baile da Ópera; estava lá uma multidão de gente: a senhora delfina, o senhor delfim e o conde de Provença estiveram no baile cerca de meia-hora sem serem reconhecidos; a delfina falou longamente comigo sem que eu a conhecesse; por fim, quando foi reconhecida, toda a gente se juntou à volta dela e retirou-se para um gabinete. Às três horas, saí do baile.»

Maria Antonieta

Nem mais uma palavra; o favor que a delfina lhe fez ao falar longamente com ele não provoca, da parte dele, qualquer comentário especial. Tal como nos bailes que a princesa oferece em Versalhes nas semanas seguintes, aos quais ele vai regularmente. Limita-se a anotar a presença da jovem. Estas notas são, aliás, muito breves; a única reflexão pessoal que contêm diz respeito ao delfim, acerca do qual Fersen nos diz que dança muito mal, o que não admira quando se conhece a falta de jeito do «pobre homem».

O comportamento do jovem conde não surpreende. Repetimo-lo, desde que chegara, pode dizer-se que tem a lotação esgotada... feminina. Atraídas como um íman pela sua beleza, as damas da alta sociedade nem esperavam que ele lhes fizesse avanços, elas próprias disso se encarregavam. Nada de excepcional nesta atitude; neste final do século XVIII, impulsionadas pelo vento de libertinagem que sopra sobre os costumes, as mulheres pretendem libertar-se dos constrangimentos que até então tiveram de sofrer, e não fazem as coisas por menos. Na Corte, o número de maridos enganados atinge proporções vertiginosas, sem que ninguém se importe. Fersen vê-se então envolvido nesta atmosfera de festa, em que os amores culpados são tanto mais apreciados quanto têm o gosto do pecado. Como é encantadora a vida parisiense, quando ele a compara com a vida rígida que levava na Suécia, junto de um pai, o marechal de Fersen, que nada tinha de festivo!

Ávido de desfrutar totalmente da sua juventude, o jovem conserva uma boa recordação do seu encontro com a delfina, nada mais... Além disso, parte pouco depois para Londres, pois tem curiosidade em conhecer outros aspectos desta Europa que ele visita desde que saíra da Suécia. Mas a capital inglesa desilude-o, depressa se aborrece e regressa a Paris em Maio. Entretanto, o velho rei morrera e a «máscara negra», com a qual gracejara no baile da Ópera, é agora a rainha de França. Nos meses e anos que se seguirão, o jovem torna-se, a pouco e pouco, familiar da Corte e, sem que disso tenha consciência, vai nascer e desenvolver-se nele um sentimento de cuja natureza, no início, não suspeita. Por agora, as cartas que dirige ao pai reflectem apenas o seu desejo de ser admitido no círculo real:

«A rainha, que é a princesa mais bonita e amável que conheço – escreve ele ao Senhor de Fersen – teve a bondade de se informar frequentemente sobre mim; perguntou a Creutz([5]) por que razão não ia eu

---

([5]) Embaixador da Suécia em França.

ao seu jogo aos domingos e, tendo sabido que eu tinha ido um dia em que ela lá não estava, deu-me uma espécie de desculpa...»

Este favor que a soberana lhe demonstra abertamente conforta-o na intenção de entrar ao serviço de França e, em breve, solicitará o comando de um regimento. A este respeito, citemos outra carta de Alex ao pai, não menos significativa do que a anterior:

«A rainha trata-me sempre com bondade. Vou muitas vezes visitá-la ao jogo, ela fala-me sempre. Entendeu falar do meu uniforme, demonstrou-me muita vontade de o ver na cerimónia do levantar; devo ir terça-feira assim vestido, não à cerimónia, mas à residência da rainha. É a princesa mais amável que conheço...»

Exclamação reveladora: ainda que o não queira revelar, não há dúvida de que já está apaixonado por Maria Antonieta; a rainha, a coberto do interesse dado a um nobre viajante estrangeiro, já sentiu nascer no seu coração as primícias de um sentimento ao qual chama, então, apenas curiosidade amigável. Para que este amor correspondido explúda, será necessária a lenta maturação de vários anos; mas o interesse que temos em ouvir e interpretar os batimentos do coração da rainha leva-nos a voltar atrás, a fim de respeitarmos a cronologia dos seus sentimentos. Deixemos, pois, provisoriamente, o belo Axel, para nos interessarmos nos outros «bateres de coração» de Maria Antonieta.

Como escreve Stefan Zweig, «ela quer juntar duas coisas humanamente incompatíveis; quer governar e, simultaneamente, divertir-se». Foi para desfrutar plenamente da sua liberdade que quis este brinquedo de luxo: Trianon. Aqui, põe em prática o regresso à natureza que Jean-Jacques Rousseau preconizara em *A Nova Heloísa*; decorou a residência segundo os seus gostos, sem nunca olhar a despesas. Inovação significativa: no quarto, mandou pôr uma cama de *um* só lugar; ou seja, o marido não tem nela direito a figurar. Quando o «bravo homem» vai ver a esposa a Trianon, o que acontece com frequência – demasiada frequência, para o gosto de Maria Antonieta e da sua companhia –, é obrigado, quando chega a noite, a voltar para Versalhes. Gosta de se deitar cedo, por isso nunca prolonga as suas visitas para além do fim do jantar. Certo dia em que ele se demora e o «pequeno» bando espera impacientemente a sua partida, para o apressar, a rainha adianta o relógio uma hora e Luís retira-se precipitadamente, o que provoca a hilaridade da companhia.

Em torno da rainha, além da «amiga do coração», a princesa de Lamballe, gravita uma multidão de «levianos», como se apelidam os jo-

Maria Antonieta

vens que lhe fazem uma corte espalhafatosa... Citemos os mais favorecidos: além do conde de Artois, Besenval, o duque de Coigny, o duque de Guines, o conde húngaro Esterhazy, o conde de Vaudreuil e o mais estouvado de todos, o duque de Lauzun. Cada um deles espera, secretamente, ser o feliz eleito, mas é Lauzun que parece ter as melhores hipóteses. A sua atitude vai levá-lo a cometer algumas imprudências, o que alarma Mercy: «O senhor de Lauzun é muito perigoso pelo seu espírito irrequieto e pela reunião de todo o género de más qualidades», observa ele a Maria Antonieta, que, como de costume, não lhe liga nenhuma. Também ela comete imprudências; não que esteja apaixonada por aquele coração assanhado, mas o facto de se sentir desejada provoca-lhe uma espécie de êxtase. Não é preciso mais para aquele rapaz desmiolado imaginar que ela está pronta a cair-lhe nos braços. Nas suas *Memórias*, Lauzun não tem meias palavras quando, ao narrar um encontro com a rainha durante uma estada em Fontainebleau, escreve:

«Lancei-me a seus pés; ela estendeu-me a mão, que beijei várias vezes com fervor, sem mudar de posição. Ela inclinou-se para mim com muita ternura; estava nos meus braços quando me ergui. Fui tentado a desfrutar da felicidade que parecia oferecer-se...»

Quando se conhece a presunção da personagem, podemos duvidar deste «testemunho», mas se a rainha não estimula os avanços de Lauzun, pelo menos não os desencoraja. Com alguma inconsciência, Maria Antonieta tem gestos que, no seu espírito, nada dizem, mas que não são recebidos como tais pelo seu «adorador». Por exemplo, a rainha pede-lhe uma pena de garça-real que ele usa no chapéu e, nessa mesma noite, ela exibe-a no cabelo. Esta pena de garça-real será, aliás, a gota que fará transbordar o copo da complacência real. Alguns dias depois, Lauzun quer recolher... os dividendos do capital de fervor que depôs aos pés de Maria Antonieta; mas deixemos a Madame Campan narrar-nos o sucedido:

«O orgulho do Senhor de Lauzun exagerou-lhe o valor do favor que lhe fora concedido. Pouco tempo depois do presente da pena de garça-real, ele solicita uma audiência; a rainha concede-lha, como faria a qualquer outro cortesão do mesmo estatuto. Eu estava na sala contígua àquela onde ele foi recebido; instantes após a sua chegada, a rainha voltou a abrir a porta e disse, com voz alta e enfurecida: "Saia, Senhor!" O Senhor de Lauzun inclinou-se profundamente e desapareceu. A rainha estava muito agitada. Disse-me: "Este homem não voltará mais a minha casa!"»

O encontro

Como sempre, vítima dos impulsos do seu coração, a rainha toma consciência do erro que cometera quando é demasiado tarde para o corrigir. No entanto, Lauzun não é daqueles que se desencorajam facilmente, tal como é testemunhado por Madame Oberkirch, dama de honor da rainha. Esta diz-nos que, para tentar recuperar as boas graças de Maria Antonieta, o nosso Gascão teve a ideia imprópria de a seguir, disfarçado de criado de libré.

«Não ganharia para a despesa – escreve Madame de Oberkirch – quando resolveu, no momento em que a rainha subia para a carruagem após um passeio em Trianon, pôr um joelho no chão, para que ela o usasse em vez de se servir do degrau de veludo. Sua Majestade, surpreendida, viu-o então pela primeira vez, mas, como mulher de espírito e sensata que era, fingiu não o reconhecer e chamou um pajem: "Senhor, peço-vos que demitam este rapaz; é um desajeitado, nem sequer sabe abrir a portinhola de uma carruagem." Diz-se que o Senhor de Lauzun se ressentiu profundamente desta lição.»

Fora então com Lauzun, que não gostou de ser afastado. Infelizmente, vai ceder o lugar a uma personagem ainda menos digna de interesse, já que o coração da rainha começa a palpitar de novo.

Certa noite, num baile, a rainha ouve cantar uma jovem cujo olhar angélico e aspecto modesto a perturbam profundamente. Informa-se sobre a desconhecida e fica a saber que se trata da condessa Yolande de Polignac, que passará à posteridade como a «condessa Jules», do apelido do marido, coronel do exército do rei. A família é pobre; talvez seja isso que explica a atitude reservada da condessa Jules; exprime-se com uma voz doce, baixa os olhos incessantemente e, quando lhe dirigem alguma palavra amável, não retém as lágrimas. Não era preciso mais para tocar o coração da rainha, que, sem nada saber dela, sente imediatamente uma atracção irresistível pela estranha. Pouco depois, informam-na de que «aquele anjo do Paraíso» engana copiosamente o marido com o melhor amigo deste, o conde de Vaudreuil, mas esta revelação não lhe diminui em nada a admiração.

Ainda que não seja muito inteligente, a condessa Jules vai manobrar com bastante habilidade para agarrar solidamente a sua real e providencial amiga. Como esta se admira, aquando do primeiro encontro de ambas, por nunca a ter visto na Corte, sempre com os olhos em baixo, Madame Polignac explica que os seus meios não lhe permitem ter um tipo de vida compatível com a frequência de Versalhes. Esta confissão abala a rainha! Que bela alma a desta jovem que ousa confessar aquilo que, neste meio, é um defeito imperdoável: a falta de fortuna! Ali estava então, sem dúvida, a amiga, a amiga sincera, pura e desinteressada que a rainha tanto desejava conhecer um dia! É verdade que Maria Antonieta aprecia a sua favorita actual, Maria Teresa de Lamballe, mas este sentimento nada tem a ver com aquele que a recém-chegada fez nascer tão bruscamente no coração da rainha. Desta feita, trata-se de uma verdadeira comoção. Comoção sentimental, atracção casta, e pura, digamo-lo já para responder às calúnias que acompanharão a «inclinação» da soberana, como o fizeram para a princesa de Lamballe. Esta, de um dia para o outro, vê-se relegada para segundo plano; assim é tanto a inconstância na amizade como a inconstância no amor, em que o objecto que se enfeitou com todos os encantos deve, subitamente, dar lugar a um concorrente! Esta quase desgraça de Madame de Lamballe não deixará de lhe provocar choro e ranger de dentes.

Entretanto, a condessa Jules, que farejou o bom negócio, já não vai largar a presa, pois «este ser cândido e delicado, este anjo, não vem do céu, mas sim de uma família pesadamente endividada» [6]. Durante os cerca de catorze anos que durará o favor de Yolande, a «tribo» dos Polignac colocará a saque o Tesouro Público, com a bênção da rainha, que nunca recusa nada à sua principal favorita. Principal, com efeito, pois a rainha tem outras, encontrando, como dissemos, nas amizades femininas uma compensação para os desgostos conjugais. Não há dúvida de que, para assegurar o domínio da rainha, a competição é severa entre estas damas. Não chegam ao ponto de se «agarrarem pelos cabelos», mas todos os golpes são permitidos, incluindo os mais baixos.

No início da sua estada em Fontainebleau, não tendo ainda estabelecido definitivamente o seu crédito, Polignac utiliza uma táctica que já deu provas: quanto mais Maria Antonieta multiplica os avanços, mais a condessa mostra vontade de se retirar. Certo dia, chega a sugerir à rainha que pensa ser preferível deixar Fontainebleau; a reacção de Maria Antonieta é a esperada por Yolande: exclama que essa questão nem se coloca. Como de costume, entre as duas favoritas, a de ontem e a actual, a Corte divide-se em dois campos, e o campo de Lamballe trava uma luta quezilenta contra Madame de Polignac. Esta, sentindo-se ameaçada,

---

[6] Stefan Zweig, *Maria Antonieta*.

O encontro

joga os seus trunfos; como consegue facilmente fazer correr lágrimas dos seus bonitos olhos, irrompe num choro diante da rainha. Muito emocionada, esta interroga a jovem sobre a razão da sua aflição. Entre dois soluços, Polignac fala da campanha de calúnias de que é vítima e anuncia-lhe:

«Ainda não nos amamos o suficiente para ficarmos infelizes se nos separamos. Sinto que estamos quase e, em breve, já não poderei abandonar a rainha. Previnamos esse momento: que Vossa Majestade me deixe sair de Fontainebleau.»

Novos protestos de Maria Antonieta, pontuados de suspiros, abraços e soluços – nessa época, as lágrimas eram fáceis! Em suma, a influência de Polignac sai reforçada e ela vai tirar proveito disso para si e para a sua família. Em primeiro lugar, vai regularizar as dívidas da sua casa. E lá vão 400 000 libras, e isto é apenas o começo: a filha Polignac recebe 800 000 libras de dote, o genro uma patente de capitão, o marido o título de duque, o pai é nomeado embaixador e Diana, a cunhada, cuja reputação de libertinagem não tem par, torna-se dama de honor; a própria favorita será governanta dos infantes de França, sem falar nos cargos e favores de todo o género distribuídos aos amigos da família. Quando se fizer a soma daquilo que terá custado a favorita da rainha, chegar-se-á à bagatela de meio milhão de libras por ano; Luís XV não faria melhor pela du Barry!

A esta soma acrescentam-se as perdas ao jogo da rainha; tendo já o gosto por tentar a sorte, Maria Antonieta é a isso levada pela amiga e deixa no tapete verde somas cada vez mais consideráveis, que o rei paga sem pestanejar.

Como escreve Mercy: «Há poucos exemplos de um favor que, em tão pouco tempo, tenha sido tão útil a uma família.»

Por agora segura do seu poder, a nova duquesa de Polignac não tem pejo em exibir os seus sinais exteriores. Não consegue disfarçar o orgulho quando a rainha a abraça pelo ombro ou pela cintura e a leva consigo no parque. Trata-se de meros gestos espontâneos de afeição, mas são vistos e comentados com perfídia. Estes comentários depressa transpõem os portões de Versalhes para se difundirem em panfletos venenosos pelas ruas de Paris. Como relata então um íntimo da família real, «um indolente cortesão urde-os na sombra; outro cortesão põe-nos em verso ou em estrofes e, pelo ministério da criadagem, fá-los passar para os mercados».

Maria Antonieta

É no próprio seio da nobreza que Maria Antonieta vai encontrar os seus primeiros detractores; serão eles que fornecerão argumentos aos inimigos da realeza, mas, mais uma vez, a rainha não tem consciência disso ou não lhe presta atenção. Certa manhã, de madrugada, quando regressa aos seus aposentos vinda de uma das suas expedições nocturnas, cruza-se com o marido, que acabara de se levantar para ir à caça.

– O público aplaudiu-vos? Como o haveis achado? – pergunta o rei.

– Frio – responde a rainha.

– Isso porque, aparentemente, não haveis levado plumas suficientes – replica Luís XVI, que demonstra assim que, sob uma aparência um tanto grosseira, não deixa de ter espírito de réplica.

As despesas sumptuárias da jovem também não contribuem para lhe aumentar a popularidade. Enquanto que, em 1776, a situação económica do país se mostra alarmante e a penúria ataca as camadas mais pobres da população, a rainha compra um colar de diamantes por 500 000 libras e braceletes no valor de 250 000. Quando a mãe a recrimina, Maria Antonieta replica que não percebe como é que a imperatriz se pode alarmar «por causa de uma simples bagatela»...

Ao mesmo tempo, as suas perdas ao jogo seguem uma curva ascendente, o que não a impede de ir várias noites por semana ao palacete da princesa de Guéménée, onde as partidas de faraó se prolongam até altas horas. Pior, Maria Antonieta transforma o seu salão em Versalhes numa autêntica casa de jogo, nisto auxiliada pelo cunhado Artois, também ele jogador compulsivo.

Por ocasião do Carnaval de 1777, a busca do prazer torna-se, para Maria Antonieta, uma verdadeira obsessão. O jogo, as corridas de cavalos e os bailes ocupam-lhe os dias e as noites, ficando sem tempo para frequentar o leito conjugal. É verdade que, ao abandoná-lo, não perde grande coisa.

Por força de lhe fazer observações, o pobre Mercy está esgotado e queixa-se do seu desespero nos relatórios que envia à imperatriz Maria Teresa:

«O esquecimento absoluto a que a rainha se habitua de tudo o que diz respeito à sua dignidade exterior e a quase impossibilidade de a aconselhar, os objectos de distracção sucedem-se com tanta rapidez que é muito difícil arranjar um momento para falar de coisas sérias...»

Alarmada pelo pessimismo do embaixador, Maria Teresa pede ao filho José II que tente inculcar alguma sensatez à irmã. Tarefa difícil, já

O encontro

que, movida pelos impulsos do seu coração, que a levam a tomar os maus conselhos dos amigos como palavras do Evangelho, a rainha multiplica as decisões infelizes arrancadas à fraqueza de Luís XVI. Por exemplo, força a demissão de Turgot, que tentava restabelecer as finanças públicas. O próprio Vergennes, brilhante ministro dos Negócios Estrangeiros, perdeu a sua pasta por recusar nomear embaixador um dos protegidos da rainha. Ao mesmo tempo, os Polignac cobrem-se de ouro, e Madame de Lamballe, ainda que seja agora apenas a «segunda favorita», vê a sua família provida de novos cargos, muito onerosos para o Tesouro. Ao criticar este desperdício, alguns anos depois, Mirabeau exclamará com uma ironia mordaz:

«Mil escudos à família d'Assas por ter salvo o Estado, um milhão à família Polignac, por o ter perdido!»

Insistimos no facto de que, durante estes anos, Maria Antonieta é mais vítima do que culpada; vítima do seu círculo, dos intriguistas, que, por a divertirem, obtêm do bom coração da rainha tudo aquilo que a sua avidez ambiciona. Estes conselheiros pérfidos terão pesada responsabilidade na catástrofe que, um dia, se abaterá sobre a família real.

Num dos seus relatórios enviados para Viena, Mercy define com rigor a espécie de *enfeitiçamento* que ataca Maria Antonieta:

«Sua Majestade está *obcecada*; atacam o seu amor-próprio, irritam-na, difamam aqueles que, por bem da coisa pública, conseguem resistir às vontades dela; tudo isto acontece durante as corridas ou noutros locais de divertimento, nas conversas nocturnas em casa da princesa de Guéménée; enfim, conseguem de tal modo manter a rainha fora de si mesma, embriagá-la de distracção, que, conjuntamente com a extrema condescendência do rei, não há qualquer maneira de lhe fazer ver a razão.»

A palavra «razão» aparece com frequência na correspondência daqueles que velam pelo futuro de Maria Antonieta; é uma palavra que não seduz a rainha. No entanto, o seu irmão José vai tentar fazer com que ela a ouça. Deslocando-se a França incógnito, sob o nome de conde de Fallenstein, José fica no país durante dois meses, aproveitando tudo o que vê e ouve e, sobretudo, observando com atenção o comportamento da irmã. Antes de partir, escreve à irmã uma carta à qual junta conselhos e admoestações:

«Submeteis-vos o necessário ao rei? Moderais a vossa gloríola de querer brilhar às suas custas? Sois de uma descrição impenetrável acerca dos seus defeitos e fraquezas, mandais calar todos aqueles que ousam deixar escapar alguma coisa?»

Referindo-se ao frenesim de prazeres que se apoderou da rainha, dos quais alguns lhe mancham a reputação, o imperador da Áustria acrescenta:

«Haveis pensado que os vossos relacionamentos e amizades, se não assentes em pessoas em todos os aspectos irrepreensíveis e seguras, podem e devem ter repercussões no público, já que dareis o ar de neles participar e de autorizar o vício? Haveis pesado as consequências terríveis dos jogos de sorte, a companhia que reúnem, o tom que usam? Lembrais-vos dos factos que se passaram sob os vossos olhos e, depois, pensai que o rei não joga e que é escandaloso que sejais a única da família a fazê-lo? Do mesmo modo, haveis-vos dignado a pensar nos inconvenientes que já conhecestes no baile da Ópera e nas aventuras que vós mesma já me haveis contado? Não vos posso esconder que, de todos os prazeres, é o mais inconveniente, sobretudo da forma como o fazeis. Por que razão queríeis ser aí desconhecida e fingir ser uma pessoa que não a vossa? Acreditáveis que, apesar disso, não seríeis reconhecida? Esse local é já, em si mesmo, de muito má reputação; que procuráveis aí? Uma conversa honesta? Não a podeis ter com os vossos amigos, pois a máscara o impede. Dançar também não; porquê então as infantilidades, as aventuras, misturar-vos com libertinos, raparigas e estranhos, ouvir esses ditos que talvez se lhes assemelhem, que indecência! É o ponto sobre o qual vi escandalizarem-se mais todos aqueles que vos amam... O rei abandonado toda a noite em Versalhes, e vós misturada na sociedade e confundida com toda a canalha de Paris... Tremo actualmente pela felicidade da vossa vida, pois isso não poderá durar muito e a *revolução* será cruel se a preparardes...»

A revolução? Eis certamente uma palavra que deve surpreender Maria Antonieta, pois é um termo que está muito longe dos seus pensamentos... A rainha não deixa de prometer ao irmão que se emendará... quando ele deixar a França, pois ao seu jovem orgulho desagrada parecer agir sob constrangimento. Naturalmente, estas boas resoluções depressa serão esquecidas... No entanto, se José II não se poupou nos conselhos nem nos avisos de tempestade, no caso de os conselhos em questão não serem ouvidos, como todos os que a abordavam, ficou conquistado pelo encanto de Maria Antonieta e pela generosidade do seu coração. Já não se parece com a frágil adolescente que brincava no parque de Schönbrunn, é agora uma bela jovem de beleza desenvolvida... que poderia ser muito mais se lhe não faltasse o essencial!

A respeito deste assunto delicado, a ida do imperador a França terá uma influência decisiva. Apesar do pudor, Maria Antonieta não lhe escondeu a verdade; à mãe, que se admirava por a filha não ter gerado ainda um herdeiro do reino, já escrevera:

«A falha não é, seguramente, do meu lado, mas a minha querida mãe deve achar que a minha situação é embaraçosa...»

Portanto, nada esconde ao irmão, tanto acerca da sua frustação como dos assaltos tão repetidos como vãos de Luís XVI para tentar concretizar as suas tentativas; também não lhe esconde que essas tentativas, que a deixam insatisfeita, são penosas para os seus nervos. Ora, cúmulo da injustiça, é sobre ela que recai a vindicta geral e que chovem as críticas! Um panfleto particularmente odioso apostrofa-a sem rodeios:

«Quantas vezes – escreve o seu autor – haveis escapado ao leito nupcial, às carícias de um marido, para vos entregardes a bacantes ou a sátiros, tornando-vos, por prazeres brutais, igual a eles.»

José interpela o cunhado e acaba por lhe arrancar uma decisão que se esperava... há sete anos. O rei aceita finalmente a intervenção; intervenção benigna, na verdade, mas realizada nas condições da época, ou seja, muito dolorosas. Durante vários dias, o infeliz vai sofrer o martírio, mas a mecha dá para o sebo, se assim se pode dizer, pois, por ter adiado sete anos, a surpresa é mais apreciada. O 30 de Agosto de 1777 é um dia histórico para a monarquia francesa: Maria Antonieta tornou-se, finalmente, uma mulher de parte inteira:

«Nunca sem senti tão feliz na minha vida», confidencia ela a Madame Campan.

Quanto a Luís XVI, está positivamente encantado. Confidencia-o às suas três velhas tias solteironas, que, neste domínio, só têm certamente conhecimentos teóricos...

«Gosto muito do prazer e lamento tê-lo ignorado durante tanto tempo», confessa-lhes ele.

À fiel Campan, que seguiu durante sete anos as peripécias da sua abstinência, a rainha não dissimula a alegria. Ainda enlevada pela euforia da sua «vitória», não hesita em entrar nos pormenores:

«Há mais de oito dias que o meu casamento está perfeitamente consumado; a prova foi reiterada ainda ontem, mais completamente do que na primeira vez... Não creio estar já grávida, mas pelo menos tenho a esperança de o vir a estar de um momento para o outro!...»

Aquilo que, porém, era sempre um assunto íntimo, é rapidamente conhecido por toda a gente e passa a ser objecto de relatórios diplomáticos. Bem informado como sempre – os seus espiões custam-lhe muito caro –, o embaixador de Espanha constata:

«Sua Majestade está muito mais alegre do que antes e a rainha tem mais olheiras do que nunca.»

O digno embaixador toma as suas impressões pela realidade, pois, passados os primeiros momentos de satisfação, a jovem depressa se dá conta da falta de habilidade do parceiro. Por pouco experiente que seja, Maria Antonieta pressente bem que o verdadeiro prazer deve ter um perfume diferente daquele que é dispensado pelo bravo Luís. A sua natureza fervorosa não encontra qualquer apaziguamento junto de um marido de boa vontade, mas com demasiada falta de «técnica». Dirigindo-se ainda a Madame Campan, confidencia com realismo:

«Não me importaria nem me zangaria se o rei tivesse uma relação momentânea e enganadora, desde que, assim, adquirisse mais competência e energia.»

Luís XVI, ter uma amante? Conhecendo-o, a ideia parece cómica. Até para se aperfeiçoar na arte do amor é totalmente incapaz; neste capítulo, não sai nada ao pai, longe disso... Não admira que, nestas condições, a sua mulher tenha sentido cada vez menos apetência pelo leito conjugal... Ao fim de algumas semanas, todos os pretextos são bons para não se deitar. À mãe, preocupada com esta atitude, Maria Antonieta explica com uma deliciosa má-fé:

«O rei não gosta de dormir com outras pessoas. Eu digo-lhe para não fazer uma separação total sobre este assunto. Por vezes, vem passar a noite comigo. Creio que não devo atormentá-lo para vir com mais frequência.»

Com efeito, longe de o «atormentar», Maria Antonieta deixa gentilmente que o marido durma o que quiser; contudo, apesar da raridade das visitas reais, pouco menos de um ano após a operação, no dia 4 de Agosto, anuncia-se oficialmente que a rainha está grávida. Notícia que enche Luís XVI de orgulho... e também de espanto: não sabia que tinha tais capacidades! Mas, na mesma altura, outro acontecimento se produz, que, embora não seja histórico, não deixa de ter uma importância considerável na vida de Maria Antonieta: Axel de Fersen está de volta.

Quatro anos antes, tinha deixado Paris e regressado ao seu país natal. Durante este longo período passado fora de França, o jovem sueco não se comportou, certamente, como um modelo de virtude; não se privou de utilizar o poder de sedução que exerce sobre as mulheres, e chegou

O encontro

até a pensar em contrair casamento, mais, na verdade, para agradar ao pai do que por inclinação pessoal. Por isso, não ficou descontente por ver esse projecto abortar. Logo que chega a Paris, a 22 de Agosto de 1778, é engolido pela vida mundana da capital; três dias depois, ei-lo em Versalhes, onde se encontra na presença da rainha. Mas deixemos que seja ele próprio a contar as circunstâncias destes reencontros:

«Na terça-feira passada fui a Versalhes para ser apresentado à família real. A rainha, que é encantadora, ao ver-me, disse-me: "Ah, é um velho conhecido!" O resto da família não me dirigiu palavra.»

Ainda que não se tenham visto desde há quatro anos, ainda que tenham desfilado diante dela, durante esse tempo, numerosos fidalgos desejosos de lhe agradar, Maria Antonieta reconheceu imediatamente Axel e não conseguiu suster uma exclamação de prazer. O tempo não apagara a recordação daquele jovem, outrora apenas entrevisto num baile ou numa recepção.

A partir desse momento, Axel vai a todas as festas dadas na Corte. Várias vezes por semana é convidado para Versalhes e, em cada uma das suas visitas, a rainha reserva-lhe uma recepção especial, tal como o testemunham as cartas que ele escreve ao pai e que atrás citámos. Nas suas missivas, embora nunca se afaste da contenção que lhe é própria, Fersen faz quase sempre referência à soberana. Assim, no dia 1 de Outubro de 1778, escreve ao pai:

«Toda a gente me recebe muito bem aqui e falam-me muito de vós, querido pai, não há ninguém, mesmo a rainha, que não seja delicado comigo e que não me tenha falado de vós...»

Com um tom propositadamente jocoso, quase desinteressado, o jovem sueco não resiste ao prazer de citar aquela por quem, sem dúvida, está já apaixonado, sem o ousar confessar. Tal como Maria Antonieta não dá ainda o nome de «queda» à atracção que o jovem sobre ela exerce. O adolescente da primeira estada em Paris deu lugar a um homem mais maduro, mais reflectido, que vai empreender a mais prestigiosa das conquistas: a de uma jovem de vinte e dois anos ávida de conhecer o grande amor. A este respeito, um cortesão da época, ou seja, uma má-língua, o conde de Saint-Priest, anota nas suas *Memórias*:

«Tudo o que havia de mais brilhante aspirava a essa conquista, mas, após várias veleidades, o conde de Fersen capturou o coração da soberana. Foi especialmente notado em 1779, quando, estando em França, apareceu em Versalhes com um novo fato sueco. A rainha viu-o e ficou impressionada pela sua beleza. Com efeito, ele era então uma figura notável. Alto, elegante, perfeitamente constituído, olhos belos, tez clara mas viva, era feito para cair no goto de uma mulher que procurava mais as impressões intensas do que as receava.»

Esta história do fato, que Fersen contou ao pai numa carta já citada, deu que falar em Versalhes. Lindblom, o futuro arcebispo de Estocolmo, que viajava por França, fez eco do sucedido:

«Em Versalhes só se fala de um conde de Fersen, que foi à Corte envergando o traje nacional sueco, que a rainha, segundo me disseram, examinou cuidadosamente...»

Demasiado cuidadosamente, talvez, para que o interesse da rainha passasse despercebido a uma Corte sedenta de mexericos. A jovem, sempre incapaz de reprimir os batimentos do seu coração, não faz caso disso. Se Fersen lhe despertou o interesse, ela percebeu bem que, por seu lado, produziu uma forte impressão no conde. Como podia ser de outra forma, quando Maria Antonieta está no auge da sua sedução? Demos novamente a palavra ao romancista inglês Horace Walpole, que a encontra num baile; quando lhe pinta o retrato, não lhe faltam os ditirambos:

«Só havia olhos para a rainha. As Helenas e as Graças, comparadas com ela, não passam de galdérias de rua. Trazia um vestido de prata enfeitado de loendros, alguns diamantes e grandes plumas. Diz-se que ela não dança segundo o ritmo, mas então é o ritmo que está errado...»

Outro testemunho, desta vez de Lamarck, a propósito do carácter da soberana, fornece-nos dela uma imagem muito viva:

«Maria Antonieta não tinha um grande espírito, mas percebia e compreendia rapidamente aquilo que lhe diziam. A alegria do seu carácter inspirava-a para a brincadeira, uma certa inclinação que, por vezes, chegava à troça; as pessoas que a rodeavam conheciam-lhe essa fraqueza e tentavam diverti-la à custa dos outros...»

Este gosto pela alegria, este encantador sorriso que geralmente lhe ilumina o rosto, tornam-na ainda mais atraente aos olhos de Fersen. O jovem sueco começa por se sentir lisonjeado ao ver-se preferido aos outros jovens que esvoaçam em redor da soberana; mas, em breve, já não é o seu orgulho que fala, é o coração. Este rapaz, aparentemente tão senhor de si, vibra agora de uma paixão que já não tenta dissimular, tal como a rainha, que não consegue esconder as suas próprias reacções. Quando Axel chega a Versalhes, logo os seus olhares se procuram e trocam uma longa carícia silenciosa. Utilizam o mínimo pretexto para se afastarem dos cortesãos que os rodeiam, refugiando-se na esquina de uma das altas janelas do palácio ou perto da ombreira de uma porta, e são ternos apartes, em que se murmura mais do que se fala, passeios nos jardins de Trianon, lado a lado, apertos de mão furtivos, suspiros e risos cúmplices. Toda uma linguagem misteriosa que não precisa de palavras para ser compreendida, o jogo eterno dos amores secretos que exacerbam os seus desejos... Desejos que, evidentemente, não podem satisfazer. Aliás, desejavam não o poder, estes dois amantes do impossível, de tal modo são observados, vigiados, espiados por uma tribo de curiosos que nada mais tem que fazer do que deixar atrás dela um rasto de fel...

Como é que Maria Antonieta, com os seus vinte e três anos cheios de fervor, de chama, de volúpia, suporta este terno suplício? Porque é, de facto, de um suplício que se trata, não poder lançar-se nos braços do homem que ama. Depois de anos de espera e de decepções, em que procurou consolo em prazeres fictícios, eis que encontrou finalmente aquele que todas as jovens esperam no segredo do seu coração, o eterno Príncipe Encantado das lendas, que as levará ao sonho... Eis que a felicidade se lhe apresenta sob os traços deste belo jovem de olhar puro, e ela não o pode aceitar. Pior, tem de o rejeitar e prosseguir a sua tépida existência junto de um marido que ela nunca poderá amar. Sim, na verdade, trata-se realmente de um suplício e, ao mesmo tempo, da primeira provação que encontra no seu caminho. Até então, a princesinha nunca tivera de transigir com o seu prazer, pôde seguir todos os impulsos do seu coração, mesmo quando estes a conduziam às piores imprudências. Desafiava abertamente a etiqueta, troçava das conveniências, tratava mal os importunos; pensava que nada podia opor-se às suas vontades, que os seus caprichos tinham força de lei. Mas, agora, quando uma força irresistível a empurra para Axel, a rainha de França não tem o direito de seguir os impulsos do seu coração.

Fersen confronta-se com as mesmas interdições.

Tal como ela, está condenado ao silêncio: reencontrar com frequência a mulher que ama sem poder cobri-la de beijos, dirigir-lhe a palavra para lhe dizer apenas coisas fúteis quando palavras flamejantes lhe sobem aos lábios, mostrar indiferença quando desejava lançar-se-lhe aos pés... Na sua natureza de homem do Norte, habituado a dominar os sentimentos íntimos, Axel, melhor do que Maria Antonieta, encontra força para se controlar, mas, também para ele, esta tentação constante é um suplício.

Maria Antonieta

De qualquer modo, por mais esforços que empreendam para guardar segredo do seu amor, não vai perdurar muito tempo. As precauções que tomam são frágeis; em breve, toda a Corte está ao corrente da «queda» da rainha. Quando Fersen está presente, há nela olhares fervorosos, rubores súbitos, tremores de voz que não enganam. Só o marido, obedecendo a uma tradição solidamente estabelecida, nada vê, nada percebe, nada sabe. É até graças a Luís XVI que Axel obtém a promessa de uma futura integração no exército real, com a patente de coronel. Este favor, obviamente, provoca logo comentários, tal como Fersen confessa ao pai com ingenuidade:

«A rainha vai quase todos os dias comigo aos bailes da Ópera, e foi assim que falou de mim ao barão de Breteuil[7]. As atenções que ela tem por mim e a patente de coronel provocaram a inveja de todos os jovens da Corte. Não aceitam nem compreendem como é que um estrangeiro pode ser mais bem tratado do que eles. Vou com frequência à Corte, normalmente duas ou três vezes por semana; jantei várias vezes nos gabinetes, para grande espanto dos Franceses...»

Devido a um sentimento muito natural num jovem apaixonado, Axel não resiste, nas suas cartas, a fazer referência à mulher amada, ainda que, nestas frases, observe a contenção que convém. Maria Antonieta encontra-se na mesma situação, mas é com mais liberdade que abre o coração à sua confidente preferida, Yolande de Polignac. Esta, contrariamente às outras cortesãs, vê o caso com bons olhos. Nas suas *Memórias*, o conde de Saint-Priest fornece-nos a razão desta atitude:

«Madame de Polignac não contrariou o gosto da amiga. Vaudreuil e Besenval concordaram certamente que um estrangeiro isolado, de carácter pouco empreendedor, lhes convinha muito mais do que um Francês rodeado de parentes, que desviaria para eles todas as graças e acabaria, talvez, como chefe de um bando que os eclipsaria a todos. A rainha foi assim encorajada a seguir a sua inclinação e a dedicar-se a ela sem grande prudência.»

É verdade que, para os intriguistas que, como a condessa Jules, gravitam em torno da rainha, Fersen não é um concorrente perigoso; é desinteressado, não ambiciona qualquer cargo exorbitante e não pede dinheiro. Se solicitou o comando de um regimento, foi apenas com a

---

[7] Ministro de Luís XVI.

O encontro

intenção de colocar a sua espada ao serviço da França. Outra razão leva-o a querer combater, ou seja, a afastar-se da amada; quer evitar comprometê-la mais. Com efeito, à medida que os meses passam, os mexericos transformam-se em calúnias; alguns panfletos obscenos acusam a rainha de adultério e acrescentam o nome de Fersen à lista dos amantes que já lhe tinham sido atribuídos. Era algo que um fidalgo honrado como ele não podia aceitar.

Informada dos projectos do jovem e dos seus motivos, Maria Antonieta não pode, evidentemente, deixar de os aprovar, mas tem o coração destroçado e, mais uma vez, não consegue dissimular a sua perturbação. Certa noite, em Trianon, Maria Antonieta está ao piano quando Fersen entra no salão; ela olha-o com uma tristeza infinita, enquanto canta com uma voz afectada pela emoção este desabafo revelador:

«Ah, como estava bem inspirada
Quando vos recebi na minha Corte...»

Um nobre inglês, Sir Richard Barrinton, que assistia à cena, deixou-nos um testemunho dela que tem o rigor de uma chapa fotográfica:

«A rainha tinha os olhos banhados em lágrimas, a sua voz um pouco fraca tinha, porém, um timbre tão delicado que fazia vibrar irresistivelmente todos os corações. O seu rosto doce e encantador corava enquanto fixava os olhos chorosos em Fersen, também ele oprimido pela emoção irresistível que lhe causava a adorável loucura daquela acção. Conservava os olhos baixos, pálido até aos lábios, ouvindo a canção, cujas palavras lhe faziam vibrar o fundo da alma. Aqueles que os viram nesse momento deixaram de ter dúvidas sobre a natureza dos seus sentimentos...»

A situação destes amantes que não têm o direito de se amar torna-se cada vez mais inextricável; nenhuma esperança lhes é permitida; nunca poderão, a não ser por um momento, dar livre curso à sua paixão. Tal como nos romances de cavalaria, têm de encerrar o seu segredo no fundo do coração, abafar os suspiros, exaltar-se apenas em pensamento... Só que nem Maria Antonieta nem Fersen são personagens de romance; são dois seres de carne e osso, ávidos de viver; no seu sangue ferve o ardor da juventude... Então, o que devem eles fazer? A resposta impõe-se por si mesma: a solução está no afastamento. Renunciando a servir em França, Fersen solicita um posto de ajudante de campo junto do marechal de Rochambeau, que comanda o exército francês que foi auxiliar os rebeldes americanos. A 10 de Abril de 1779, Creutz, o embaixador da Suécia, informa o rei Gustavo III da decisão do seu compatriota e não lhe esconde os motivos:

«Devo informar Vossa Majestade que o jovem conde de Fersen foi tão bem tratado pela rainha que isso provocou as suspeitas de várias pessoas. Confesso que não resisto a acreditar que Maria Antonieta tinha uma queda por ele; vi indícios demasiado seguros para poder duvidar desse facto. O jovem conde de Fersen teve neste caso uma conduta admirável pela sua modéstia e pela sua reserva e, sobretudo, pela decisão de ir para a América. Afastando-se, evitava todos os perigos, mas seria preciso, evidentemente, uma firmeza invulgar na sua idade para ultrapassar esta sedução. Nos últimos dias, a rainha não conseguia desviar os olhos dele; ao vê-lo, ficavam cheios de lágrimas. Suplico a Vossa Majestade que guardai segredo disto, por ela e pelo senador Fersen[8]. Quando se soube da partida do conde, todos os favoritos ficaram admirados. A duquesa de Fitz-James disse-lhe: "O quê, Senhor, abandonais assim a vossa conquista?" "Se tivesse feito uma conquista, não a abandonaria – respondeu ele – e infelizmente sem causar sofrimentos". Vossa Majestade concordará que esta resposta foi de uma sabedoria e prudência acima da sua idade. De resto, a rainha comportou-se com muito mais moderação e sabedoria do que antes.»

Creutz não se enganava ao evocar uma moderação e uma sabedoria que não faziam parte dos hábitos de Maria Antonieta. Mas por detrás desta atitude esconde-se um desencanto profundo. Ao ver afastar-se o homem que ama, para ir combater além-mar, ao imaginar os perigos a que ele estará exposto, tendo razões para acreditar que essa partida marca o fim de tão bela história de amor, como é que a ainda jovem rainha não sentiria os sonhos a desvanecerem-se? Maria Antonieta confronta-se com o primeiro desgosto de uma vida que, infelizmente, lhe dará muitos outros.

No entanto, um dia, o destino devolver-lhe-á o ser amado e a paixão deles renascerá, com mais violência do que alguma vez conhecera, pois a sombra da morte, que sobre ela pesará, dar-lhe-á ainda mais valor.

---

[8] O pai de Axel.

V
Viver sem ele

Dando, por uma vez, prioridade à razão em detrimento dos seus desejos, Maria Antonieta deixou então partir Axel. Ainda que esta partida a tenha mergulhado no desespero, esforça-se por não o mostrar; a sua dignidade de rainha proíbe-lhe dar espectáculo; nunca perderá a noção do seu estatuto nem das obrigações que este implica. Sejam quais forem as suposições que se façam devido à sua liberdade de movimentos, a rainha não transige nos seus deveres de mulher casada, sendo o primeiro de todos a fidelidade ao marido. Durante quase quinze anos, românticos antes de esta palavra estar na moda, Fersen e Maria Antonieta partilharão um amor puro, sem outra ligação que não o coração; seriam necessárias as circunstâncias excepcionais de uma certa noite nas Tulherias para que a jovem esquecesse os princípios de rigor a que até então obedecera. É que, a respeito da rainha, pode realmente falar-se de rigor, apesar da torrente de lama sobre ela atirada. Em torno de Maria Antonieta, algumas testemunhas da sua vida quotidiana não ligaram a essas calúnias, principalmente acerca dos seus sentimentos amorosos. É assim que o príncipe de Ligne relata nas suas *Memórias*:

«A sua alegada galantaria mais não é do que um sentimento profundo de amizade por uma ou duas pessoas, uma delicadeza de mulher e de rainha para agradar a toda a gente. A sua juventude e falta de experiência poderiam ter encorajado um dos seus íntimos a recompensar-lhe mal a bondade. Nunca nenhum de nós, que temos a felicidade de a ver todos os dias, se permitiu a mais pequena inconveniência. Não há dúvida de que é uma rainha autêntica. As pessoas adoram-na, sem pensarem em amá-la. Não ousavam dizer diante dela uma frase, uma anedota demasiado mordaz ou uma maldade grosseira. A sua prudência impunha-o tanto quanto a sua majestade. Era tão impossível esquecê-lo como alguém esquecer-se de si mesmo. Se tivesse uma vocação decidida pela galantaria, teria ela dificuldade em fazer uma escolha numa Corte onde havia uma juventude verdadeiramente notável? O seu distanciamento, a sua frieza relativamente aos jovens era, pelo contrário, um traço distintivo do seu carácter...»

Por seu lado, Madame Campan dá-nos outros pormenores reveladores do recato da rainha, quando escreve que «ela toma banho vestida com um robe comprido de flanela abotoado até ao pescoço, enquanto duas criadas a ajudam a sair do banho. Exige que tenham diante de si um pano suficientemente alto para impedir que as mulheres a vejam...»

Esta pudicícia pode surpreender numa mulher que, por outro lado, se comporta de forma bastante livre; a rainha ilustra o provérbio segundo o qual não nos devemos fiar nas aparências. Em todo o caso, aqueles que espiavam, com uma curiosidade maliciosa, as reacções da rainha após a partida de Fersen ficaram desapontados: Maria Antonieta esforça-se por nada mudar no seu comportamento e não deixa escapar qualquer confidência. Será menos reservada relativamente à sua amiga Yolande de Polignac? É possível; o que nos faz supor isso é uma carta pouco conhecida de Madame Campan, redigida nos dias que se seguiram ao alistamento do jovem sueco:

«A rainha tem um domínio admirável, mas, para mim, que estou acostumada ao seu modo de ser, não me parece a mesma. Ontem de manhã, encontrei-a diante de um livro que largara sem se lembrar de fechá-lo; os seus olhos estavam alagados em lágrimas e o peito inchado de suspiros. Olhou-me com um sorriso de tristeza infinita, e como me permiti dirigir-lhe algumas palavras de conforto, ela disse-me apenas isto: "Ah, minha pobre amiga, como se enganam ao invejar a sorte dos reis..."»

Não há dúvida de que este ano de 1779 é importante na vida de Maria Antonieta: o nascimento de uma filha, a futura Madame Real(*),

---

(*) *Madame Royale* é uma das denominações das princesas de sangue, neste caso da filha mais velha do rei. (*N. T.*)

Viver sem ele

e a eclosão do seu amor por Axel de Fersen deixaram marcas. Foge cada vez mais da pesada etiqueta de Versalhes para se refugiar no seu querido Trianon, onde só alguns raros privilegiados são admitidos. Demasiado raros, pois à força de já não suportar as «velhas jarretas» da nobreza, à força de afastar todos os que a aborrecem, Maria Antonieta, embora reconforte a sua «companhia», afasta de si algumas pessoas que lhe farão cruelmente falta quando chegar o tempo das provações. Nem o cunhado Artois parece já diverti-la; tal como o primo, o duque de Chartres. Este aproveita para se refugiar numa oposição larvar cujas consequências se farão sentir quando chegar a altura.

Versalhes viu, portanto, a sua «população» diminuir seriamente. Em contrapartida, os favoritos nunca foram tão bem tratados. Na primeira linha, evidentemente, está a condessa Jules, mais mimada do que nunca, a quem a rainha ofereceu recentemente uma coroa de duquesa. Não há dúvida de que Maria Antonieta aprecia o consolo que a amiga lhe oferece agora que Fersen se foi embora. Em todo o caso, Madame de Polignac não terá pejo em tirar proveito da boa disposição da rainha. Em Maio, a nova duquesa dá à luz um rapaz. Ironia do destino: meio século depois, primeiro-ministro do ex-conde de Artois, nessa altura Carlos X, o «pequeno» Polignac, pela sua incapacidade e estupidez, provocará o fim daqueles Bourbons que tinham enchido a mãe de honras e dinheiro!

Como Madame de Polignac possui um palacete em Passy e pensa dar aí à luz, Maria Antonieta, que não pode deixá-la numa tal altura, instala a Corte no castelo de Muette, para estar assim mais perto da amiga. Quando se sabe o que representava e o que custava então uma mudança real, pode imaginar-se como é que os inimigos da rainha viram esta decisão. Tantas atenções da sua parte dão azo a novos panfletos. Um deles é particularmente irónico: «o filho de Madame de Polignac será da rainha ou do Senhor de Vaudreuil?», pergunta o seu autor, que não atribui esta paternidade ao marido da dama. Um pouco mais tarde, Madame de Polignac casa a sua filha de quinze anos com o duque de Guiche, que vale à jovem um dote de quase um milhão. E não é tudo. A duquesa tem também direito a um «gesto» da rainha, ou seja, uma doação de 400 000 libras! E isto ainda não fica por aqui: a criança que Yolande acaba de trazer ao mundo recebe um ducado e uma propriedade de 50 000 libras de rendimentos. Como seria realmente injusto que, entre todas estas magnanimidades, o amante em título fosse esquecido, o Senhor de Vaudreuil, que cumpre esta «função» junto de Madame de Polignac, é gratificado com uma pensão de 30 000 francos! Naturalmente, é Luís XVI quem paga aquilo que não contribui para dar saúde a um Tesouro já muito enfermo. Mas como podia o rei opor-se aos desejos da rainha? Embora se tenha tornado agora um verdadeiro marido para a mulher, esta não aprecia muito a mudança. Quando compara este homem gordo e desajeitado com a elegância sóbria, o aspecto discreto e o encanto físico de Fersen, como é que esta comparação não seria favorável ao ausente? Quanto ao círculo da rainha, não se priva de troçar do soberano.

Esta impressão dada por Luís XVI é tanto mais lamentável porquanto não corresponde à sua verdadeira personalidade. Contrariamente ao que deixa transparecer, o rei é inteligente, culto e dotado de grande coragem. Mas o seu carácter indeciso impede-o de tomar as medidas que se impõem e que se imporão cada vez mais. E, sobretudo, muito apaixonado pela mulher, é-lhe inteiramente dedicado. Consciente do seu poder, Maria Antonieta tira proveito da situação, sem ligar às consequências funestas que daí podem decorrer. Ela, pelo contrário, apesar dos seus ataques de fúria, apesar da sua aparente vontade, é fraca... Fraca face às pessoas que ama, fraca face às lisonjas de que é rodeada pelos candidatos às suas magnanimidades. Quando se afeiçoa a alguém, a sua cegueira não tem limites; ora, nem todos os seus amigos têm o desinteresse ou a grandeza de alma de Fersen. A começar pela Polignac, cuja bulimia de favores nunca está satisfeita. Um exemplo: instigada por Besenval, outro beneficiário dos favores da rainha, a duquesa Jules resolveu fazer nomear o marechal Ségur ministro da Guerra. Ora, Maurepas, o primeiro-ministro, já prometera o cargo a um dos seus próximos; o rei dera a sua aprovação e o assunto parecia encerrado. O que não impede Madame de Polignac de ir pedir a Maria Antonieta. Por uma vez, esta não parece decidida a ceder; então, a favorita joga o grande trunfo: desata a chorar, um exercício que ela pratica com virtuosismo. A este respeito, o leitor actual admirar-se-á, talvez, com a abundância das lágrimas derramadas pelas maiores personagens desta época. Mas era a moda da época: quanto mais alto na hierarquia, mais se tinha a lágrima fácil! A duquesa Jules não se priva de a usar abundantemente; uma verdadeira fonte jorra dos seus olhos, uma fonte que nada parece poder secar... É mais do que a rainha pode suportar; o seu coração sangra face ao espectáculo lacrimoso da amiga. Esta, sentindo a presa enfraquecida, utiliza então o seu argumento supremo:

Viver sem ele

«Devia ter seguido antes o meu primeiro impulso e deixar esta Corte... Vou fazê-lo imediatamente!»

O resultado da ameaça supera as expectativas da favorita: Maria Antonieta junta as suas lágrimas às da duquesa, toma-a nos braços e beija-a... Alguns dias depois, o marechal de Ségur é nomeado ministro da Guerra. Convencido pela esposa, o rei acabou por contrariar o seu primeiro-ministro: Madame de Polignac triunfa e como não é o pudor que lhe importa, dá à sua vitória a maior publicidade possível. Não é a única a gabar-se das fraquezas da rainha; outro membro da «companhia», o duque de Coigny, ocupa um lugar privilegiado entre os parasitas de Maria Antonieta. Mais uma vez, Mercy deplora o facto; nunca um representante de uma potência estrangeira se lamentou tanto como o infeliz embaixador da Áustria; a respeito de Madame de Polignac e do Senhor de Coigny, anota num relatório confidencial:

«Estas duas personagens extorquem à rainha favores que provocam queixas constantes no público. Vemos os protegidos do duque de Coigny açambarcar os cargos das finanças, e as criaturas da duquesa de Polignac receber incessantemente graças pecuniárias em prejuízo daqueles que tinham o justo direito de as receber. Nenhum ministro ousa resistir às vontades da rainha.»

O que é grave para Maria Antonieta é o facto de não perceber o mal que lhe causam os erros que comete por bondade de alma. Os favores com que inunda os seus protegidos são vistos pela opinião pública como injustiças. A sua popularidade está em queda livre. Maria Antonieta terá a penosa prova disso durante uma recepção na Câmara Municipal dada aos soberanos para festejar o nascimento da Madame Real. Ao desfilar pelas ruas de Paris, o cortejo é recebido perante indiferença geral. Realmente, a rainha não compreende! Estes parisienses são uns ingratos, que, contudo, beneficiaram de todo o tipo de atenções por ocasião do nascimento da pequena princesa! Mercy observa a Sua Majestade que «a ideia da dissipação das despesas que ela ocasiona, enfim, a aparência de um desejo imoderado de se divertir num tempo de calamidades e de guerra, tudo isso pode afastar os espíritos e exige algum comedimento».

Apanhada em falta como uma menina, a jovem promete emendar-se, mas, algum tempo depois, resolve ir ao baile da Ópera na companhia do duque de Coigny. No caminho, a carruagem do duque sofre uma avaria e Maria Antonieta não encontra melhor solução do que subir para um fiacre, como uma simples burguesa, apresentando-se assim na Ópera, sempre seguida por Coigny. O caso, na verdade não muito pernicioso, deu, porém, muito que falar, como relata Madame Campan nas suas *Memórias*:

«Toda a cidade de Paris ficou logo a saber da aventura do fiacre; diz-se que tudo tinha sido misterioso nesta aventura nocturna, que a rainha se encontrara numa casa particular com um senhor honrado pelas suas graças. Citava-se bastante o duque de Coigny. Quando estas ideias de galantarias surgiram, não houve limites para todas as calúnias que circulavam em Paris a respeito da rainha... Quando, no jogo ou na caça, a rainha falava a algum jovem, era logo um amante favorecido.»

O nascimento de um primeiro filho, ainda que se tratasse de uma rapariga e não do delfim esperado, poderia, porém, reavivar a popularidade da rainha no coração do povo. Maria Antonieta recebera com alegria o aparecimento dos primeiros sinais de gravidez; parecia contente por oferecer ao país, que a recebera como soberana, esta prova de «consciência profissional»! Não tinha o seu casamento sido contraído com o objectivo principal de dar filhos à dinastia dos Bourbons? Maria Antonieta cumpria então o dever que dela se esperava; nestas condições, pensava ela, a opinião pública podia muito bem conceder-lhe algumas fantasias. Tanto mais que suportara a provação do parto com muita coragem. E bem precisava! Não tanto por causa dos sofrimentos físicos dele decorrentes como das obrigações desumanas impostas pela etiqueta, sempre a etiqueta! Madame Campan deixou-nos uma «reportagem» um tanto cómica do acontecimento:

«O rei, de noite, tivera o cuidado de mandar atar com cordas os enormes reposteiros de tapeçaria que rodeavam a cama de sua Majestade; sem esta precaução, teriam certamente caído para cima dela; deixou de ser possível andar no quarto, que ficou repleto de uma multidão tão díspar que se podia pensar estar numa praça pública. Dois Saboianos subiram para os móveis para verem melhor a rainha, que estava colocada frente à chaminé, numa cama preparada para o momento do parto. O barulho, o sexo da criança, que a rainha teve tempo de conhecer por um sinal combinado com a princesa de Lamballe, suprimiram por momentos a sequência natural do parto. O sangue subiu-lhe à cabeça, o parteiro gritou: "Ar, água quente, é preciso uma sangria ao pé!" Fê-la, o sangue jorrou com força, a rainha abriu os olhos. Foi difícil reter a alegria que tão rapidamente sucedeu aos mais vivos alarmes. Sem se saber, tinham levado, através da multidão, a princesa de Lamballe. Os criados e os porteiros agarraram os curiosos indiscretos pela gola, que não se apressavam a sair para dar espaço no quarto...»

Face a este quadro, que parece uma feira popular, ficamos perplexos... No entanto, reflecte fielmente aquilo que, na época, era um parto nas famílias reais...

Logo que se recompõe, Maria Antonieta volta a ter necessidade de se distrair e vai a um baile cuja assistência é, no mínimo, heteróclita, já que nele se tinham infiltrado numerosas prostitutas. Uma delas, que a reconheceu, aproxima-se da rainha e diz-lhe: «Confessa lá, Maria Antonieta, dá-te jeito deixar o marido, que deve estar agora a ressonar sozinho no leito conjugal!»

Esta familiaridade não choca a jovem; muito pelo contrário, segundo ela, nunca se «divertira tanto».

Durante esta existência em que a despreocupação a leva a acumular os erros, eis que uma desgraça para que não estava preparada se abate sobre a rainha: no dia 29 de Novembro de 1780, a sua mãe, a quem se mantinha fortemente ligada apesar da sua longa separação, morre. Há várias semanas que Maria Teresa se sentia muito mal, mas, com a energia que a caracterizava, a imperatriz da Áustria recusara acamar-se. Quando a notícia chega a Versalhes, Luís XVI, que é o primeiro a saber, não tem coragem de a anunciar à mulher; é o abade de Vermond, o velho preceptor, que se encarrega desta penosa missão. Maria Antonieta está desesperada. Tem consciência de que, com a morte da mãe, desaparece o ser que mais a amava no mundo, a boa fada que, mesmo longe, velava por ela e se esforçava por a guiar. Muitas vezes, movida pelo seu temperamento caprichoso, Maria Antonieta negligenciara os conselhos da mãe, mas, no fundo de si mesma, sentia que eram bons conselhos. A última carta que recebera da mãe reflectia esta preocupação constante que a imperatriz tinha em evitar que a filha caísse nas armadilhas que lhe estendiam, pois sabia melhor do que ninguém como ela era vulnerável.

«Estou muito satisfeita por quererdes retomar a representação em Versalhes. Sei como é aborrecido e vazio, mas, acreditai, se não fosse assim, os inconvenientes daí resultantes seriam muito piores do que os pequenos desconfortos da representação, sobretudo aí, com uma nação tão viva...»

Com razão, a imperatriz preocupava-se com a tendência da filha para afastar todos aqueles que não a divertiam, conservando junto de si apenas um pequeno clã de interesseiros e ociosos. Maria Antonieta prometera-lhe que iria restabelecer uma vida de Corte mais conforme à

Maria Antonieta

tradição. Mas não contava com a companhia; Madame de Polignac e os seus não pretendem abandonar a presa. A tarefa da duquesa Jules é facilitada pelos acontecimentos recentes: a partida de Fersen e, depois, o falecimento da mãe deixam Maria Antonieta desamparada, logo, à mercê das manobras da favorita. Como boa alma, esta oferece à rainha palavras de consolo e promessas de fidelidade. Não é preciso mais para que o coração de Maria Antonieta seja tocado e a rainha se deixe arrastar nas iniciativas mais desastradas. A verdade obriga-nos a concluir que ela estava a perder a noção dos deveres da sua condição; para disso nos convencermos basta citar o desafio que propõe ao cavaleiro de Boufflers para escrever uma canção «em que entrem todos os defeitos que lhe criticam nos escritos caluniosos». Trata-se, literalmente, de tentar o diabo. Boufflers não se faz rogado e compõe algumas estrofes que resumem todos as ofensas que se podem fazer à rainha:

> *Quereis saber os boatos*
> *que correm sobre Thémire([9])?*
> *Diz-se que, amiúde, o seu espírito*
> *Parece estar em delírio.*
> *O quê? Verdade?*
> *Sim, mas acreditai,*
> *Sabe fazê-lo tão bem*
> *Que a sua decisão,*
> *Mesmo que fôsseis Catão,*
> *Pareceria agradar-vos.*
>
> *Diz-se que o bom senso a mais*
> *Nunca a atormenta,*
> *Diz-se que um grão de louvor*
> *A deslumbra e encanta.*
> *O quê? Verdade?*
> *Sim, mas acreditai,*
> *Sabe fazê-lo tão bem*
> *Que até os deuses*
> *Desceriam dos céus*
> *Para a louvar na Terra.*

([9]) Apelido dado a Maria Antonieta na canção.

Viver sem ele

Os bailes, o jogo, a festa em todas as suas formas, os gastos imoderados, as escapadelas divertidas com Yolande de Polignac, a galhofa com Coigny, Besenval e outros... Entre este florilégio de prazeres, onde está a lembrança de Fersen? Terá ele desaparecido do coração da rainha? Quem não aparece, esquece, costuma-se dizer... Ao afastar-se para não comprometer a rainha, o jovem sueco parece ter renunciado voluntariamente ao amor impossível que alimentava. Enquanto ele lutava bravamente ao lado dos revoltosos americanos, podíamos supor que Maria Antonieta caíra também em si e compreendera a inanidade do sentimento que em si nascia. Contudo, quando Fersen reaparece em Versalhes, em 1783, a rainha reencontra imediatamente as suas emoções. Apesar da vida movimentada que teve desde a sua partida, ela não o esqueceu. A este respeito, não há qualquer certeza, nenhum documento, nenhuma confidência feita pelos heróis desta aventura, e temos de nos limitar a construir hipóteses, a imaginar... Mas estas suposições, mais uma vez, assentam num facto inegável: ainda que pareça dormir na memória daqueles que o partilharam, um amor verdadeiro nunca desaparece completamente dos corações que tocou. Maria Antonieta e Fersen viveram uma paixão fortíssima, apesar de não a terem podido exprimir. Pensar que a rainha guardou no coração um lugar para Axel não faz, pois, parte de uma utopia, mas assenta numa realidade tão antiga como o mundo: o amor. Um futuro próximo permitir-nos-á verificar esta hipótese.

Entretanto, Maria Antonieta diverte-se e não dá quaisquer mostras de sentir a falta de Fersen. Já conhecemos a tendência que ela tem em passar de um objecto de entusiasmo para outro. Então, lamentaremos o pobre Axel? Também não. Porque, por seu lado, o nosso sedutor sueco não se aborrece, a julgar pelas cartas que dirige à irmã Sofia, como esta, datada de 14 de Setembro de 1780:

«Organizei uma pequena sociedade, seleccionada entre todos os homens que compõem o exército; não é numerosa, tanto melhor, pois assim é mais agradável. Somos apenas três e damo-nos muito bem: são o duque de Lauzun, Sheldon, um inglês ao serviço da França, que tem vinte anos, e eu. Jantamos juntos com frequência e passamos o serão desde as oito até à meia-noite em casa da Senhora Hunter, de que vos falei, que tem uma filha bonita. Lauzun, que é o mais velho e mais sensato do triunvirato, retira-se mais cedo, mas Sheldon e eu ficamos muitas vezes até às tantas a tocar música. Estes serões são muito agradáveis»([10]).

São tanto mais agradáveis porquanto Fersen e os amigos não se limitam a tocar música, mas frequentam também os estabelecimentos onde encontram gente bonita e sociável. A bonita filha da Senhora Hunter não é a única a sucumbir ao charme do sueco. À irmã Sofia, não esconde as suas estroinices e parece até encantado por se gabar:

«Haveis-me perguntado maliciosamente como é que descobri que a Senhora Homberg, que eu julgara, à *primeira inspecção*, ruiva, não o é. Só a vira uma vez e tem um cabelo louro um tanto escuro, mas punha muito pó ruivo; desde que deixou de o pôr, já não é ruiva... Se tiver tempo, antes da partida do correio, escreverei à encantadora condessa, ou então ficará para a próxima.»

Pensa também em casar, mas, mais uma vez, esse projecto destina-se, sobretudo, a acalmar as preocupações do pai, desolado por ver o filho ainda celibatário. Tanto mais que uma união com uma «rapariga de dote» permitiria ao jovem estabelecer-se na vida, sem ter de recorrer constantemente à bolsa paterna. Axel parece, pois, apontar neste sentido, pelo menos se dermos crédito às suas cartas ao marechal de Fersen:

«Estou na idade em que o casamento, *por pouca vocação que tenha para esse sacramento*, se torna uma coisa necessária. O matrimónio com a menina Layelle é muito vantajoso. Não a perdi de vista e, durante a minha estada na América, mantive a sua correspondência. Acabo de lhe escrever uma carta muito premente, assim como à mãe... O prazer que sei que esta aliança vos dará, meu querido pai, faz-me desejar mais intensamente que seja bem sucedido. É a filha do Senhor Necker; o seu pai possui uma fortuna de([11])... É filha única... Só a vi uma vez de passagem, lembro-me apenas que nada tem de desagradável e que não é mal feita...»

Por esta última frase podemos ter uma ideia acerca do grau de entusiasmo de Axel pela sua eventual «prometida». Aliás, Germaine Necker desposará outro sueco, futuro embaixador do seu país em Paris, o barão de Staël. Germaine passará à posteridade com este apelido e terá uma

---

([10]) A ortografia destas cartas [redigidas em francês (N.T.)] foi corrigida, já que a de Fersen deixa muito a desejar.

([11]) Número deixado em branco por Fersen, que o não conhecia.

Viver sem ele

vida sentimental movimentada, apesar de um físico muito «desagradável», contrariamente ao que Fersen escrevera. De qualquer modo, as frases de Fersen reflectem hipocrisia; ainda que o diga, não tem qualquer intenção de casar; ele próprio o confessa quando escreve que não tem a «vocação» do sacramento conjugal. Felizmente, o cutelo do casamento não cai sobre o seu celibato; os dois projectos anunciados ao pai falham e Axel não consegue esconder a satisfação que sente num bilhete dirigido ao progenitor, a 11 de Julho de 1783:

«Soube que a menina Layelle era casada; fiquei aborrecido, querido pai, pois este casamento ter-vos-ia agradado. Staël tem ainda esperanças e como, certamente, será embaixador, elas irão aumentar; não vale a pena pensar mais nisso. Não conheço outras[12]; não importa! Não estou com pressa e sinto-me muito bem solteiro. Acho que não estaria tão bem se fosse casado. A menos que me aumentasse consideravelmente a fortuna, não vale a pena casar para ter apenas aborrecimentos, dificuldades e mais privações.»

Seria impossível ser mais sincero e expressá-lo com tanta ingenuidade. Se o jovem parece tão satisfeito por ver abortados os seus projectos de casamento, não é apenas por querer manter-se solteiro; tem outra razão, mais profunda e secreta. Esta razão tem um rosto, um olhar, uma deslumbrante tez loura que o tempo não apagou da memória de Axel. Fossem quais fossem as «distracções» que, durante a sua campanha, lhe preencheram os momentos de entretenimento, eram apenas prazeres efémeros, o descanso do guerreiro. De facto, Maria Antonieta não lhe sai da memória, ainda que nunca lhe fale. Por ela, devido a esta chama que nele continua a arder com tanta intensidade, não pode resolver-se a ligar a sua vida com a de outra mulher. Ainda que não alimente qualquer esperança de ver o seu sonho realizar-se, uma força misteriosa diz-lhe que permaneça disponível, como se o quisesse advertir do papel que, um dia, desempenhará no destino da rainha. Esta razão fortíssima, que, com o pudor que o caracteriza, não pode confessar ao pai, Axel refere-a, a 31 de Julho de 1783, numa carta à irmã Sofia. Uma referência suficientemente eloquente para nos esclarecer sobre os seus verdadeiros sentimentos:

---

[12] Raparigas ricamente dotadas.

Maria Antonieta

«Estou contente por a Menina Layelle ter casado; já não me falarão mais dela e espero que não me arranjem outra; decidi-me, não quero ter uma relação conjugal, é contranatura. Quando tiver a infelicidade de perder o meu pai e a minha mãe, sereis vós que os substituireis. Se achardes bem, isso far-me-á feliz. *Não posso entregar-me à única pessoa que eu queria, à única que amo realmente; por isso, não quero entregar-me a ninguém.*»

Outra prova da constância de Fersen: o seu desejo, várias vezes expresso, de servir no Exército francês e os esforços que vai despender para o conseguir, esforços estes que serão apoiados... por Maria Antonieta. Desta forma, o jovem sueco terá, para ficar no país daquela que ama, o mais indiscutível dos álibis. Mas ainda não chegámos aí e, para compreendermos esta história, temos de recuar dois anos, ao mês de Outubro de 1781.

Encontramos a rainha num papel que não a vimos desempenhar até então, mas que vai adquirir uma importância cada vez maior à medida que os anos passam: o seu papel de mãe. Na Corte de França, a educação dos filhos obedecia então a um rito inalterável que não permitia qualquer expressão de sentimentos por parte dos pais. Aqui, mais uma vez, batemos com o nariz na porta desta «senhora» que já conhecemos muito bem, a «senhora etiqueta». Maria Antonieta, que sabemos o quanto detesta as obrigações em todos os domínios, vai encarregar-se de subverter as regras; pretende ter as relações íntimas de uma mãe com a sua progenitura. Assim, quando a pequena Maria Teresa – a futura Madame Real – sofre ao lhe aparecerem os primeiros dentes, assiste-se ao espectáculo insólito da rainha a tomar a filha nos braços e a juntar as suas lágrimas às da menina. A porta dos seus aposentos está sempre aberta quando se trata de receber a princesinha, e esta não se priva de neles entrar durante todo o dia. Esta é uma nova preocupação para Mercy. Decididamente, o cargo de embaixador da Áustria em França não é uma sinecura! Ao imperador José II, que, desde a morte da mãe, ocupa sozinho o trono, o diplomata transmite as suas queixas:

«Os assuntos importantes ou sérios são interrompidos pelos pequenos incidentes das brincadeiras da criança real, e este inconveniente aumenta de tal modo a disposição natural da rainha para se desconcentrar e distrair que ela quase não ouve o que se lhe diz e compreende-o muito menos; por isso, vejo-me mais do que nunca desprezado...»

A pequena Maria Teresa não é a única a fazer vibrar a fibra maternal da rainha: o nascimento do delfim que ela espera para esse mês de Outu-

Viver sem ele

bro de 1781 mergulha-a num doce êxtase. Com a presciência de que as mulheres são, por vezes, dotadas, a rainha tem, com efeito, a convicção de que é um filho que irá dar à luz, o filho que o país espera e que ela tem o prazer de oferecer ao marido... como compensação por todos os problemas que lhe causa! Luís XVI está também felicíssimo... e talvez orgulhoso de mostrar que, ainda que não seja um amante, cumpre os deveres de marido. O rei deixou, aliás, um relato do parto da mulher que tem o rigor e o calor de um oficial de diligências!

«A rainha passara muito bem a noite de 21 para 22 de Outubro. Ao acordar, sentiu algumas pequenas dores, que não a impediram de tomar banho. Entre o meio-dia e o meio-dia e meia, as dores aumentaram; entrou em trabalho de parto e, exactamente à uma hora e um quarto no meu relógio, deu felizmente à luz um rapaz. Durante o trabalho de parto, encontravam-se no quarto *apenas* Madame de Lamballe, o conde de Artois, as minhas tias, Madame de Chimay, Madame de Mailly, Madame d'Ossun, Madame de Tavannes e Madame de Guéménée, que iam alternadamente ao Salão da Paz, que ficara vazio. No Grande Gabinete, estava a minha Casa, a da rainha, os oficiais mais importantes e as governantas auxiliares que entraram na altura das grandes dores e se mantiveram no fundo do quarto sem interferir...»

Tal como no nascimento da Madame Real, o quarto da rainha tem a lotação esgotada! Mais uma vez, a desgraçada pare... com a casa cheia! Quanto a Luís XVI, apesar do estilo de funcionário com que evoca o nascimento do filho, tem lágrimas nos olhos quando revela à rainha que se trata realmente de um rapaz...

O nascimento do herdeiro, embora aflija Provença e Artois, os dois irmãos do rei que vêem assim o trono afastar-se, provoca uma explosão de alegria em todo o país. Enquanto os sinos de todas as igrejas de Paris repicam incessantemente durante três dias, agentes reais distribuem dinheiro ao povo, dispõem-se mesas guarnecidas de comida nas principais artérias da capital e todas as corporações enviam presentes e produtos dos seus ofícios à família real. Ao mesmo tempo, milhares de cartas chegam a Versalhes, que testemunham a fidelidade dos Franceses aos seus soberanos: poemas, canções, nomeadamente estes versos, de uma ingenuidade impressionante:

Conserva, ó Sol protector,
Os dias de Antonieta.

Maria Antonieta

O autor desta pequena composição que deseja vida longa à rainha chama-se Collot d'Herbois; será um daqueles que, no sinistro Tribunal Revolucionário, a enviarão para o cadafalso!

Esta florescência de versos populares não fica por aqui. As mulheres do mercado e as prostitutas sentem-se também tocadas pelo fervor patriótico e isso inspira-lhes «obras» que algumas delas vão recitar diante do rei. O exemplo que se segue dará ao leitor uma ideia da elevação do poema:

> *A nossa encantadora* Antoinette
> *Acaba de parir um lobinho*
> *E eu vi o croquete*[13]...

Luís XVI, de quem se conhece o gosto pelos divertimentos mais rudes, ouve com muito prazer estas mulheres; o seu forte riso acompanha tais demonstrações e o rei convida-as a repetirem.

O nascimento do delfim, com as festas que implica, provoca despesas consideráveis, que se somam às da Corte e, mais particularmente, da rainha. É algo que cai mal numa altura em que a situação económica do país se agrava, os défices públicos aumentam e o povo murmura cada vez mais. Mas Maria Antonieta não pretende renunciar a estas festividades; se provocam novas críticas, tanto pior!

Os nascimentos dos filhos reais levantam outro problema, e não dos menores: o cargo de governanta é então ocupado pela princesa de Guémenée. Ora, esta tem um marido cujas muitas actividades roçam a ilegalidade, quando não são realmente ilegais. E aquilo que podia acontecer, acontece: o príncipe de Guémenée sofre uma falência estrondosa, que obriga a mulher a demitir-se das suas funções. Para prover a sua substituição, a Corte agita-se e Maria Antonieta deixa-se convencer a oferecer o cargo à sua «terna amiga»... Nada justifica tal nomeação, mas há muito que, na Corte, a ausência de qualidades deixou de ser um obstáculo às promoções. O novo cargo fornecerá alguns rendimentos suplementares a Madame Polignac... e fará murmurar todos os que ficaram chocados com este novo favor.

---

[13] Citado por André Castelot em *Marie-Antoinette*.

No entanto, a cotação da favorita está em baixa. As solicitações permanentes para si e para os seus começam a cansar a rainha. E, sobretudo, uma nova «amiga do coração» surgiu na sua vida sentimental. A condessa Geneviève d'Ossun ocupa junto da rainha as funções de «dama de adereços»; ou seja, tem controlo sobre o seu guarda-roupa, o que não é um cargo menor: só para o ano de 1782, Maria Antonieta encomenda a bagatela de... 170 vestidos, mais os acessórios e adornos respectivos. Quando descobre a dimensão das despesas em roupa da rainha, a pobre Geneviève d'Ossun fica de rastos. Com razão, pois nesse ano o orçamento atribuído à soberana eleva-se a quase quatro milhões de libras, das quais mais de duzentas mil só para a roupa. A sua costureira, Rose Bertin, é em grande parte responsável por este desperdício. Tirando proveito da confiança da rainha, não só inflaciona os preços como também apresenta facturas pelas quais muitas vezes nada forneceu. Em seu redor, gravita um verdadeiro exército de costureiras, na sua maioria pagas para nada fazerem.

A condessa d'Ossun vai tentar pôr alguma ordem nesta barafunda. A recém-chegada é honesta e desinteressada, o que faz dela um espécime insólito no meio da tribo de corruptos que rodeia a senhora da casa. Sinceramente dedicada a Maria Antonieta, a nova amiga esforça-se por lhe inculcar maior moderação, se é que ela quer salvaguardar a popularidade, que, com efeito, continua a sofrer com os erros acumulados em poucos anos de reinado. Um cronista da época fornece-nos os motivos para tal:

«Só o povo de Paris preza o rei, porque desvia para a rainha as críticas que pode fazer a Luís XVI. A variedade contínuas nas modas de arranjo, de penteados e de vestuário, acrescentadas a algumas ligeiras despesas de luxo, são a verdadeira causa da indisposição popular contra a rainha. O pequeno burguês diz-se arruinado pelas fantasias das suas mulheres e filhas, que querem imitar essa variedade da rainha. O comerciante e o fabricante já não têm base fixa para prever aquilo que será debitado. Como o mesmo povo sabe que o rei não tem nenhum desses gostos e que ele é de maneiras simples, ama-o pelos contrastes dos seus gostos com os da rainha.»

Mais uma vez, estes avisos, se chegam aos ouvidos de Maria Antonieta, não lhe ficam no espírito. É ainda demasiado jovem, certamente, para as responsabilidades que tem sobre os ombros. Uma historieta ilustra os impulsos infantis que, por vezes, se apoderam da jovem rainha: o rei tinha sido inoculado contra a varíola quando, algumas horas depois, uma freira tristonha avança para ele e, visivelmente emocionada, se lhe dirige com um forte sotaque camponês:

«Senhor – diz-lhe ela – venho da parte da minha comunidade felicitar Vossa Majestade pelo feliz resultado da sua inoculação. Posso solicitar a vossa benevolência para o nosso convento, que se encontra em grandes necessidades?»

Luís XVI é um homem de coração; apressa-se a retirar a bolsa e vai dá-la à freira quando esta desata a rir na sua cara! Os cortesãos ficam escandalizados pela insolência desta atitude, mas Luís XVI encara o caso com bonomia. «É uma pobre louca! Levem-na, mas cuidem dela», recomenda o rei.

Então, o riso da estranha religiosa sobe de tom; levanta os véus que lhe escondem o rosto e a assistência, estupefacta, reconhece... a rainha!

Sim, a bonita soberana é muito jovem e, se isto não é uma desculpa, é pelo menos uma explicação para a sua falta de discernimento. Tanto mais que, à excepção de Mercy e do irmão, o imperador da Áustria, já ninguém se atravessa no caminho dos seus caprichos. O círculo da rainha, que tem tudo a ganhar com a sua prodigalidade, encoraja-a, pelo contrário, a continuar nessa via. Luís XVI não tem nem a vontade nem a autoridade necessárias para se opor aos seus projectos e Calonne, o novo ministro das Finanças, longe de lhe fechar os cofres do Estado, abre-os completamente aos seus pedidos. Tal como Maria Antonieta confessará, durante o seu julgamento, aos que lhe criticavam os gastos: «Como podia eu adivinhar que o Tesouro estava vazio? Quando eu pedia 50 mil libras, davam-me 100 mil!»

VI
O regresso do amado

O mês de Junho de 1783 aproxima-se do fim; nos seus pequenos aposentos, a rainha Maria Antonieta, tal como gosta de fazer quando se sente melancólica, prepara-se para tocar harpa, quando um criado se aproxima e lhe anuncia um visitante.

Instantes depois, Axel de Fersen está diante da rainha; Maria Antonieta levanta-se, uma forte emoção colora-lhe a tez e não consegue dominar o tremor da voz enquanto saúda o recém-chegado. Mas, como de costume, a rainha não está só [14] e não pode expressar a alegria que sente. Deve conservar esta atitude um tanto altiva que convém a uma soberana, mas, por detrás da banalidade das frases de boa educação, são as palavras mais ternas que os seus olhares traduzem. Os quatro longos anos que tinham decorrido não apagaram dos seus corações o sentimento que neles nascera desde o primeiro encontro. Fersen afastara-se porque a sua honra o ditara, mas agora compreendia que nenhuma consideração, nenhum obstáculo o impediria de amar a jovem que lhe estende a mão para beijar num encantador gesto de entrega. Quanto a Maria Antonieta, também não se esforça por esconder o que sente...

---

[14] É graças à presença destas testemunhas muito «incómodas» que conhecemos as circunstâncias deste reencontro.

Maria Antonieta

Passados os primeiros momentos de emoção, enquanto o interroga sobre as suas campanhas na América, a rainha observa Axel. Já não é o efebo, «belo como um anjo», que ela conheceu. Os seus traços estão mais marcados, há no seu rosto um ar de seriedade; parece que amadureceu, mas, quando os seus olhos se fixam na rainha, o mesmo fervor os anima.

É provável que, nos dias que se seguem ao regresso de Axel, Maria Antonieta lhe confesse que os seus sentimentos correspondem aos dele. Confissões furtivas, juramentos fugazes trocados nos momentos demasiado curtos em que se encontram a sós ou, pelo menos, suficientemente afastados dos ouvidos indiscretos. Mas estes raros momentos de intimidade bastam para manter uma chama que não precisa de esperança para continuar a arder. Por não poder comunicar como o desejaria com a sua bem-amada, Axel multiplica as visitas a Versalhes; a contemplação do objecto da sua paixão transmite-lhe uma felicidade que ele saboreia no segredo do seu coração.

A presença quase diária do conde de Fersen é um grande conforto para Maria Antonieta. Conforto que ela preza tanto mais porquanto perdeu o favor do povo. Ao mesmo tempo, Axel fica impressionado com o aspecto insólito de Versalhes, que se assemelha agora a um palácio abandonado. Maria Antonieta, como vimos, é parcialmente responsável por este estado de coisas, já que forçou a saída daqueles que lhe não agradavam. Quis ainda recuar, mas era tarde de mais. Entre os seus adversários formaram-se várias facções; em primeiro lugar, os partidários do conde de Provença, que não se cansam de injuriar a rainha e escarnecer de Luís XVI. Provença não «digeriu» o nascimento de um delfim; as suas ambições ao trono, por serem hipócritas, não são menos fortes. No início da Revolução, a sua atitude será, aliás, das mais agitadas e as manobras a que se entregará não o honrarão certamente. Assim, após o desaparecimento oficial do delfim, quando circulam rumores sobre a sua possível sobrevivência, nada fará para conhecer a verdade, muito pelo contrário. Como se sabe, acabará por receber a «recompensa» da sua obstinação. As três «harpias» ou, se preferirmos, as três tias de Luís XVI, perfilaram-se no seu campo, movidas pelo ódio que tinham agora por Maria Antonieta.

Outro opositor de peso se manifesta: o duque de Chartres. O duque não perdoa a Maria Antonieta o facto de ela ter impedido a sua nomeação para a chefia do exército, cargo que ambicionava desde que falhara

O regresso do amado

lastimosamente como comandante da frota francesa. Personagem medíocre, vai ficando cada vez mais ambicioso à medida que os anos passam, aspirando também ele ao trono de França, que o seu filho Luís Filipe acabará por surripiar aos Bourbons em 1830. Aquele de que a posteridade conserva a triste memória sob o nome de Filipe-Igualdade é impelido para a via da conspiração pelo seu secretário, Choderlos de Laclos, e pela sua amante, Madame de Genlis.

O autor de *Ligações Perigosas* e a pedante condessa não têm qualquer pejo em inculcar ideias de grandeza no fraco espírito do duque. Para eles, mais do que Luís XVI, o inimigo a abater é Maria Antonieta, cuja influência sobre o marido eles conhecem. Para melhor a desacreditarem, alimentam uma campanha de panfletos contra a rainha. Além disso, Choderlos de Laclos, que mostra um zelo notável para a prejudicar, recrutou vários patifes com a missão de se misturarem na população parisiense e de nela semearem rumores maledicentes sobre «a Austríaca». Deste modo, a pouco e pouco, o clima em que a rainha se move deteriora-se, sem que a interessada tenha disso consciência.

Há outros nobres do reino que também não prezam muito a soberana, a começar pelo conde de Artois. Os tempos mudaram muito desde a época em que ele brincava aos cavaleiros gentis com a cunhada. Agora, também ele se exaspera com a influência crescente da rainha; as suas relações passaram da frieza para uma hostilidade mais ou menos aberta.

Por último, como se já não bastasse esta liga de inimizades contra si, Maria Antonieta tem de contar com algumas grandes famílias que afastara do seu caminho e que lhe guardavam rancor. Entre estas, o clã dos Ruão. Na verdade, não é tanto esta poderosa família que a rainha considera com suspeição, antes o seu membro mais ilustre, o cardeal de Ruão, Grande Capelão de França, membro da Academia e possuidor de uma imensa fortuna. Lembremo-nos de que foi ele, enquanto assistente do arcebispo de Estrasburgo, que oficiou o casamento por procuração de Maria Antonieta com Luís Augusto, que era ainda o delfim. Nesse dia, a jovem arquiduquesa ficara deslumbrada com as boas maneiras deste prelado cujo físico bem constituído e encanto não correspondiam nada à ideia que tinha de um alto dignitário da Igreja. Mas, desde então, a opinião de Maria Antonieta sobre Luís de Ruão evoluíra consideravelmente...

Na verdade, monsenhor de Ruão é um prelado de práticas bem insólitas! Apreciador de caçadas, frequentador de bailes de máscaras e, sobre-

Maria Antonieta

tudo, incansável mulherengo, Luís de Ruão escandalizara a imperatriz Maria Teresa quando fora enviado para Viena na qualidade de embaixador de França. Nas cartas à filha, Maria Teresa denunciara várias vezes esse «gordo cheio de maledicência, pouco conforme à sua condição eclesiástica e de ministro, e que ele debita com impudência em qualquer parte. O seu séquito é igual, uma corja de gente sem mérito nem maneiras...»

Quando se conhece a influência que a imperatriz da Áustria exerce sobre a filha, compreende-se por que partilhou a querela. O que motivava ainda mais a sua cólera contra o cardeal era aquilo que este dissera aquando da divisão da Polónia, que a imperatriz apoiara:

«De facto, vi Maria Teresa chorar sobre as desgraças da Polónia oprimida – disse Ruão – mas esta princesa, exercitada na arte de nada deixar transparecer de si, parece-me ter lágrimas de crocodilo. Numa mão tem um lenço para limpar as lágrimas e, na outra, o gládio por ser a terceira parte da partilha.»

Esta afirmação, de que ela teve conhecimento, provocara o ressentimento de Maria Antonieta; tanto mais que conhecia o papel pouco glorioso desempenhado pela mãe na divisão da Polónia. Em política, menos do que em qualquer outra coisa, as verdades não são para dizer...

Assim, quando Maria Antonieta sabe pela boca de Luís XVI que este prometera o cargo de Grande Capelão à sua «besta negra»([15]), fica encolerizada e exige que o rei retire a promessa. O infeliz Luís XVI está, como de costume, disposto a ceder às exigências da mulher. Mas a notícia da nomeação já fora tornada pública; o rei já não podia voltar atrás, sob pena de hostilizar toda a nobreza francesa. A bem ou a mal, a rainha teve de aceitar ver o seu inimigo oficiar a cerimónia do levantar do rei, celebrar as festas da Corte e baptizar os seus filhos. Conhecendo a força do temperamento da soberana, podemos imaginar o que sentia ela pelo cardeal. Apesar das suas altas funções, este nunca obterá dela a mais pequena palavra nem o mínimo olhar, e esta desgraça moral desola-o. Aquilo a que se chamará «caso do Colar» nascerá deste desentendimento entre a rainha e o cardeal galante. Já lá chegaremos.

As considerações anteriores explicam por que foi tão bem-vindo o regresso de Axel de Fersen. Os verdadeiros amigos são cada vez mais raros...

([15]) No original, «*bête noire*».

O regresso do amado

Mas é muito mais do que o amigo que é recebido por Maria Antonieta. Estão de pé, frente a frente, no salão dourado preferido da rainha, por ser mais íntimo do que as outras salas do palácio; estão de pé e contemplam-se intensamente. Milagre do amor: num instante, quatro anos de separação, de dúvida e de angústia são esquecidos... Os dois corações reencontraram-se.

Maria Antonieta não se fez rogada; Fersen está resolvido a ficar em França. Em princípio, devia voltar à Suécia, onde o rei Gustavo lhe reserva um alto cargo. Para ficar junto da mulher que ama, só tem uma solução: retomar o projecto que acalentava antes da partida para a América, pedindo para servir no Exército francês. Deste modo, poderá conciliar as exigências do coração e o gosto pela vida militar.

Nesta época, o prestígio do Exército francês era tão grande na Europa que muitos fidalgos estrangeiros punham as espadas ao serviço do rei de França; por seu lado, Axel ambiciona adquirir o Real Sueco, um regimento que é então propriedade do conde Alexandre de Sparre, e que este aceita vender... por cem mil libras. É aqui que reside o problema, pois Fersen não possui esta quantia. Tem então de recorrer ao pai. Numa longa carta que lhe dirige a 21 de Julho, explica-lhe todas as razões que justificam o seu desejo e acrescenta, num tom patético, que isso «é a única coisa que me pode fazer feliz para sempre e para a qual há ainda mil outras razões que não ouso confiar ao papel...»

A referência a Maria Antonieta é clara e o marechal de Fersen, que já ouvira rumores acerca da rainha e do seu filho Axel, não tem dúvidas. Responde-lhe então com uma carta severa, na qual, depois de ter enumerado todos os obstáculos financeiros à dádiva dessas cem mil libras, lamenta que o filho manifeste o desejo de se expatriar, em vez de ir viver para a Suécia junto dos seus.

Esta resposta negativa deixa o jovem consternado. Noutra carta dirigida a Sofia, a sua irmã favorita, Axel pede-lhe que intervenha junto do pai para que este mude de ideias.

Apesar da insistência do filho, o senhor de Fersen continua a não lhe dar ouvidos, e Axel, para alcançar os seus objectivos, não hesita em recorrer ao rei da Suécia em pessoa:

«Os favores com que Vossa Majestade sempre me honrou dão-me esperança de que aceite o pedido que será necessário para resolver este assunto. Permiti-me, Senhor, de vo-lo solicitar, e ajuntai a essa bondade a de consentir que eu volte a França para me ocupar de mim mesmo.»

Maria Antonieta

Será que Gustavo III duvida de que este zelo tenha apenas motivos de ordem militar? É muito provável; também ele ouviu os rumores que correm sobre as relações do jovem com Maria Antonieta. Mas o charme de Axel agiu também sobre o rei da Suécia; é preciso dizer que este gosta mais de homens jovens do que de mulheres. Não só intervém junto do senhor de Fersen e consegue arrancar-lhe o consentimento, como também entrega a Axel uma carta de recomendação para Luís XVI, a fim de que este lhe conceda o regimento tão cobiçado:

«Senhor, meu irmão e primo – escreve Gustavo III a Luís XVI – o conde de Fersen, tendo servido nos exércitos de Vossa Majestade na América com aprovação geral, e tendo-se, por isso, tornado digno de vossa estima, penso não cometer uma indiscrição pedindo-vos para ele um regimento. O seu nascimento, fortuna, a posição que ocupa junto da minha pessoa, a rectidão da sua conduta, os talentos e o exemplo de seu pai, que gozou outrora do mesmo favor em França, tudo me autoriza a crer que os seus serviços não poderão deixar de ser agradáveis a Vossa Majestade e como permanecerá igualmente ligado ao meu serviço, que ele partilhará entre os deveres exigidos pelo seu serviço em França e na Suécia, vejo com prazer que a confiança que atribuo ao conde de Fersen e a grande consideração de que ele goza na sua pátria fortalecerão as relações que existem entre as duas nações e satisfarão o meu desejo constante de cultivar a amizade que me une a vós e que me é cada vez mais querida. É com estes sentimentos e os da mais elevada consideração e da mais perfeita estima que sou, Senhor, meu irmão e primo, de Vossa Majestade, o bom irmão, primo, amigo e aliado.

Gustavo»

Felicíssimo, Fersen leva esta carta a Luís XVI. É muito bem recebido... sobretudo por Maria Antonieta. Como de costume, Luís nada consegue recusar à mulher; Fersen tem o seu regimento! Ingenuamente, informa o rei Gustavo desta protecção especial:

«O rei consentiu logo e demonstrou grande vontade de fazer algo que pudesse ser agradável a Vossa Majestade. A rainha quis ajudar assim que soube que Vossa Majestade o desejava, e creio poder garantir a Vossa Majestade que terei o regimento Real Sueco; acharam que era esse que mais agradaria a Vossa Majestade e que melhor me conviria...»

Falta agora chegar a um acordo com o proprietário anterior do regimento em causa; além das cem mil libras, este exige a grã-cruz de uma

O regresso do amado

ordem sueca... que não merece de modo algum. Trata-se apenas de um pormenor; é preciso que Fersen fique satisfeito e, para isso, Maria Antonieta não se poupa a esforços. Graças à sua enérgica intervenção, o problema da condecoração é prontamente resolvido. A prova da sua presença na feliz conclusão do processo é-nos fornecida pela própria rainha, que, a 19 de Setembro, escreve ao rei da Suécia nos seguintes termos:

«Senhor, meu irmão e primo, aproveito a partida do conde de Fersen para vos renovar os sentimentos que me unem a Vossa Majestade; a recomendação que haveis feito ao rei foi recebida como o devia ser vinda de vós e a favor de *tão bom assunto*. O seu pai não foi aqui esquecido; os serviços que prestou e a sua boa reputação foram renovados pelo filho, que se distinguiu bastante na guerra da América e que, pelo seu carácter e *boas qualidades*, mereceu a estima e a *afeição* de todos aqueles que tiveram a oportunidade de o conhecer. Espero que não tarde a receber um regimento. Não poderia deixar de concordar com as opiniões de Vossa Majestade e de dar, nesta ocasião como em qualquer outra, provas de sincera amizade com a qual sou, senhor, meu irmão e primo, vossa boa irmã e prima.

Maria Antonieta»[16].

Muito contente com a sua nomeação, o novo coronel gostaria de ficar em Paris; era esse também o desejo de Maria Antonieta, mas não conviria voltar à Suécia para agradecer ao rei e ao pai? Este, que há muito não via o filho, continua a mostrar má cara relativamente às cem mil libras que tem de desembolsar. Fersen preparou um plano económico que lhe permitirá pagar a pouco e pouco a dívida que vai contrair. Foi, pois, para explicar este plano ao pai que Axel resolveu voltar ao seu país. No espírito de Axel, seria apenas uma breve estadia longe da mulher amada. Esta, durante uma visita do jovem sueco a Trianon, não lhe escondeu que esta nova partida lhe causava profundo desgosto; Axel reconfortou-a, a ausência seria apenas de algumas semanas; o tempo suficiente para resolver os seus assuntos e logo estaria de regresso à sua rainha.

Mas, já em viagem, é informado de que o rei Gustavo III vai a Itália e deseja que Fersen o acompanhe. Esta notícia, que deita por terra todos

---

[16] Auguste Geffroy, *Gustave III et la Cour de France*.

os seus projectos, contraria-o fortemente, mas como poderia ele resistir às vontades do seu soberano? Fazendo das tripas coração, junta-se então ao rei em Erlanger, na Alemanha, onde Gustavo se encontra sob o nome de conde de Haga, um incógnito que, certamente, não engana ninguém. Deste encontro com o rei, Axel faz uma descrição um tanto pitoresca e que nos confirma que Maria Antonieta não é a única a sentir alguma atracção pelo belo sueco:

«Ele estava deitado quando cheguei», escreve Axel ao pai, no dia 8 de Novembro. «Mandou-me logo entrar, abraçou-me efusivamente, disse-me as coisas mais ternas e mais lisonjeiras sobre o desejo e a impaciência que tinha em voltar a ver-me... Estava emocionado até às lágrimas, chorava de alegria e eu estava vivamente comovido; repetiu-me milhares de vezes como percebia a dimensão do sacrifício que eu fazia ao não ir ver-vos... Enfim, recebeu-me não como rei, mas como amigo terno e sensível... Distingue-me de todos os outros em tudo e em toda a parte.»

É um espectáculo raro, um monarca em pranto por reencontrar um dos seus súbditos... Acrescente-se desde já que o jovem Fersen não partilha em nada os «gostos» de Gustavo, como, aliás, o voltará a demonstrar na sua viagem a Itália. A fidelidade não é o seu forte; pode até dizer-se que, durante o seu périplo transalpino, Axel vai empanturrar-se; adepto do velho princípio dos marinheiros – «uma mulher em cada porto» –, em Florença, conquista uma jovem inglesa, Emily Cowper; em Nápoles, é uma mulher casada, Lady Elizabeth Foster, filha do duque de Bristol, que lhe cai nos braços. Decididamente, este rapaz é irresistível; não pode abordar uma mulher sem que esta não fique logo louca por ele e, contrariamente ao que é costume, são as mulheres... que lhe pedem a mão! As duas inglesas não são excepção a esta agradável regra. Mas, com Emily e Elizabeth, Fersen não pretende ultrapassar certos limites. Não resiste à tentação de colher estas duas belas flores que se lhe oferecem, mas previne-as lealmente de que as suas relações não ultrapassarão os limites do prazer. Emily Cowper fica desesperada, a ponto de Axel pedir ao irmão dela, lorde Cowper, que «console a irmã, que está muito infeliz».

O mesmo se passa com Elizabeth Foster; a bonita dama deseja, nem mais nem menos, deixar o marido para ficar com o sedutor sueco. Para a demover das suas intenções, Fersen tem de lhe confessar que ama outra mulher, que a ama apaixonadamente... E não é qualquer uma! No seu Diário, notará: «Declarei tudo a Elizabeth». A reserva do jovem não

O regresso do amado

o impedirá de se corresponder com as suas duas adoradoras e de lhes enviar o seu retrato. Na falta do original, é já uma consolação...

Se Fersen se proíbe de dar demasiada importância às suas estroinices, é certamente por causa de Maria Antonieta. Agora que sabe que ela o ama, agora que ela o confessou, sente-se ligado à rainha por laços indissociáveis. Só que temos de nos pôr no lugar deste rapaz de vinte e oito anos, cheio de força e saúde; estando o seu amor por Maria Antonieta condenado a uma castidade forçada, tem de satisfazer as exigências da natureza. Isto explica que possa levar uma vida bastante livre e, ao mesmo tempo, amar secretamente outra mulher; solução prática, evidentemente.

Durante a viagem a Itália, Fersen não parou de trocar correspondência com Maria Antonieta: escreve numerosas cartas a uma certa «Josefina», que não é outra senão a rainha. Axel dá-nos a prova disso quando pergunta a Josefina o nome que se deve dar ao cão que ela lhe pedira para comprar e «se devia fazer disso segredo»! Pouco mais tarde, nota no seu Diário, desta vez claramente: «Pedi ao senhor de Boye que me enviasse um cão que não fosse pequeno, do tamanho dos do senhor Pollet, disse que era para a rainha de França.» Por conseguinte, sem qualquer dúvida, a misteriosa Josefina é Maria Antonieta. No Diário de Fersen, André Castelot descobriu outra prova decisiva, datada do período da Revolução:

«Fui falar com Mercy, para lhe perguntar se tinham cuidado dos diamantes de "Josefina", e teve o descaramento de me dizer que não sabia, que realmente recebera uma caixa, mas que tinha dado a chave da caixa à arquiduquesa Cristina([17]), quando esta chegou.»

Antes de iniciar a sua funesta viagem para Varennes, a rainha confiara estes diamantes a Mercy, para que ele os entregasse à irmã. A resposta que o embaixador da Áustria dá a Fersen pode levantar algumas dúvidas sobre a sua honestidade; em contrapartida, esta conversa estabelece formalmente que Maria Antonieta e Josefina eram uma e a mesma pessoa.

Por seu lado, Maria Antonieta escreve também a Fersen; sabemos até como ela lhe chamava: «o meu pequeno Rignon»... Infelizmente, a maioria destas cartas desapareceu, queimada ou dispersa pelos próprios descendentes de Fersen. Mas uma escritora sueca, Alma Söderhjelm, en-

---

([17]) Uma das irmãs de Maria Antonieta.

controu alguns fragmentos incompletos, em que frases inteiras são substituídas por pontos... Voltaremos a esta correspondência e ao seu significado.

Em Itália, Fersen mais não faz do que «floretear», como então se dizia, no séquito de Gustavo III ou, se preferirmos, do «conde de Haga», onde conhece numerosas personalidades, algumas das quais lhe lembram a mulher dos seus pensamentos. Conhece também o irmão dela, o imperador José II, que viaja igualmente pela península, o grão-duque Leopoldo da Toscana, outro irmão da rainha de França, e a sua irmã Maria Amélia, grã-duquesa de Parma. Mas é, sobretudo, com outra das irmãs de Maria Antonieta, a rainha Maria Carolina de Nápoles, que tem os contactos mais agradáveis. Com ela, enquanto mantém uma reserva prudente, pode evocar o ser querido e os momentos tão preciosos que viveu com a amada em Versalhes e em Trianon. Por seu lado, Maria Carolina fala-lhe da infância de Maria Antonieta. Diz-lhe como ela era travessa e até insubordinada, mas detinha o segredo de se fazer perdoar pela graça do seu sorriso... Enquanto ela fala, Fersen pensa ver o rosto querido e o seu desejo de a reencontrar é intenso. Apesar dos prazeres que experimentou, não lhe agrada muito esta viagem a Itália e, sobretudo, o comportamento do rei Gustavo. É o que se pode inferir de uma carta enviada de Roma ao pai, em 24 de Janeiro:

«... Até agora, ficámos em cada lugar quase sempre um mês a mais do que contávamos. O mesmo se passou em Florença e assim será em toda a parte. Mantemos um princípio de desordem e de indecisão que é raro; mudamos de ideias vinte vezes por dia, e cada uma delas é mais extraordinária do que a outra. Estou quase desesperado; isto desorganiza-me todos os projectos e obriga-me todos os dias a ser testemunha de novas folias, novas extravagâncias e ridicularias. Eu e o barão de Taube[18] mais não fazemos do que impedi-las e repará-las, mas isso nem sempre é possível. É extraordinário que, com tantos talentos, conhecimento e espírito, se possa ter tantos defeitos. Sinto-me muito chateado com ele, pois estou e devo manter-me ligado a ele durante toda a vida... Não se pode conhecê-lo sem lhe ficar afeiçoado e sem lamentar as suas fraquezas...»

Pudico como sempre, Fersen nunca designa o rei Gustavo pelo nome quando fala da pusilanimidade do monarca; mas é verdade que este não tem um comportamento digno do seu estatuto. Axel é assim obrigado a

---

[18] O barão de Taube é o amante de Sofia, a irmã de Axel.

O regresso do amado

reprimir-se... matando o tempo da melhor forma possível, como vimos. Por fim, o conde de Haga decide-se e, a 7 de Junho de 1784, chega a Versalhes: Axel vai reencontrar Maria Antonieta.

Como de costume, Luís XVI estava na caça e a vinda do rei da Suécia apanha-o desprevenido. Veste-se desajeitadamente e comparece diante de Gustavo com dois sapatos de pares diferentes, o que lhe vale esta observação irónica da rainha:

«Estais vestido para o baile de máscaras?»

Para honrar o hóspede, o rei e a rainha de França previram uma série de entretenimentos cuja apoteose seria a festa nocturna que a própria Maria Antonieta organizaria no seu pequeno retiro de Trianon. A rainha quis que todas as damas presentes se vestissem de branco, e o efeito, à luz das mil tochas que iluminam os jardins, é esplendoroso. Maria Antonieta divide-se generosamente entre os convidados, encontrando uma palavra amável para cada um deles e dispensando magnanimamente o seu encanto. Fersen só tem olhos para ela, só tem ouvidos para ela; num tom deliberadamente neutro, Maria Antonieta questiona-o sobre o comando do regimento que, em breve, ele irá assumir. Trocam frases de uma banalidade forçada, mas, por detrás destas frases, como de costume, são mensagens apaixonadas que dirigem um ao outro... À medida que a festa se prolonga, com a ajuda das bebidas, a alegria dos convivas vai ficando cada vez maior; o escuro favorece as cumplicidades e, subitamente, junto de um arbusto, o jovem sente uma mão que se pousa na sua e a aperta suavemente... Ao ouvido chega-lhe uma voz num terno murmúrio. Axel pensa estar a sonhar, pois as palavras que ouve vertem--lhe um licor exaltante no coração... Dizem-lhe que foi por ele, pensando nele, que Maria Antonieta quis esta festa...

O contacto foi breve, mas o suficiente para que Fersen se assegurasse da perenidade dos sentimentos da rainha. Aliás, Maria Antonieta desejara que ele viesse antes da visita do rei da Suécia a Paris: o jovem aceitaria de bom grado aceder a este desejo, mas Gustavo não deixou. Isto foi--nos confirmado por uma nota sibilina no seu Diário: «Com Josefina, a 18 e 21 de Maio, pois não posso ir antes do rei.»

Não há dúvida de que confidenciara a «Josefina» que as suas relações com o soberano já não corriam muito bem. Durante a sua viagem a Itália, o rei da Suécia criticara várias vezes o comportamento do amigo, em particular as suas aventuras com as duas inglesas. Talvez Gustavo III estivesse simplesmente com ciúmes?...

VII

Um certo colar

O frenesim que se apoderou do conde de Haga, aliás Gustavo III, desde que se encontra em França, está longe de agradar a Fersen. Este rei que não pára quieto, que exige incessantemente a presença do seu ajudante de campo, impede o jovem de usar o tempo como desejaria, ou seja, de ir a Versalhes ou a Trianon, para junto daquela que lhe faz palpitar o coração. Nas suas cartas, é um homem visivelmente exasperado que se exprime, tal como atestam estas linhas escritas ao pai:

«... Passamos o tempo em festas, prazeres e divertimentos de todo o género. Estamos sempre ocupados e apressados; nunca temos tempo para fazer o que queríamos. Este género de atordoamento apraz bastante ao senhor conde de Haga; mas está longe de me agradar e já estou farto. Já assistimos a uma grande ópera em Versalhes e a um baile semelhante, sem contar com os muitos jantares e banquetes... Mas ainda nos faltam muitos jantares e espectáculos em Paris. Nunca faltamos a eles e preferem não beber, comer e dormir do que deixar de assistir ao espectáculo desde o princípio até ao fim; é uma fúria!»

Uma fúria que contraria não só Fersen, mas também Maria Antonieta. Quando encontra Fersen, a rainha dispensaria de bom grado a presença daquele agitador coroado; os seus momentos de intimidade são tão raros, tão difíceis de conciliar com as exigências da etiqueta, que ela tem

Maria Antonieta

grande dificuldade em dominar a impaciência quando vê surgir aquele bronco do senhor de Haga. Para dar a Fersen mais uma prova da sua afeição, Maria Antonieta obtém-lhe uma pensão anual de 20 000 libras enquanto coronel de um regimento francês. Foi o próprio Luís XVI quem assinou o documento da pensão; assim, Fersen não irá de mãos vazias quando voltar à Suécia. Gustavo III, com efeito, tomado de um novo acesso de loucura ambulatória, resolve regressar ao seu país e, a 19 de Julho, Axel tem mais uma vez de se afastar do ser amado. Como o rei está com pressa, é uma viagem rápida, durante a qual Fersen escreve quase todos os dias à rainha. Que pena não termos o privilégio de poder ler as suas cartas! Mas podemos facilmente imaginar o seu tom e natureza. Se os descendentes de Fersen queimaram ou rasgaram esta correspondência é porque, evidentemente, os dois amantes não falavam nem da chuva nem do bom tempo. Podemos supor que Maria Antonieta dá liberdade total aos seus sentimentos. Em Versalhes, e até em Trianon, sob os olhares indiscretos de todos, a rainha é obrigada a simular uma indiferença delicada quando se encontra na presença do jovem sueco. O mesmo não acontece nas suas cartas; o temperamento exaltado da jovem, os seus sonhos tão longamente contidos, podem finalmente exprimir-se. As raras cartas da rainha que foram encontradas demonstram-nos que ela tem a coragem dos seus sentimentos. É então com impaciência que Maria Antonieta espera o regresso do amado. A situação durante a segunda metade de 1784 fornece-lhe, aliás, com que ocupar o espírito. Está novamente grávida – a criança que nascerá será o infeliz Luís XVII, o pequeno prisioneiro do Templo; mas o que a ocupa, ainda mais do que a gravidez, são os rumores de guerra que se difundem pela Europa. Sem entrarmos em pormenores – esta não é a finalidade do livro –, resumamos o assunto, pois diz directamente respeito à protagonista desta história.

O irmão de Maria Antonieta, o imperador José II, tem o projecto de ajustar contas com os Holandeses, a fim de se apoderar das embocaduras do rio Escalda; para isso, é necessária a neutralidade benevolente do cunhado Luís XVI. Só que a França não quer deixar que os infelizes Holandeses sejam devorados, política defendida pelo ministro dos Negócios Estrangeiros do reino, Vergennes. Percebe-se o imbróglio...

Incitada pelo irmão e informada por Mercy, Maria Antonieta vai comportar-se neste assunto de forma muito lamentável aos olhos da História. As suas intervenções junto de Luís XVI, os seus ataques contra

Um certo colar

Vergennes são mais os de uma arquiduquesa da Áustria do que os de uma rainha de França. Mais ou menos conhecida do grande público, a sua atitude é fortemente criticada e a popularidade afunda-se completamente: doravante, o povo chama-lhe apenas «a Austríaca», sinistro cognome que a levará ao cadafalso...

O nascimento do duque da Normandia – nome que então usava aquele que, mais tarde, seria o delfim – não lhe ganha o amor dos súbditos. Tem a demonstração deste facto quando, em 24 de Maio de 1785, se desloca solenemente a Paris, por ocasião do nascimento do novo príncipe real. Fersen, que voltara recentemente à capital, fica impressionado com a indiferença das massas populares, que contrasta estranhamente com a recepção que a nobreza ainda reserva à soberana. Esta carta que dirige ao rei Gustavo III deixa transparecer o interesse que dá às acções e gestos da rainha:

«A entrada da rainha fez-se anteontem. Vossa Majestade poderá ver no *Le Journal de Paris* a ordem da marcha; as carruagens não eram muito bonitas e a rainha foi recebida bastante friamente. Não se ouviu uma única aclamação, antes um silêncio total; havia uma multidão enorme. À noite, a rainha foi muito aplaudida na Ópera; os aplausos duraram quase um quarto de hora. Nessa noite, houve algumas belíssimas iluminações, a da praça Luís XV era soberba, e a rainha foi à praça para as ver; ela e Madame Isabel[19] dormiram nas Tulherias. Ontem, foram ao teatro dos Italianos, onde a rainha foi muito aplaudida.

«Anunciei aqui a chegada do conde de Herrenstein[20] para o Outono, mas parece-me que esta notícia não foi de grande agrado para a duquesa de Polignac; no entanto, foi aí que ele me pediu para dizer isso; houve até pessoas que fizeram uma careta a esta notícia.»

A referência à Madame Polignac é significativa: se «a amiga do coração» continua a ocupar uma posição privilegiada, já não faltava muito para que Maria Antonieta abrisse finalmente os olhos sobre a verdadeira natureza da favorita. Mas, por agora, tem outras ideias em mente, ideias cor-de-rosa... O regresso de Axel apagou o sentimento doloroso que viveu face ao silêncio dos parisienses; a presença do jovem, ainda que ela

---

[19] Irmã de Luís XVI. Será também guilhotinada durante a Revolução.
[20] O conde de Herrenstein era o filho natural do rei Frederico da Suécia, avô de Gustavo III.

Maria Antonieta

tenha de se mostrar muito discreta, dá-lhe sempre um reconforto precioso. O mais pequeno pretexto serve para Fersen estar com ela, mas não fica satisfeito com estas visitas oficiais; o amor dá asas à imaginação e Fersen arranja forma de entrar por vezes nos aposentos da rainha sem que ninguém disso se aperceba. Este bilhete dirigido à sua irmã Sofia, que Alma Söderhjelm cita no seu livro [21], confirma esta hipótese:

«São oito horas da noite, tenho de vos deixar; estou em Versalhes desde ontem, não digais que vos escrevo daqui, pois dato as minhas outras cartas de Paris. Tenho de ir ao jogo da rainha, adeus.»

Às nove horas da noite, no mesmo dia: «Saí na altura do jogo da rainha e só tenho o tempo de acabar a carta, pois tenho agora de ir jantar a casa de Madame d'Ossun, dama do Palácio; a rainha estará lá. Depois do jantar, à uma hora, volto a Paris e esta carta sai amanhã. Adeus.»

E Söderhjelm levanta as seguintes questões: «Por que seria secreta esta viagem a Versalhes? E por que razão datava Fersen as suas cartas de Paris, quando estava em Versalhes?»

As respostas são evidentes: se o jovem sueco baralha as pistas, se finge estar constantemente em Paris, quando está em Versalhes, se não quer que a verdade seja conhecida, é porque se encontra clandestinamente com Maria Antonieta, porque o seu romance amoroso se enriqueceu com um novo capítulo mais íntimo. Outra carta a Sofia mostra-nos também a evolução das relações entre a rainha e o seu amado:

«Minha querida amiga – pede Axel à irmã – fazei-me o favor de ir buscar à mesa de mármore, onde costumais dormir, o desenho de mulher *que me chegou de Paris*, e de mo guardar, pois não gostaria de o perder. Estou em Versalhes esta tarde às seis horas, e aqui ficarei até à tarde de amanhã para fazer a minha corte amanhã de manhã...»

Estas visitas clandestinas parecem, *a priori*, impossíveis quando se conhece o modo de vida da rainha, contudo...

Contudo, há uma maneira de entrar no «santo dos santos» sem se ser visto. Nas suas *Memórias*, Besenval diz-nos como funcionava:

«Certa manhã, levantei-me para ir à cerimónia do levantar do rei. Encontrava-me há pouco no seu gabinete quando vi Campan, secretário da rainha, que me fez um sinal com a cabeça; fui ter com ele e disse-me, sem mostrar que falava:

---

[21] *Fersen et Marie-Antoinette.*

Um certo colar

– Segui-me, mas de longe, para que ninguém perceba.

«Fez-me passar por várias portas e escadarias que me eram totalmente desconhecidas e, quando estávamos fora de vista, disse:

– Senhor, concordais que isto tem bom aspecto, mas não é disso que se trata, pois o marido está a par de tudo.

– Meu caro Campan – retorqui – não é quando se tem cabelos brancos que se espera que uma rainha jovem e bonita use caminhos tão travessos apenas para tratar de negócios.

– Ela espera-vos – disse ele com bastante impaciência.

«Acabara de falar quando nos encontrávamos à altura do tecto, num corredor muito sórdido, junto de uma pequena porta. Pôs uma chave na fechadura e, depois de a empurrar várias vezes em vão, exclamou:

– Ah, meu Deus! O fecho está trancado por dentro, esperai-me, tenho de ir dar a volta.

«Regressou pouco tempo depois e disse-me que a rainha não podia receber-me naquele momento porque se aproximava a hora da missa, mas que me pedia que voltasse ao mesmo sítio às três horas. Voltei e Campan introduziu-me, por uma passagem secreta, num quarto que eu conhecia e, depois, noutro que já não conhecia...

«Fiquei admirado, não por a rainha ter desejado tantas facilidades, mas por ter ousado obtê-las...»

Por seu lado, Madame Campan confirma o relato de Besenval; diz-nos que, por vezes, a rainha usava «aquele quarto de dormir e aquele gabinete, situado por cima dos seus pequenos aposentos».

Não temos qualquer razão para duvidar do relato de Besenval, que, aliás, torna bem claro que o seu encontro confidencial com a rainha nada tem de galante. Do mesmo modo, informa-nos que Luís XVI estava ao corrente das disposições da mulher e que não via mal nenhum nisso. Desde há muito que estava habituado a fechar os olhos às vontades de Maria Antonieta – tanto mais que, muito provavelmente, a jovem só mandara fazer este retiro discreto para poder gozar de alguma privacidade ou receber membros do seu círculo mais íntimo. Se Maria Antonieta abria esta passagem secreta a homens como Besenval, que certamente a entretinha, mas pelo qual não sentia qualquer atracção, por que não a utilizaria para receber o homem que amava?

É, pois, para preservar a honra de Maria Antonieta que Fersen envolve de bruma as suas idas a Versalhes; mas, mais uma vez, tendo a possibilidade material de se verem frente-a-frente, longe dos olhares ve-

111

nenosos dos cortesãos, por que razão os nossos dois amantes não a aproveitariam? Até que ponto, perguntará talvez o leitor. Obviamente, é impossível responder com rigor; é até pouco provável que tenham ido até ao fundo dos seus desejos. Mas, então, por que não colheram o fruto proibido que estava ao seu alcance?

Vários dos seus biógrafos pretenderam envolver a rainha num manto de virtude irrepreensível; trata-se de uma atenção louvável, mas Maria Antonieta não deixa de ser uma mulher de carne e osso, ou seja, sofre também das fraquezas humanas. Ao ceder ao homem que ama com todo o coração, não mereceria por isso o opróbrio da posteridade nem teria manchado a sua imagem. Quanto a Axel de Fersen, acerca de quem os mesmos biógrafos se limitam a destacar o sentido da honra, não esqueçamos que, sob o seu aspecto de homem do Norte, frio e reservado, é ainda assim aquilo a que hoje chamaríamos um mulherengo. Como poderia ele não cobiçar esta mulher jovem e bela, que corteja há anos? Não vale a pena, pois, esconder aquilo que é uma manifestação da natureza. De onde vem, então, a ideia segundo a qual «os amantes restringidos» – como lhes chama Pierre Audiat – não foram mais além? Antes de tudo, por uma razão de decência: ainda que aquele pequeno aposento reservado à rainha lhe permita receber quem quiser, é conhecido por várias pessoas, a começar pelo marido. Mesmo que Luís XVI não tenha o costume de controlar as acções da mulher, mesmo que não seja conhecido pela sua subtileza, ele próprio usa por vezes a passagem secreta; imagina-se Maria Antonieta e Fersen a correrem o risco de serem surpreendidos pelo rei, por Madame Campan ou por qualquer outra pessoa, nos braços um do outro? É aqui que o tão invocado sentido de honra deles intervém: a dignidade da rainha proibia-lhe os encontros clandestinos.

Ainda que Maria Antonieta e Axel se abstenham de ceder aos seus desejos, tal não impede que as calúnias continuem a surgir. O nascimento do duque da Normandia fornece novos motivos caluniosos aos inimigos da rainha. Como tinham passado nove meses desde a última estada de Fersen em Versalhes, não foi preciso mais para que lhe fosse atribuída a paternidade do principezinho real. Os rumores não correm apenas por solo francês; numerosos panfletos chegam do estrangeiro; assistir-se-á até ao espectáculo insólito do rei da Prússia, Frederico II, a ordenar ao seu embaixador em Paris que insinue aos ouvidos de Luís XVI a dúvida sobre a fidelidade da mulher!

Um certo colar

Deu-se também o episódio do anel nupcial perdido; tendo o hábito de o retirar para lavar as mãos, Maria Antonieta, certo dia, esquece-o no lavabo e perde-o de vista. E eis que, anos depois, a rainha recebe do cura da igreja da Madalena uma caixinha acompanhada de um bilhete:

«Recebi sob o segredo da confissão – escreve o padre – o anel que remeto a Vossa Majestade, com a confissão de que vos foi roubado com a intenção maliciosa de vos impedir de ter filhos!»

Segundo Madame Campan, a rainha não tentou «descobrir a supersticiosa que lhe fizera tal maldade!»

Face a estas ofensivas repetidas, Maria Antonieta esforça-se por manter a calma, mas sente duramente as feridas no segredo do seu coração. Estas chagas que se acumulam acabarão por lhe modificar o carácter; por isso algumas palavras infelizes, algumas reacções inoportunas, que darão a crer que a rainha é inacessível à piedade, que, nela, o egoísmo se sobrepõe a qualquer outro sentimento. No entanto, apesar dos sorrisos sob os quais esconde a amargura, apesar da exuberante alegria que exibe, apesar do luxo que a envolve, Maria Antonieta não é feliz. Facto que torna a presença de Axel ainda mais preciosa.

Já dissemos que Axel, sem qualquer dúvida, usara um caminho secreto para visitar Maria Antonieta; mas descobriram outra forma de se encontrarem. Nas suas *Memórias*, o conde de Saint-Priest revela-nos como era:

«Fersen andava de cavalo no parque de Trianon três ou quatro vezes por semana; a rainha, sozinha, fazia o mesmo.»

É claro que não se deve levar à letra tudo o que Saint-Priest diz, mas outras testemunhas confirmam os passeios equestres de Maria Antonieta pelos bosques de Trianon. Excelente cavaleira, tinha grande prazer em andar a galope pelas matas e clareiras. Encontrar-se com Fersen dá-lhe asas; não tem dificuldade em afastar o seu escudeiro negro; em breve, está sozinha, livre... E, de repente, na curva de uma alameda, lá está ele... Que emoção se deve apoderar deles, uma emoção que o espectáculo que se lhes oferece à vista torna ainda mais forte... Os bosques que se fazem cúmplices dos seus amores, os perfumes das plantas silvestres que os entusiasmam, a brisa que faz as folhas cantarem docemente; sim, de facto, como devem apreciar esses momentos de felicidade que o destino lhes concede de forma tão rara... Mas a paixão deles não se exaltará ainda mais por ter de se manter secreta? É por isso que cada pequeno minuto desta intimidade lhes deixa um gosto de encantamento. Não precisamos de os ouvir para imaginarmos o que diriam um ao outro. Pelas cartas de Fersen à irmã Sofia, sabemos também que o papel de Fersen não se limita ao de um «fazedor de serenatas». Para Maria Antonieta, o jovem sueco é um interlocutor a quem pode confiar as preocupações sem correr o risco de ser traída. Estava então muito preocupada com o delfim, cuja fragilidade desafia os cuidados mais atenciosos. Felizmente, o duque da Normandia é «fresco e forte como um verdadeiro filho de camponês». Quando fala dele, o rosto da rainha brilha com um sorriso luminoso. Nela, o sentimento materno é intenso; contrariamente à regra da etiqueta, faz questão de ver os filhos várias vezes por dia e de velar ela própria pelas necessidades dos infantes. O filho pelo qual tem uma ternura especial é o mais novo... O epíteto que lhe deu é, a este respeito, revelador; chama-lhe «flor de amor»... Pobre criança, que parece prometida a um futuro radioso e cujo destino será tão cruel! E pobre mulher, a quem os carrascos arrancarão sem piedade este filho tão querido...

Sem qualquer razão para tal, Maria Antonieta sente-se, por vezes, tomada de um estranho receio quando pensa no futuro. É verdade que a situação do país é preocupante, mas ninguém, entre os membros desta nobreza ociosa que a cerca, pensaria que dali a menos de quatro anos se atearia o incêndio que derrubaria uma sociedade milenar. Maria Antonieta, menos do que qualquer outra pessoa, não podia evidentemente adivinhar aquilo que a esperava, mas mesmo assim sente fortes apreensões, que ela confia a Fersen. Este mostra-se então animador: «Não há dúvida de que a França está doente – diz-lhe ele – mas é uma paciente de boa constituição, com todo o vigor da idade, que só precisa de um bom médico; mas é preciso encontrá-lo.» Poderá este médico ser Luís XVI? Maria Antonieta bem gostaria que assim fosse, mas não está convencida disso; conhece demasiado bem a fraqueza do marido – e aproveita-a muitas vezes – para alimentar ilusões. Mas face a Axel, por um sentimento natural de orgulho conjugal, elogia as qualidades intelectuais do marido; quanto a ela, se por vezes se sente inquieta, esforça-se por afastar esse sentimento; ainda não perdeu o gosto pela felicidade e Fersen está ali para o reavivar.

Estes encontros da rainha com o amado não passam, por certo, despercebidos. Saint-Priest, que se delicia com os mexericos, nota ainda nas suas *Memórias*:

«Esses passeios causavam um escândalo público, apesar da modéstia e da contenção do favorito, que nunca deixava passar nada para o exte-

Um certo colar

rior e que, de todos os amigos da rainha, foi o mais discreto... O rei não ignorava a intimidade entre a sua mulher e o nobre sueco, mas a rainha arranjara forma de fazer com que o marido aceitasse a sua ligação com o conde de Fersen; ao repetir ao marido tudo o que ouvia do que se dizia na opinião pública sobre esta intriga, propôs deixar de o ver, o que o rei recusou. Não há dúvida de que lhe insinuou que, com todos os ataques maliciosos contra ela, aquele estrangeiro era a única pessoa com quem podiam contar. E o monarca acabou por dar o seu consentimento...»

Quando as circunstâncias o exigirem, Fersen demonstrará, com efeito, uma devoção rara, uma daquelas dedicações que só um verdadeiro amor pode suscitar. Uma devoção que não se limitará à pessoa da rainha e que se estenderá a toda a família real, incluindo o rei.

A estranha calma que precede a tempestade reina ainda nas alamedas do poder. Para Maria Antonieta, ainda não passou o tempo da despreocupação. Tem agora trinta anos, o que, para a época, já não a faz uma jovem, mas, pelo seu rosto, poder-se-ia dizer que os anos se abstiveram gentilmente de lhe deixar marcas. Continua a exibir aquela luz de alegria que lhe confere o encanto e os seus impulsos permanecem espontâneos, mas, agora, um eco de melancolia aparece por vezes nas suas palavras, que ela se esforça por afastar lançando-se num qualquer novo empreendimento. Aquilo que a ocupa durante este Verão de 1785 são os ensaios de uma nova peça que vai representar com os amigos no seu teatrinho de Trianon. Escolheu *O Barbeiro de Sevilha*, peça de Beaumarchais; fosse a peça escolhida por qualquer outra pessoa, dir-se-ia tratar-se de uma provocação, pois o próprio rei proibira outra peça do mesmo autor, *As Bodas de Fígaro*. Foi então que Maria Antonieta interveio e, graças a ela, a peça seria autorizada. Representada em Paris, obteve um êxito impressionante junto da aristocracia, tanto mais que Beaumarchais não é brando na sua crítica à alta sociedade. O fenómeno não surpreende: reproduz-se com frequência; os mesmos que são escarnecidos nas peças têm grande prazer nisso e chegam até a subsidiar os espectáculos que os atacam. Maria Antonieta não hesitou em alinhar pelo lado dos críticos; presunção ou inconsciência? Talvez ambas.

Em *O Barbeiro de Sevilha*, a rainha escolheu para si o papel de Rosina – «A mais bela menina que desperta o apetite»; personagem que se lhe adapta em todos os pontos. Contracenando com ela, Vaudreuil será o conde Almaviva e Artois desempenhará o papel de Fígaro. É uma distribuição de papéis tão prestigiosa quanto insólita...

Maria Antonieta

Enquanto não chega o 19 de Agosto, data da representação, a pequena trupe ensaia fervorosamente. Como é hábito, a rainha é quem se aplica com mais empenho; visivelmente, a personagem que desempenha agrada-lhe bastante.

No dia 12 de Julho, está em pleno «trabalho» quando lhe anunciam a visita do joalheiro da coroa, Böhmer; este traz-lhe uns brincos de diamantes, presente do rei. Entrega-lhe também um bilhete, do qual a rainha nada compreende. A conclusão da missiva, em especial, deixa-a perplexa.

«... temos o prazer de pensar que a mais bela jóia de diamantes que existe servirá à maior e melhor das rainhas». Não, de facto, não percebe nada... Como é que iria adivinhar que o *Caso do Colar* estava a começar...

Não cabe a este livro, como já dissemos, estudar os actos de Maria Antonieta na perspectiva política, mas sim proceder a uma análise mais íntima da sua personalidade. Por isso, não se pretende contar aqui, mais uma vez, este capítulo da História de França que diz respeito ao reinado de Luís XVI; só nos interessam as incidências do comportamento da rainha sobre este reinado. O caso do Colar, cuja influência deplorável que terá sobre o futuro de Maria Antonieta é conhecido, será então evocado em função das suas reacções emocionais.

No entanto, para que o leitor compreenda bem o caso, resumamos os factos: como já vimos, a rainha não suporta a presença do cardeal-príncipe Luís de Ruão. Pode ser tão rancorosa com uns como é indulgente com outros. Todos os esforços empregados pela poderosa família Ruão e seus aliados para fazer a rainha mudar de ideias foram inúteis. É então que o cardeal acredita ter finalmente descoberto uma forma de voltar a entrar nas boas graças da soberana. Acrescente-se já que este alto dignitário da Igreja é de uma ingenuidade que ultrapassa o entendimento, como o demonstram os acontecimentos que se vão seguir. Paradoxalmente para um prelado, o cardeal tem um fraco pelos charlatões; foi assim que recebeu em casa o famoso Cagliostro, que, para lhe agradecer a protecção, prometeu-lhe fabricar lingotes de ouro. Do mesmo modo, Ruão interessa-se bastante pelas propostas de uma aventureira que se apresenta como «condessa de La Motte-Valois». Esta foi falar com Böhmer e Bassenge, pois ouvira falar de um colar prestigioso que os joalheiros haviam tentado vender à rainha; mas a soberana recusara-o por causa do preço, 1 500 000 libras, e a jóia ficou nas mãos dos dois comerciantes. Esta situação inspira a Jeanne de La Motte a ideia de uma gigantesca

Um certo colar

vigarice. Em primeiro lugar, afirma a Böhmer que é íntima da rainha e que esta ficou deslumbrada com o colar. Quer comprá-lo, mas às escondidas do rei. O joalheiro não fica admirado, pois não era a primeira vez que tal acontecia. Jeanne de La Motte diz-lhe então que o negócio será feito em nome da rainha por um senhor poderoso, o cardeal de Ruão. Em seguida, vai ter com este e declara-lhe que Maria Antonieta, de quem diz ser amiga, deseja adquirir o colar, mas, como não o pode fazer ela mesma por razões de discrição, gostaria que alguém se encarregasse disso em seu nome. O ingénuo cardeal cai redondo na armadilha; não era esta a oportunidade sonhada para demonstrar a sua devoção pela soberana e para reconquistar o seu favor? De modo a reforçar o cenário, Jeanne de La Motte envia vários bilhetes a Ruão assinados «Maria Antonieta», nos quais a rainha lhe demonstra o seu reconhecimento. O cardeal está extasiado; sempre em nome da rainha, de quem acredita ser o mensageiro secreto, propõe a Böhmer e a Bassenge, no final de Janeiro de 1786, pagar o colar em dois anos, em quatro prestações de 400 000 libras, sendo a primeira paga no próximo dia 1 de Agosto; Ruão mostra então aos joalheiros um compromisso redigido pela mão da rainha assinado «Maria Antonieta de França». Este compromisso, evidentemente, foi redigido por Jeanne de La Motte, ou seja, era tão falso como o resto. Passados alguns dias, Böhmer confia o precioso colar ao cardeal, que, por sua vez, o entrega à «condessa» de La Motte. Pouco depois, louco de felicidade, Ruão recebe uma carta da rainha, em que esta lhe exprime os seus agradecimentos. Enquanto o marido se atarefa a negociar os diamantes do colar, Jeanne, para «avivar» a confiança de Ruão, entrega-lhe outros bilhetes da rainha. Chega até a levar a comédia mais longe; como Ruão começa a impacientar-se por ainda não ter obtido de Maria Antonieta o encontro tão desejado, Jeanne anuncia-lhe que ele a irá encontrar secretamente à noite, num bosquezinho do parque de Trianon. É aqui que a ingenuidade do cardeal atinge proporções quase inacreditáveis; Jeanne arranjou uma jovem prostituta chamada Oliva, cujo rosto e silhueta faziam lembrar os da rainha. Por 15 000 libras, a jovem aceita desempenhar o papel proposto e pronunciar as poucas palavras que Jeanne lhe ensina. O encontro nocturno desenrola-se e, mais uma vez, o infeliz Ruão acredita naquilo que tanto quer acreditar. Em nenhum momento suspeita da trapaça.

O casal La Motte passa então a levar uma vida jubilosa e banqueteia-se com o dinheiro da venda do colar. Mas, no dia 1 de Agosto, Böhmer

Maria Antonieta

e Bassenge, que deviam receber a primeira prestação de 400 000 libras, não vêem chegar nada e resolvem exigir o que lhes é devido. A artimanha é revelada e o escândalo rebenta. Quando descobre a verdade, Maria Antonieta fica convencida de que a burla foi concebida pelo próprio Ruão; é então que é invadida por uma daquelas fúrias que só ela conhece:

«Usou o meu nome como um vil e inepto falsificador!», exclama, e exige ao rei que Ruão seja preso. Esta detenção irá desenrolar-se de forma espectacular: a 15 de Agosto, dia da Assunção e da festa da rainha, o cardeal, envergando todos os paramentos da sua alta função, prepara-se para celebrar a missa na capela real, quando é chamado ao gabinete do rei. Este interroga-o e o infeliz afunda-se em explicações embaraçadas que exacerbam a fúria de Maria Antonieta:

«Como, Senhor, podeis ter acreditado, vós, a quem não dirijo a palavra há oito anos, que vos escolheria para conduzir essa negociação, e por intermédio de tal mulher?»

Ainda a balbuciar, Ruão tira da bolsa o famoso compromisso alegadamente endossado pela rainha, que espantou o casal real. O bilhete está assinado «Maria Antonieta de França», quando os soberanos utilizam sempre apenas o nome de baptismo! As explicações desajeitadas do príncipe acabam por o perder e o rei anuncia-lhe que será encarcerado imediatamente; Ruão suplica que não o prendam em frente de toda a Corte, nas suas vestes sacerdotais, e Luís XVI está prestes a apiedar-se, mas é travado por um olhar da mulher: Maria Antonieta está desfeita em lágrimas. Esta visão é o suficiente para selar o destino do cardeal.

Conhecendo os sentimentos de Maria Antonieta, o hábito que tem de ceder sem reflectir aos impulsos do coração, não nos surpreende esta atitude vingativa. Aqui, mais uma vez, tem uma reacção de mulher e não de rainha; é a sua honra que é atacada, e atacada, ainda por cima, por um homem que ela despreza! Então, sem se preocupar com as consequências, responde. Acabara de cair numa armadilha: a opinião pública, já desavinda, apressa-se a julgá-la cúmplice de Ruão e a imaginar uma vasta tramóia, da qual a rainha e o cardeal seriam conjuntamente os beneficiários.

Contudo, agora que já tirou satisfações, Maria Antonieta quer esquecer o assunto; tem a arte de expulsar do espírito as imagens desagradáveis. «Quanto a mim – escreve ela ao imperador José II, seu irmão – agrada-me a ideia de não mais ouvir falar deste vil assunto.»

Volta então, de coração ligeiro, a Trianon, para retomar os ensaios de *O Barbeiro de Sevilha*, que lhe parece ser uma coisa muito mais séria do

Um certo colar

que aquela ridícula história do colar! Na representação, será, aliás, encantadora no papel de Rosina... Mas enquanto recebe os aplausos dos seus convidados, o rumor contra ela vai aumentando. Sem que disso tenha consciência, com o *caso do Colar da Rainha*, a rainha sobe o primeiro degrau do cadafalso...

Quando o escândalo rebenta, Axel de Fersen está com o seu regimento em Valenciennes. Nesse momento, também ele não percebe as consequências do caso. Tal como a rainha, acredita na culpa do infeliz Ruão. É o que ressalta do relato que envia ao rei da Suécia, a 15 de Setembro:

«Não falei a Vossa Majestade do caso do cardeal. O senhor de Staël[22], que está em Paris, e, por conseguinte, em melhor posição do que eu para conhecer os pormenores, tê-los-á certamente dado a Vossa Majestade; é uma infâmia, principalmente vinda de um homem que tem rendimentos superiores a um milhão de libras... Todas as histórias que se contam sobre ele, sobretudo na província, são incríveis; não se acredita que tenham sido o colar e a assinatura falsificada da rainha a verdadeira causa da situação; pressupõe-se alguma razão política, e certamente que não existe nenhuma. Mesmo em Paris, diz-se que tudo aquilo não passou de uma jogada entre a rainha e o cardeal, que este estava em conluio com a rainha, que ela o encarregara de lhe comprar o colar e que se servia dele para informar o imperador de tudo o que se passava no conselho, que fora para lhe levar essas notícias que ele tinha feito a viagem a Itália, que a rainha fingia não suportá-lo a fim de melhor esconder o jogo, que o rei fora informado disso, que a tinha admoestado, que ela ficara mal e fingira estar grávida...»

Naturalmente, estes rumores indignam o jovem. Para demonstrar a sua devoção à causa da rainha, está impaciente por reencontrá-la. Deixa Valenciennes, chega a Paris no dia 30 de Setembro e dirige-se logo para Versalhes, onde é recebido como se adivinha. Aluga um apartamento no palacete de uma certa dama La Farre, mas passa a maior parte do tempo em Versalhes ou em Trianon. Na sua ausência, escrevia várias vezes por semana a «Josefina», correspondência que se interrompe e que só se retomará após a sua partida, a 2 de Junho de 1786, ou seja, após o julga-

---

[22] O barão de Staël era, desde há pouco, embaixador da Suécia em França. No dia 14 de Janeiro de 1786, casa com Germaine Necker, que Fersen rejeitara.

mento do caso do Colar. Com efeito, o processo seguiu o seu curso. Por seu lado, Luís XVI preferia ter evitado as eventualidades de um processo público; bastar-lhe-ia pôr Ruão em prisão domiciliária e logo se acabavam os comentários. Mas, sem pensar no interesse que o apaziguamento dos espíritos podia ter para si, Maria Antonieta opôs-se ao rei.

«Desejo que este horror e todos os seus pormenores sejam bem esclarecidos aos olhos de toda a gente!», exclamou ela. Este desejo é muito louvável, mas as suas consequências não serão as que esperava.

Depressa percebeu que, na história, Ruão era culpado apenas de estupidez e que tinha sido enganado por Jeanne de La Motte; mas aquilo que o seu orgulho de mulher não podia admitir é que Ruão tivesse feito fé nos bilhetes que lhe foram transmitidos pela pseudocondessa como vindos de si. Então, cego pela sua presunção, o cardeal imaginou que ela se enamorara dele? É isto que a enlouquece de fúria. Por isso, espera dos juízes um veredicto que puna simultaneamente a imprudência de Ruão e a sua pusilanimidade. Mas irá ficar muito desiludida...

Com efeito, a rainha não contava com o ódio que suscita por parte dos magistrados. Estes sempre mostraram um espírito crítico. Ciosos das suas prerrogativas, costumam opor-se o mais que podem ao despotismo real e não vão desperdiçar a oportunidade que lhes é oferecida. Pois aquilo que está em jogo é, nem mais nem menos, apenas a honra de uma mulher. Será Ruão culpado de ter acreditado nos avanços epistolares de Maria Antonieta? E se acreditou, não teria ele boas razões para tal? Por outras palavras, o comportamento da soberana dava crédito às suposições mais maliciosas. É neste clima que se desenrola o processo do cardeal e dos autores da trapaça, que foram todos detidos, à excepção do marido de Jeanne, que fugiu. Refugiado em Londres, ocupa-se então em negociar os diamantes roubados.

À medida que os dias passam, os panfletários saciam-se, não poupando mais a rainha do que Ruão, como o comprova esta canção que percorre as ruas de Paris:

> *Oliva diz que ele é idiota,*
> *Lamotte diz que ele é burlão,*
> *Ele próprio diz que é lorpa.*
> *Aleluia*
> *Pelo Santo Padre avermelhado,*
> *Pelo rei e rainha enegrecido,*

Um certo colar

Pelo Parlamento branqueado.
Aleluia.

O autor destes versos populares não sabe o quanto tem razão; durante o seu interrogatório, Ruão procede a uma impressionante demonstração de estupidez; será mesmo esta estupidez que o salvará. «Tal palerma não pode ser culpado», pensam os juízes, mas é, antes de tudo, o ódio que têm pela soberana que os leva a absolver o cardeal. Quando é solto da Bastilha, algumas horas mais tarde, milhares de pessoas recebem-no como herói, o que é incrível. Ao longo dos séculos, a população parisiense deu-nos muitas vezes o exemplo destes movimentos que não assentam em qualquer razão, mas que lhe permitem fazer barulho...

Ao mesmo tempo que aclamam Ruão, os Parisienses enviam «a Austríaca» às gemónias, acusando-a de ter lucrado com a fraude. A vindicta popular levará a injustiça ainda mais longe. Jeanne de La Motte fora condenada ao encerramento na Salpêtrière até ao fim dos seus dias. Mas depressa consegue evadir-se, e os rumores públicos acusarão Maria Antonieta de ter organizado a evasão da aventureira por receio de revelações comprometedoras.

A absolvição de Ruão é, pois, uma afronta para a rainha; é, aliás, assim que a recebe. Quando soube do veredicto, desatou a chorar. A Madame Campan, que tenta consolá-la, a rainha declara:

«Dai-me as vossas condolências. O intriguista, que quis fazer-me perder ou ganhar dinheiro abusando do meu nome e roubando-me a assinatura, foi totalmente absolvido.»

Sim, a jovem rainha sente-se mesmo infeliz. O seu orgulho de mulher está ferido, sofre... Situação que ignorava, ela, para quem a vida até então só tivera sorrisos. Faz agora a aprendizagem da dor, e esta é apenas a primeira etapa de um caminho em que as provações não lhe serão poupadas.

Como sempre, quando é contrariada, Maria Antonieta sente a necessidade de desafogar; evidentemente, fá-lo junto da sua favorita, da querida Polignac:

«Vinde chorar comigo – escreve-lhe ela – vinde consolar a vossa amiga. O julgamento que acabou de ser pronunciado é um insulto terrível. Estou afogada nas minhas lágrimas de dor e desespero... Vinde, meu querido coração.»

Maria Antonieta

O «querido coração» apressa-se a obedecer, pois cada desfalecimento sentimental da rainha permite-lhe obter um novo favor.

Aliás, em Maria Antonieta, um sentimento expulsa o outro, ou seja, os desesperos nunca duram muito. Alguns dias após o veredicto que a abalara, está já totalmente ocupada na preparação de um grande jantar que vai dar em Trianon, e parece ter esquecido o assunto. No entanto, não se livra da opinião pública. Nos anos que se seguirão, os libelos mais ignóbeis continuarão a lançar sobre ela os seus jactos de veneno. O cúmulo é atingido quando a própria Jeanne de La Motte, refugiada em Londres, publica umas *Memórias*, que são uma trama de mentiras e idiotices. Pouca importa, pois encontram ouvidos complacentes mesmo no círculo da rainha. Por um curioso fenómeno, houve sempre em França um partido para defender os celerados contra as pessoas honestas. A aventureira vai beneficiar deste tratamento de favor; logo que se inicia a Revolução, erguem-se algumas vozes nas fileiras dos opositores da monarquia para exigirem o regresso a França da impostora, a fim de que se recomeçasse o processo do Colar, desta feita com Maria Antonieta no banco dos réus e La Motte como acusadora. Será a própria La Motte a pôr um ponto final nesta sinistra comédia, atirando-se de uma janela num acesso de loucura. Assim se poupou à Revolução Francesa a vergonha de transformar uma criminosa numa heroína.

Retirando a conclusão daquilo que se passou, Rivarol, lúcido como sempre, escreve: «O barão de Breteuil tirou o cardeal das mãos de Madame de La Motte e esmagou-o na cara da rainha, que ficou marcada.» A pouco e pouco, Maria Antonieta perceberá as consequências funestas do episódio do Colar. Por agora, a sua reacção é sobretudo «epidérmica», não adivinha ainda os efeitos políticos que se seguirão e que, juntos com outros factores, acabarão por lhe arruinar a popularidade. Quando está ferida nos sentimentos, precisa sempre que uma amiga lhe venha aliviar a dor; como Fersen está ausente, é muito naturalmente para a duquesa Jules que a rainha se volta, mas as relações entre as duas mulheres já tiveram melhores dias. Como escreve um cronista da época: «Quatro anos antes da Revolução, as coisas tinham chegado a tal ponto que a rainha, antes de sair para ir a casa de Madame de Polignac, enviava sempre um dos seus valetes informar-se dos nomes das pessoas que lá se encontravam, e, muitas vezes, após a resposta, abstinha-se de ir.»

Com efeito, dando mostras de ingratidão e até de alguma insolência, Madame de Polignac não hesita em receber pessoas que sabe serem ini-

Um certo colar

migas de Maria Antonieta, e quando esta fica melindrada com o facto, Polignac ainda tem o desplante de ripostar:

«Penso que, só porque Vossa Majestade quer vir ao meu salão, isso não é razão para pretender dele excluir os meus amigos.»

Indulgente para com a sua «amiga do coração», Maria Antonieta aceita ser assim «posta no seu lugar».

«Não censuro Madame de Polignac – confia a rainha a La Marck – no fundo, é boa e ama-me, mas as suas companhias subjugaram-na...»

A cegueira que Maria Antonieta demonstra relativamente à duquesa é, porém, entrecortada por alguns clarões de lucidez. Começa a aperceber-se de que deu muito de si mesma à intriguista sem receber nada em troca. Mas uma espécie de hábito impede-a de romper os laços que a unem à amiga e, além disso, não é Madame Polignac a governanta dos seus filhos, ou seja, dos seres que ela mais ama no mundo? Ora, a saúde do delfim continua a causar-lhe graves preocupações; a pobre criança enfraquece de dia para dia, sem que os médicos que dele cuidam consigam encontrar remédios para a sua enfermidade; aliás, nem sequer chegam a acordo sobre as origens da doença, e a ignorância comum cria entre eles uma espécie de unidade. Tendo o ar de Versalhes sido considerado, justamente, nocivo para o principezinho, a rainha instala-o no castelo de Meudon e vai visitá-lo tanto quanto possível.

Tanto que ela desejava, no fundo do coração, poder comportar-se como todas as mães, dedicar-se sem limitações aos filhos, libertar-se da gargantilha que a acorrenta ao trono... Como estão longe os dias em que encarava o destino segundo o mais sorridente ângulo, em que a perspectiva de reinar sobre o mais belo e poderoso país da Europa lhe parecia um sonho... Agora, pondera os perigos que a espreitam, toma também consciência dos erros que a sua despreocupação lhe fez cometer, sente nos ombros o peso da vindicta de todo um povo. Porque é sobre ela que recaem as responsabilidades do estado lamentável do reino. Se o povo morre de fome nos campos, se os cofres do Estado estão vazios, se o país, em vez de ser gerido com uma mão firme por governantes competentes, anda à deriva, é culpa da rainha! É por causa das suas despesas insensatas, das suas perdas ao jogo, das somas despendidas em residências sumptuosas, em diamantes, em roupa, favores dados ao exército de parasitas que gravitam à sua volta... Maria Antonieta cristaliza na sua pessoa todos os males e todas as críticas, tornou-se o bode expiatório ideal para um povo na miséria, para uma sociedade moribunda... E para ilustra-

Maria Antonieta

rem o ódio de que ela é objecto, os seus inimigos dão-lhe um novo cognome, que se acrescenta ao de «a Austríaca»: chamam-lhe «Madame Défice».

Nem todas as críticas que lhe dirigem são injustificadas. Pela leitura deste relato, já podemos avaliar em que medida ela era responsável, mas, no encarniçamento que se abate sobre a rainha, há as primícias da crueldade desumana com que mais tarde será tratada. Agora, para avaliar a dimensão da sua impopularidade, só tem o embaraço da escolha. Quando, algumas semanas após o fim do processo de Ruão, vai à Ópera, é recebida por uma chuva de assobios. Doravante, já não vai ousar voltar a pôr os pés numa sala de teatro. Outra afronta: quando Madame Vigée--Lebrun expõe no Salão um dos seus numeroso retratos da soberana, teme-se que a visão deste quadro provoque manifestações hostis e a obra é retirada. Mesmo em Versalhes, Maria Antonieta sente pesar sobre si um clima de ameaças. Pior, o tenente da polícia aconselha-a delicadamente a abster-se de ir a Paris, pois não poderá responder pela segurança da rainha. Que humilhação para uma princesa que, ainda há alguns anos, o povo da capital aclamava! Os adversários da rainha já não se dão ao trabalho de se esconder por detrás de um anonimato prudente, sentem-se suficientemente fortes para a desafiar de rosto descoberto e não perdem uma oportunidade para o demonstrar. Assim, Maria Antonieta é bruscamente retirada da ilusória tranquilidade em que se comprazia. A rainha não compreende esta ofensiva de ódio:

«Que me querem eles? O que lhes fiz?», repete ela incessantemente, e, perseguindo uma última quimera, exclama: «Duplicarei a bondade e eles serão obrigados a restituir-me o seu amor.»

Trata-se de alimentar ilusões, mas nunca nos devemos esquecer de que, apesar de algumas reacções ou reflexões desastradas, a rainha tem um coração compassivo. Demonstra-o em numerosas ocasiões: quando lhe falam de alguma miséria, abre logo os cordões à bolsa; do mesmo modo, preocupa-se com a sorte daqueles que a servem e multiplica as doações às instituições de caridade. Mas o que são estes gestos ao lado dos montantes das suas despesas complacentemente exibidas em público? Agora que tem de abrir os olhos à realidade, resolve voltar atrás. Reconhece o erro de «ter mimado demasiado» Madame de Polignac, cuja avidez finalmente percebe, e decide fazer grandes mudanças no seu modo de vida. A menina Bertin, outra rapinante, é demitida; privada do maná real, esta sofrerá uma falência retumbante; outros «parasitas» são

Um certo colar

também atacados nos seus exorbitantes privilégios: o duque de Coigny tem de renunciar ao título de Escudeiro-Mor; Vaudreuil, o amante da favorita, é obrigado a deixar o cargo de Falcoeiro-Mor; e, para que não haja ciúmes, o marido vê-se privado da direcção-geral das mala-postas. De um modo geral, não tiveram a impudência de se queixarem demasiado, por respeito àquilo que ganharam com a fraqueza da rainha. Só Besenval, que conserva o comando do regimento dos Suíços, tem a ousadia de protestar: «Madame – diz ele a Maria Antonieta – é terrível viver num país onde não estamos seguros de possuir amanhã aquilo que tínhamos na véspera. Isto só se vê na Turquia!» Ficamos estupefactos face a tanta inconsciência e insolência.

Para dar ela própria o bom exemplo, Maria Antonieta suprime 73 cargos na sua casa, demite centenas de criados, mas continuam ao seu serviço a bagatela de... 1200!

Ao mesmo tempo, o número de bailes e recepções é drasticamente reduzido; aliás, Maria Antonieta já não tem espírito para a dança: um luto cruel atinge-a nesse ano de 1787; a filha mais nova, Sofia, morre com apenas onze meses de idade. Sim, é realmente o tempo dos desgostos que começa. O único sorriso do destino, o regresso de Axel a Paris...

VIII

Noite de armas e de amor

Como sempre quando está longe dela, Axel arde de desejo de voltar a ver Maria Antonieta. O leitor objectará que esta pressa de revê-la não o impede de colher as belas flores que lhe aparecem pelo caminho; mas o jovem sueco não mistura os sentimentos com as aventuras; ergue uma barreira entre as suas estroinices e o amor pela rainha. Combinação prática, pensaremos nós, que lhe permite satisfazer os desejos. Não devemos esquecer que este vigoroso rapaz de trinta e dois anos, por detrás de um aspecto frio, esconde «uma natureza de fogo», segundo as confidências de uma das suas conquistas. Ora, até então, entre Maria Antonieta e ele houve apenas um amor de coração: Axel respeitou o pudor da mulher que ama e esta conseguiu resistir aos impulsos que a impeliam para Axel. É verdade que lhes teria sido difícil fazer de outro modo. Mas agora que a situação política e as restrições económicas fizeram fugir muitos dos falsos amigos que enchiam a antecâmara da soberana, a intimidade dos dois irá reforçar-se. Além disso, o castelo de Saint-Cloud, que Maria Antonieta adquirira sempre pelo mesmo motivo – o ar é aí melhor do que Versalhes para os filhos –, oferece a Axel um acesso mais discreto do que a residência real oficial. No parque, há um pavilhão cujo nome – «pavilhão da Felicidade» – constitui todo um programa; a rainha e o seu amante encontrar-se-ão aí várias vezes.

Maria Antonieta

Logo que chegou a Paris, no final de Outubro de 1788, Axel foi a Versalhes; visita protocolar à qual ambos preferem, evidentemente, os seus encontros privados. Quando a noite cai, Axel sai da aldeia de Auteuil e vai a pé até ao castelo de Saint-Cloud. Entra por uma pequena porta dissimulada pelas folhagens, a mesma porta que, certa manhã, Mirabeau utilizará para encontrar a rainha... Para o receber mais depressa, Maria Antonieta chega primeiro; com o seu andar ligeiro, como um passo de dança, o coração a palpitar, as faces rosadas, apressa-se a ir ter com ele.

Veste simplesmente um dos vestidos brancos que aprecia e que confere à sua silhueta o ar de juventude que possuía quando antigamente corria pelas alamedas do parque de Schönbrunn... Axel contempla-a, deslumbrado; continua belíssima, mas, no rosto, as provações por que atravessa já deixaram a sua marca; uma sombra de melancolia entristece-lhe agora o olhar e o seu sorriso quebra quando evoca a volta que a vida deu desde há alguns meses. Diante do amigo tão fiel, junto do homem amado, Maria Antonieta pode deixar extravasar o coração, e não se priva disso. A quem, senão a ele, podia confiar a sua angústia em relação ao futuro? Axel esforça-se por reconfortá-la, acalmar-lhe os receios, fazer-lhe crer que os dias felizes voltarão... E, a pouco e pouco, ela sossega, recupera o gosto da felicidade e, sem dúvida também, a tentação do prazer. Não é de mais imaginar que os dois partilhavam esta tentação, que, sentados lado a lado, as suas mãos se apertavam e que, tendo esgotado as palavras proferidas pelo fervor, os seus lábios se tenham encontrado... Mas, para a jovem, ainda não chegou a altura da dádiva suprema e, além disso, a solidão dos amantes é enganadora; Maria Antonieta adivinha nas trevas a presença de algum criado[23]. Nela, o sentido da majestade real está demasiado enraizado para se deixar cair numa imprudência, e o amor de Fersen é demasiado respeitoso para que tente tirar partido de um momento de fraqueza...

A Fersen, relata aquilo que foram os meses em que ele esteve fora de França, as desgraças que parecem abater-se sobre o país e que ameaçam todos os dias um pouco mais o casal real, as desgraças pelas quais a opinião pública a considera responsável e ela sem saber como refutar esta injustiça. Calonne[24] tinha revelado a dimensão trágica do défice: mil e

---

[23] É, aliás, graças à indiscrição de um destes criados que temos conhecimento dos seus encontros.

[24] *Contrôleur général*, ou seja, ministro das Finanças.

Noite de armas e de amor

duzentos milhões, revelação que provocou a demissão do ministro e a sua substituição por outro, ainda mais incapaz, o arcebispo de Toulouse, Loménie de Brienne! Foi Maria Antonieta quem impôs este candidato, tal como impôs ao rei algumas das mais controversas decisões, como o exílio do Parlamento e o afastamento do seu pior inimigo, o duque de Orleães. As vítimas destas medidas não se enganaram quando, numa carta ao rei, lhe declararam que essas decisões vinham «de outra fonte». O próprio Fersen reconhece este papel preponderante da rainha e recusa, como se esperava, as calúnias de que ela é alvo, quando relata os acontecimentos ao rei Gustavo da Suécia:

«O rei é sempre fraco e desconfiado. Só confia na rainha, por isso parece que é ela quem faz tudo; os ministros falam muito com ela e informam-na de todos os assuntos; diz-se que o rei começou a beber, que a rainha lhe alimenta esta paixão e se aproveita do seu estado para o fazer assinar tudo o que quer. Nada mais falso; não há qualquer inclinação para a bebida e mesmo supondo que isso fosse verdade, seria um vício demasiado perigoso pelas consequências que acarretaria, pois, tão bem como a rainha, qualquer outro poderia arrancar uma assinatura ao rei.»

Cada vez que se encontra com Maria Antonieta, Fersen esforça-se, pois, por reavivar uma moral quebrada. Aquilo que mais fere a sensibilidade da rainha é o facto de, por nem sempre ter tido consciência dos erros que cometeu, não compreender aquele ódio venenoso que se cristaliza sobre a sua pessoa. Tanto menos o compreende, que desde há mais de um ano que se esforça por se conter em todos os domínios. A única consolação para os seus desgostos é a presença de Axel; nestas condições, não admira que as visitas do jovem se multipliquem. São tão frequentes que Luís XVI, sempre que Axel chega, desperta da letargia em que se comprazia. Se o rei voltou a ter contacto com a realidade é porque foi ajudado pelo mais clássico dos incidentes: a chegada de uma carta anónima. E até de um pacote de cartas anónimas! Quando se encontrava na caça, um dos seus escudeiros entrega-lhe várias cartas. Luís XVI senta-se na erva para as ler e, à medida que as percorrem, os seus olhos enchem-se de lágrimas, que depressa se transformam em choro. O que terá provocado tão dramático desgosto, para que um rei não se consiga dominar frente aos seus criados? As cartas que recebeu acusam a sua mulher de manter relações censuráveis com Fersen; dão pormenores tão precisos que este bravo homem fica abalado; a ponto de já nem ter força para montar o cavalo e ter de regressar a Versalhes de carruagem.

129

Maria Antonieta

Algumas horas depois, quando a rainha se junta ao marido, incapaz de lhe esconder a causa do seu tormento, Luís XVI mostra-lhe as cartas. Como conhecemos a franqueza de Maria Antonieta, deve-lhe ter sido penoso não poder abrir o coração e ter de esconder a verdade. Mas, no fundo, não se sente culpada; até agora, respeitou o juramento de fidelidade que prestou no dia do seu casamento. A rainha vai, pois, sair com habilidade desta situação delicada:

«O senhor de Fersen é o amigo mais fiel que nos resta – diz ela ao marido – mas, se desejais, não voltarei a vê-lo...»

Não foi preciso mais para que o excelente homem recuperasse logo a confiança e afirmasse que estava fora de causa privar-se de tal amigo. Fersen continuará a fazer as suas visitas ao castelo – e também os seus encontros íntimos com a rainha – sem que o rei veja nisso qualquer inconveniente...

De qualquer modo, a situação do reino irá trazer brevemente outras preocupações ao casal real. Preocupações que, face à persistente sonolência do marido, Maria Antonieta está obrigada a encarar, ela, que está tão pouco preparada para tal envolvimento político, ela, cujos erros de julgamento agravaram até esse momento os problemas do país. De repente, a rainha descobre uma realidade que sempre negligenciara: a existência do povo... A omnipotência desta maré anónima, cega, que esmaga tudo à sua passagem quando se põe em marcha... Através do reino, ouve-se apenas um clamor, uma reivindicação imperiosa: a convocação dos Estados Gerais e a readmissão de Necker. Necker, o financeiro detestado pela rainha, cuja demissão ela obtivera e cujo regresso agora se apressava a solicitar. Como lhe deve ter custado ao orgulho, nesse dia de Agosto de 1788, quando Necker, a seu pedido, a vai encontrar nos seus aposentos privados e ela se humilha diante do ministro. Isto porque o rico banqueiro genovês se faz rogado; não lhe desagrada vingar-se desta mulher arrogante que o desprezava ainda não há muito tempo. Por outro lado, o estado do reino nada tem de muito atractivo, e Necker tem de ponderar nesse instante a dificuldade da tarefa que o espera. Contudo, aceita e, assim que a notícia se espalha, o país ressoa com vivas a Necker e ao rei, que constituem outros tantos apupos à rainha. É assim que ela interpreta a explosão desta alegria popular, à qual não está associada. O seu instinto, que lhe fala sempre mais forte do que a razão, faz-lhe já perceber a sequência dos acontecimentos, como ela escreve nesse mesmo dia a Mercy-Argenteau, que se mantinha como um dos seus raros confidentes:

Noite de armas e de amor

«Tremo, perdoai-me a fraqueza, por ser eu a fazê-lo regressar. O meu destino é trazer desgraça. E se maquinações infernais o fizerem falhar ou se diminuir a autoridade do rei, detestar-me-ão ainda mais...»

O futuro, infelizmente, irá justificar estas previsões pessimistas. Entretanto, a rainha tem agora de assumir o fardo do poder, já que este fardo é demasiado pesado para o rei; tem de suportar responsabilidades que não quer, jogar um jogo que não lhe agrada. Como gostaria de fugir do tumulto que acompanhou até agora a sua existência; como gostaria de passar a viver apenas com os filhos e para eles, sem se envolver naquela política que não lhe convém. Mas, também aqui, é demasiado tarde... Demasiado tarde. Estas duas palavras que pesam tragicamente sobre o seu destino e a perseguem como um refrão obsessivo.

Ei-la então, contrariada, lançada na espiral infernal dos processos nos quais nunca quis tocar; os belos dias de despreocupação, dos jogos, das festas... e das loucas despesas acabaram. Esta metamorfose que Maria Antonieta sofre age sobre o seu carácter e o sorriso que lhe iluminava o rosto torna-se cada vez mais raro. Mercy, que a vê quase todos os dias, fica impressionado com a mudança que observa na rainha e que relata ao imperador José II:

«Sua Majestade parece agora totalmente ocupada com as medidas relativas ao Interior, com as economias, as reformas, as discussões parlamentares. Todas estas matérias são tratadas com pouco método e sem plano determinado; por isso, há uma confusão que, em vez de diminuir, agrava o mal; as queixas e os descontentamentos sucedem-se, o desagrado recai em parte sobre a rainha, que está tão fortemente atormentada que lhe faz muito mal ao carácter natural.»

Cada nova ofensa de que é alvo repercute-se agora no coração da rainha. Não faz parte do seu temperamento opor um rosto sereno à adversidade, e este clima hostil que reina em seu redor contribui ainda mais para lhe dificultar o juízo e agravar as suas fraquezas. Não é, aliás, a única mulher presa no turbilhão da política. A perspectiva da reunião dos Estados Gerais inflama os espíritos e as mulheres não são as últimas a entrar na dança. Fersen, que frequenta os salões parisienses, relata os seus ecos à irmã Sofia:

«Sabeis, como eu, o quanto as mulheres dão aqui o tom, e como gostam de se envolver em tudo. Agora só ligam à Constituição, e os jovens, para lhes agradarem e para parecerem de bom tom, só falam de Estados Gerais e de governos, ainda que, muitas vezes, os seus coletes,

Maria Antonieta

cabriolés e jaquetas as distraiam. Não sei se o reino ganhará com todas estas mudanças, mas a sociedade perdeu.»

O tom é ainda leve; longe de constituírem uma ameaça, os Estados Gerais são portadores de esperanças; no círculo do casal real, ninguém se apercebe de que é perigoso dar a palavra a um povo com fome e que, ao longo de todo o século, foi testemunha de injustiças flagrantes. Só Maria Antonieta, avisada pelo instinto, teme o choque com aqueles desconhecidos que se vão erguer diante do trono. Luís XVI deixou que lhe arrancassem uma concessão de consequências imprevisíveis: os deputados do Terceiro Estado serão tão numerosos quanto os da nobreza e do clero juntos. Esta medida acaba por valer ao rei um aumento de popularidade, mas alarma Maria Antonieta. A rainha dá parte das suas preocupações a Fersen; este, como muitos outros, pensa que o confronto de ideias entre o poder e os representantes do povo fará nascer a solução miraculosa que acabará com a crise. Doce ilusão, que, por seu lado, a rainha não partilha. Maria Antonieta irá ver os seus receios justificados aquando da procissão que, a 4 de Maio de 1789, conduz os deputados até à igreja de Saint-Louis. Face a esta massa de homens todos vestidos de preto, cujo aspecto feroz contrasta com a elegância desenvolta dos representantes da nobreza, a rainha não consegue reprimir um arrepio de angústia. Esta sensação de mal-estar vai reforçar-se à medida que a procissão se desenrola. Enquanto o rei é aclamado em todo o percurso, Maria Antonieta desfila por entre um silêncio hostil, diante de rostos fechados. Pior ainda, uma voz atira-lhe à cara o grito de «Viva o duque de Orleães!»

Ao ouvir aclamarem o seu pior inimigo, a rainha começa a sentir-se desfalecer; a princesa de Lamballe precipita-se para a ajudar... Com um esforço de vontade, Maria Antonieta levanta-se e prossegue a marcha, enquanto o duque de Orleães recebe, por seu lado, uma ovação desmesurada. Num gesto de demagogia que não destoaria do pior dos políticos, o duque renunciou a sentar-se entre os deputados da nobreza e juntou-se às fileiras do Terceiro Estado; iniciativa espectacular que acerta em cheio no coração do bom povo. Assim, nesse dia, o futuro Filipe-Igualdade envereda pelo caminho que o conduzirá às piores vilanias, sem, porém, lhe evitar o cutelo do carrasco.

Quanto à rainha, ainda não chegou ao fim dos seus trabalhos. Na igreja de Saint-Louis, onde o público se acumula como pode, no meio de uma barafunda indescritível, tem de receber directamente as

Noite de armas e de amor

diatribes vingativas do bispo de Nancy, monsenhor de La Fare, que, ao criticar os esbanjamentos, designa a rainha sem a nomear quando afirma:

«É sob o nome de um bom rei, de um monarca justo e sensível, que esses miseráveis exactores exercem a sua barbárie.»

Mais uma vez, Maria Antonieta tem de recorrer a toda a sua energia para não se deixar ir abaixo, mas, quando regressa ao seu apartamento de Versalhes, não consegue reprimir os batimentos do coração e sofre uma violenta crise de nervos. No dia seguinte, na abertura da sessão, outra provação a espera. Enquanto ouve distraidamente o longo e sinuoso discurso de Necker, não consegue desviar os olhos dos deputados do Terceiro Estado. Isso deve-se à uniformidade das suas roupas, mas, subitamente, tem a impressão de estar na presença de uma facção temível, cuja finalidade é derrubar a realeza. No entanto, por agora, nada parece justificar esse sombrio pressentimento; pelo contrário, o rei é aclamado várias vezes e, quando deixa a sessão, essas aclamações transformam-se numa ovação delirante. Alguns deputados levam mesmo a boa vontade a ponto de gritarem «Viva a rainha!» Algo que lhe dá alguma cor às faces e lhe provoca um ligeiro sorriso lábios. Então, para agradecer àqueles que lhe demonstraram um pouco de simpatia, com infinita graça e majestade, Maria Antonieta dirige-lhes uma vénia. Este gesto desencadeia imediatamente uma cascata de aplausos, que atinge em cheio o coração da soberana.

Note-se que, nesse dia, estavam presentes os últimos reis de França: Luís XVI, o conde de Provença, que será um dia Luís XVIII, o conde de Artois, que será Carlos X, e o duque de Chartres, que expulsará os seus primos Bourbons do trono e os substituirá com o nome de Luís Filipe. O pai deste, duque de Orleães, que em breve assumirá o nome de Filipe-Igualdade, está também presente, com a cabeça cheia de quimeras que lhe fazem entrever a coroa. Quanto à pequena personagem, visivelmente aborrecida durante os discursos e que não percebe nada do que se diz, é o duque de Angoulême, filho mais velho de Carlos X, que, em 1830, após a abdicação do pai, reinará... durante dez minutos. Por último, entre os deputados do Terceiro Estado, o homem de pescoço de touro, voz poderosa, rosto crivado pela varíola, é o conde de Mirabeau, que preferiu também sentar-se ao lado dos representantes do povo. Não longe dele, outro deputado do Terceiro Estado observa em silêncio tudo o que se diz sem ousar tomar a palavra: chama-se Maximillien de Robespierre...

Maria Antonieta

Todos estes rostos desfilam na cabeça de Maria Antonieta enquanto volta a Versalhes na companhia do rei. As aclamações que acompanharam a sua saída da sessão aliviaram-lhe o espírito, mas, ao chegarem ao palácio, um mensageiro mergulha o casal real na angústia: o delfim, cuja saúde piorara nos últimos dias, está muito mal. Imediatamente, o rei e a rainha precipitam-se para Meudon, onde reside o pequeno enfermo. Durante estes dias sombrios, Maria Antonieta permanecerá a maior parte do tempo à cabeceira da cama do filho, assistindo, impotente, aos avanços da doença que os médicos de então, de uma ignorância absoluta, são incapazes de combater.

Na noite de 2 para 3 de Junho, a pobre criança morre, deixando a mãe num desespero que a etiqueta torna ainda mais cruel; não tem o direito de acompanhar o caixão do filho até à basílica de Saint-Denis, onde será sepultado; nem sequer pode chorar, observada que é por cortesãos para quem a morte de um príncipe real não passa de um espectáculo. De qualquer modo, os acontecimentos não lhe dão tempo para se entregar à sua dor. Uma nova ameaça aparece: a 17 de Junho, os deputados do Terceiro Estado conseguem «desencaminhar» alguns membros do Clero e da Nobreza e proclamam-se como «Assembleia Nacional». A primeira iniciativa destes senhores consiste em assumir o poder de decretar os impostos, ou seja, retiram este privilégio à coroa. Quando Maria Antonieta recebe Necker, dois dias depois, a rainha encontra-se num estado nervoso que impressiona o ministro. «É uma cambada de loucos!», exclama ela sobre os representantes do Terceiro Estado.

Recebido depois pelo rei, Necker recomenda-lhe a conciliação, ou seja, que ratifique a reunião das três ordens, alterando a Constituição num sentido mais liberal. Luís XVI está pronto a aceitar os conselhos de Necker, quando um fidalgo do séquito da rainha o vem chamar em nome da mulher. Que se passa então entre os esposos reais? Visivelmente «encorajada» contra o Terceiro Estado, Maria Antonieta ainda não compreendeu os perigos em que o regime pode incorrer devido ao seu ostracismo. Quando volta deste encontro, Luís XVI informa os seus ministros que recusa a mínima concessão. É a mesma atitude que prevalece no dia seguinte, apesar dos repetidos avisos de Necker e de vários ministros. Maria Antonieta, que conhece o poder que tem sobre o estado de espírito de Luís XVI, vela para que este não ceda. Nesta atitude, tão perigosa para o futuro, é apoiada pelos irmãos do rei, Provença e Artois, tão cegos como ela, e pelos elementos mais radicais da nobreza.

Nem uns nem outros têm consciência de que enveredam por um caminho sem saída.

Durante este período em que Maria Antonieta tem de fazer face a uma crise que a ultrapassa, Fersen está frequentemente perto dela. Os seus livros de contas, que ele mantém escrupulosamente em dia – o que não o impede de se endividar cada vez mais – informam-nos que faz visitas frequentes a Versalhes e a Saint-Cloud. Janta no palácio no dia 31 de Maio. Sozinho com a rainha? Claro que não, mas está com ela tempo suficiente para lhe dar coragem, pois Madame Campan diz-nos que, após a partida do conde, encontrou a rainha «transfigurada no bom sentido». A 13 de Junho, o fidalgo sueco, que, durante essas últimas semanas, se ocupara mais dos estados de alma da soberana do que do estado do seu regimento, é obrigado a reassumir o seu comando e a voltar a Valenciennes. Deixara esta povoação na Primavera, obedecendo a uma ordem enviada de Paris por correio especial, ordem que tinha a assinatura de Maria Antonieta, com o motivo de «consolar e distrair o Senhor de Fersen». Estranha ordem de missão... É verdade que o jovem recebera há pouco uma notícia que o abalara: o seu pai, o marechal de Fersen, fora encarcerado por ordem do rei da Suécia. Sabe-se que Gustavo III governa o seu país de forma estranha, obedecendo geralmente ao capricho do momento. O Senhor de Fersen manifestou a sua oposição à revisão da Constituição sueca decidida pelo rei, e este mandou-o para a prisão juntamente com vários dos seus colegas do Senado. Felizmente para ele, só lá ficará dois meses. Entretanto, Axel está muito preocupado; apesar das frequentes discussões que os opõem, nutre grande afeição pelo pai. A lógica mandava então que, sem hesitar, Axel voltasse à Suécia. Mas afastar-se da mulher que ama num momento em que esta é vítima da adversidade, é algo que ele recusa. De Valenciennes, pede várias vezes à rainha que a informe da situação, envolvendo a correspondência com as maiores precauções; não é altura para comprometer a soberana mais do que já está. Por isso, nas suas cartas, Axel chama-lhe sempre «Josefina»; do mesmo modo, quando escreve à irmã Sofia e se refere à soberana, usa simplesmente o pronome anónimo: «Ela». Esta palavra aparecerá doravante em todas as suas missivas aos membros da sua família. Facto surpreendente, que demonstra o grau de intimidade a que tinham chegado a rainha e o seu amante, encontraremos mais tarde nos papéis de Axel a cópia de uma carta dirigida pelo marechal de Fersen ao filho Fabian a 5 de Março de 1789, cópia redigida pela mão de Maria Antonieta, que dizia:

«Não tenho notícias de vosso irmão e isso inquieta-me um pouco. Poderíeis dizer que um estóico deve estar acima de qualquer inquietação, mas nunca o quis ser às custas dos sentimentos de amizade e de amor.»

O clima político que reina em França alarma, com razão, a família de Axel, que deseja o seu regresso à Suécia, mas já sabemos que o jovem se recusa a tal e sabemos por que razão se recusa. Por seu lado, Maria Antonieta adopta um comportamento surpreendente: em vez de aprovar a atitude do rei Gustavo, toma partido pela família Fersen e pelos seus amigos liberais. Em suma, a respeito da política sueca, mostra uma atitude contrária à que adopta em França. Mas o amor passou por aqui...

O facto de a rainha ter assim conhecimento do correio pessoal de Fersen indica, em todo o caso, que o conde sueco também já não tem segredos para ela.

Nos três meses que passa em Valenciennes, Fersen vai seguir a evolução da crise política francesa com cada vez maior preocupação. Saber que Maria Antonieta se encontra no meio da confusão agrava a sua inquietação e leva-o a considerar os acontecimentos numa perspectiva diferente. Até então adepto das ideias liberais, os episódios sangrentos que acompanharam a tomada da Bastilha fazem-no mudar de posição. Numa carta ao pai, Axel não esconde a sua reprovação:

«No reino já não há leis, nem ordem, nem justiça, nem disciplina, nem religião, todos os laços foram rompidos, e como é que serão restabelecidos? Não faço ideia, mas são os efeitos do progresso das Luzes, da anglomania e da filosofia, a França está arruinada por muito tempo.»

Ao mesmo tempo, Fersen resolveu deixar o seu alojamento em Paris e alugar outro em Versalhes. No espírito de Axel, face à desordem permanente que se seguiu à queda da Bastilha, não há dúvida de que a família real se exporá aos maiores perigos; daí o seu desejo de ficar no mesmo sítio onde está a rainha.

Os receios de Fersen não são exagerados; cada dia que passa marca mais uma etapa no caminho que leva à Revolução; a cada dia que passa, a autoridade e o prestígio do rei diminuem. Abalado pelos acontecimentos, oscilando incessantemente entre a firmeza e a fraqueza, o infeliz Luís XVI parece mais um figurante real do que um chefe de Estado. Maria Antonieta, ainda que o não deseje, é então obrigada a pegar nas rédeas do poder. Como confidencia aos seus íntimos, só se sente bem quando está sozinha com os filhos. A este propósito, a rainha escreve:

«Esta ocupação com os meus filhos, que não é a menor, é o que me faz feliz, e quando estou muito triste, pego no meu filhinho ao colo, beijo-o com todo o coração e isso consola-me.» Mas tem de abandonar estes momentos de ternura para ir tratar de assuntos que a ultrapassam. Saint-Priest diz-nos que o rei «adormecia frequentemente durante os Conselhos e ressonava ruidosamente». E o ministro acrescenta: «A rainha assistia a algumas sessões, facto que, penso eu, não tinha exemplo na monarquia, a menos que a rainha fosse regente. Certa vez, uma sessão foi interrompida pela chegada de uma mensagem da rainha que chamava o rei, algo que nenhuma rainha dos reinados anteriores ousara fazer. O rei saiu e ficámos à espera do seu regresso, que foi bastante demorado.»

Quando se considera os perigos que pesam sobre a família real e sobre o regime, ficamos impressionados com a apatia do rei. De acordo com o seu *Diário* íntimo, a preocupação principal do rei dizia respeito... à caça. Quando não vai à caça, é sempre a mesma palavra que aparece, o lacónico «nada» com que assinalará, entre outros, o dia 14 de Julho. Hostil, no dia 22 de Junho, à reunião das três ordens na Sala do Jogo da Péla, consente-a no dia 23, para pensar, a 27, dissolver a Assembleia pela força e ordenar a vinda de vários regimentos para Paris. Em seguida, dá-se a demissão de Necker, que provoca autênticos motins na capital e cuja consequência directa é o assalto à Bastilha.

Por detrás de todas estas medidas está, incontestavelmente, a intervenção de Maria Antonieta. A rainha continua a não compreender como é que o povo pode ficar satisfeito fora das vias da monarquia. Tudo nela se revolta contra a evidência dos factos: o seu atavismo, a sua educação, as suas convicções íntimas. A 15 de Julho, quando o rei reúne os seus ministros para lhes pedir conselho, a rainha, que se encontra presente, defende a firmeza. Aquilo que, na véspera, se passara em Paris abriu-lhe os olhos para os perigos que corriam: para retomarem um poder que vacila, têm de se afastar do centro da revolta e rodear-se de tropas fiéis; é por isso que a rainha recomenda a partida da Corte para Metz, onde poderão contar com regimentos totalmente dedicados à Coroa. Se este conselho tivesse sido seguido, não há dúvida de que o regime teria sido salvo e, com ele, o casal real; mas, mais uma vez, Luís XVI muda de opinião. Agora que os motins lhe davam um pretexto ideal para proceder à dissolução dos Estados Gerais, o rei recusa usar a força contra o povo. Este escrúpulo fica-lhe bem, mas deverá ele, porém, baixar os braços e entregar o poder ao apetite de intriguistas de todo o género?

A explosão de violência que ensanguentará o país durante os anos que se seguirão dá a resposta a esta pergunta. O rei vai então à Assembleia e anuncia que decidiu mandar para trás todas as tropas que chamou para a região parisiense. Não há maneira mais fácil de se lançar na boca do lobo.

Parece que, a partir deste momento, Maria Antonieta perdeu qualquer ilusão sobre o futuro. É verdade que, várias vezes, esforça-se ainda por manter o marido na via da resistência, mas percebeu que os seus esforços eram inúteis. No entanto, a energia da rainha não se esgotou, e Mirabeau prestar-lhe-á homenagem ao declarar que a soberana é «o único homem» do círculo de Luís XVI.

Entretanto, a nova capitulação do rei vale-lhe um aumento de popularidade na opinião pública. Popularidade ilusória, pois se reconforta o marido, não engana a rainha. No seu regresso da Assembleia, o rei é quase levado em triunfo; acumulada sob as janelas dos soberanos, a multidão exige com insistência a presença do casal real e do delfim na varanda. A rainha manda Madame Campan ir buscar o herdeiro do trono, especificando que a sua governanta, Madame de Polignac, se abstenha de a acompanhar. Se Maria Antonieta age assim a respeito da sua grande amiga é porque sabe como a duquesa Jules é odiada; não quer provocar um incidente fazendo-a aparecer a seu lado. Pouco depois, como Madame de Polignac lhe transmite a sua emoção face àquela decisão, a rainha, de olhos banhados em lágrimas, explica-lhe as razões e acrescenta:

«Em nome da nossa amizade, rogo-vos que partis. Ainda há tempo de escapardes aos vossos inimigos. É a mim que atacam através de vós.»

E como Polignac reafirma a sua ligação a Maria Antonieta para recusar fugir, a rainha insiste; Luís XVI, que entra nesse momento no quarto da mulher, confirma à favorita que, para sua salvaguarda, deve deixar a França imediatamente. Aliás, o seu próprio irmão, o conde de Artois, vai partir nesse mesmo dia.

À meia-noite, disfarçada de criada, aquela que, ainda na véspera, era a todo-poderosa, sobe para uma carruagem anónima e dirige-se para a fronteira belga. No momento da partida, entregam-lhe um bilhete: é Maria Antonieta quem lhe escreve. Ainda que a princesa de Polignac tenha grandes responsabilidades na sua impopularidade, ainda que esteja agora concentrada nos motivos interesseiros da sua favorita, Maria Antonieta não a expulsou do seu coração. A soberana é demasiado sensível para que a sua razão se sobreponha aos sentimentos; esta carta é prova disso:

«Adeus, a mais terna das amigas. Esta palavra é terrível, mas tem de ser. Eis a ordem para os cavaleiros; só tenho força para vos beijar... Estamos cercados de dores, desgraças e infelicidades, sem falar das ausências. Toda a gente está a fugir, e mesmo assim fico feliz por saber que todos aqueles que me interessam estão afastados de mim. Mas lembrai-vos sempre que as adversidades não me diminuíram a força nem a coragem. Não perderei nada disso. Dar-me-ão apenas mais prudência. É nos momentos como este que se aprende a conhecer os homens e a ver quais são ou não verdadeiramente fiéis.»

É verdade que, em poucos dias, muitos cortesãos que se juntavam à volta da rainha, lhe solicitavam os favores e lhe faziam a corte, se afastaram como um bando de pardais. Estas deserções maciças, porém, não afectam a determinação de Maria Antonieta. Como ela escreve a Madame de Polignac, a sorte dos seus amigos preocupa-a mais do que a sua. É realmente um traço distinto da sua personalidade: o seu coração generoso insurge-se quando alguém que ela ama está em perigo, e está pronta a tudo para ajudar. Quando Madame de Tourzel, a nova governanta dos príncipes que sucedeu à duquesa de Polignac, entra em funções, a rainha dá uma nova demonstração da omnipotência do seu amor materno ao redigir uma série de recomendações que mostram uma preocupação pelos mais ínfimos pormenores, impressionante numa mulher acerca da qual se julgava ter a cabeça ocupada apenas com os seus prazeres.

Durante estas semanas do Verão de 1789, a rainha, impotente, assiste todos os dias a uma nova capitulação da monarquia. Luís XVI está cada vez menos inclinado para resistir à corrente que o irá arrastar. O rei espera acalmar a fúria dos seus opositores cedendo a todas as suas reivindicações, enquanto que os seus recuos sucessivos os encorajam, pelo contrário, a exigir sempre mais. Assim, a 17 de Julho, a convite da municipalidade, aceita ir a Paris. É uma visita perigosa, que provoca grandes apreensões na rainha. Em vão se esforça por o dissuadir; está convicta de que os bandos que agora reinam sobre a capital o tomarão como refém. Luís XVI também pensou nesse risco, mas a coragem física que anima este homem, tão fraco na moral, não o abandona em nenhuma circunstância; antes de partir, enviou ao irmão Provença um documento que nomeia este como lugar-tenente geral do reino «no caso de ele não regressar».

Maria Antonieta

À medida que as horas passam, sem notícias do rei, a rainha não pára de chorar. Com o tempo, na falta de amor, acabou por ter afeição pelo marido, pouco atraente, é verdade, mas de quem aprecia a rectidão e a bondade. Além disso, não é ele o pai dos seus queridos filhos? Assim, enquanto as desgraças se vão amontoando sobre eles, vemos os actores desta união tão pouco ajustada aproximarem-se um do outro. Maria Antonieta receia então pelo companheiro e, para ir em seu auxílio, está pronta a desafiar todos os perigos e a deslocar-se ela mesma à Assembleia. Nesta perspectiva, redigiu uma declaração destinada aos deputados; um texto a que não falta grandeza, como se pode ver:

«Senhores, venho entregar-vos a esposa e a família do vosso soberano; não permitis que se desuna na Terra aquilo que foi unido no Céu.»

Juntando o gesto à palavra, a soberana ordena que lhe preparem a carruagem, mas o seu círculo protesta: entregar-se nas mãos dos seus piores inimigos seria uma loucura inútil que não salvaria o rei e teria por consequência fazer do pequeno delfim um refém. Esta reflexão provoca nova inquietação no coração da rainha. Por momentos, pensa fugir para Valenciennes com os dois filhos, para ficar sob a protecção das tropas comandadas pelo conde Esterhazy. E também sob a de Fersen e do seu regimento. Mercy-Argenteau, que acaba de chegar a Versalhes, dissuade-a: esta fuga teria muito mau efeito sobre a opinião pública e poderia provocar a derrocada da realeza. Maria Antonieta esforça-se, então, por dominar a angústia. Por fim, à noite, o rei regressa. Maria Antonieta, chorando de alegria, lança-se nos seus braços, gesto espontâneo que lhe fica bem e que demonstra o seu alívio. Nem a visão da roseta tricolor, que a municipalidade obrigou Luís XVI a usar, consegue diminuir a sua felicidade. Mercy-Argenteau, que se desloca com frequência a Versalhes nestas semanas agitadas, presta homenagem ao seu comportamento:

«A rainha suporta as suas dores com a maior das coragens; é preciso ter muita para não se ficar abatido ou revoltado com as injustiças e horrores de que esta augusta princesa é vítima.»

É verdade que se os recuos sucessivos de Luís XVI lhe valem um aumento de popularidade, mas o mesmo não acontece com a sua esposa, de quem algumas vozes chegam a reclamar a cabeça. Contudo, Maria Antonieta esforça-se por dar provas de boa vontade: não só reduziu o pessoal da sua casa, como também enviou as suas pratas para a Casa da Moeda, para que fossem fundidas e o seu produto entregue ao Tesouro Público. Mas não será demasiado tarde para fazer economias? Sim, também aqui, tal como em outros domínios, as mesmas palavras voltam sob a pena dos observadores: é demasiado tarde para mudar a opinião pública. O embaixador da Suécia em Paris, barão de Staël, escreve ao seu governo:

«A antiga antipatia dos Franceses pelos Austríacos é actualmente muito maior por causa do ódio inconcebível que o povo tem pela rainha. Vêem-na como a única responsável por todos os males que afligem a França. A rainha, diz-se, está muito abalada; para isso contribui, sem dúvida, a perda da sua influência e, sobretudo, o ódio que a nação tem contra ela e que, por exagerado, se torna injusto. Está visto que as desgraças desta princesa nunca mais acabarão. É muito castigada pelas recordações e comparações. A que ponto o não será pela intenção de a afastarem para sempre de qualquer relação com o governo?»

Em redor da rainha instala-se o vazio, cada vez mais trágico; Versalhes, desertado pela matilha dos cortesãos, privado da maioria das tropas que guardam as suas entradas, tornou-se um lugar fantasmagórico, de onde, a cada instante, pode surgir o perigo. Maria Antonieta lança como que um grito de desespero a Fersen: «Fugiram todos!», exclama-lhe ela, e o jovem, tomando a irmã Sofia por confidente, conta-lhe:

«Ela está muito infeliz; a sua coragem está acima de tudo e torna-a ainda mais interessante. O meu único desgosto é não poder consolá-la de todas essas infelicidades e não a fazer tão feliz quanto o merece... Não achais que devo amá-la?...»

Durante estas últimas semanas, as ameaças que se acumulam em torno da família real exacerbaram ainda mais os sentimentos dos dois amantes. Pressentem que, de um dia para o outro, a tempestade revolucionária pode rebentar sobre eles e separá-los para sempre; por isso, os dois corações batem mais do que nunca em uníssono. Em Setembro, Axel consegue finalmente libertar-se das obrigações que o retinham em Valenciennes e, a galope, precipita-se para Versalhes. Maria Antonieta não pode dedicar-lhe todo o tempo que desejaria, mas a presença dele em Versalhes transmite-lhe alguma esperança. Um dos últimos nobres que permaneceram na corte, o conde de Sulmour, oferece-nos o reflexo do clima que reina então em torno da família real:

«Tanto nos salões como na cidade, o terror está estampado em todos os rostos; a desconfiança em todos os corações; um rei sem Corte, sem exército, um castelo sem guardas, aberto a todos... Em Versalhes, não se sabe o que fazer nem o que vai acontecer...»

Maria Antonieta

Com quem contar? Em quem confiar? Os amigos de outrora partiram e os que ficaram não são fiáveis; Maria Antonieta sente-se constantemente espiada; todas as suas palavras são relatadas, deformadas e contribuem para alimentar os rumores maliciosos que circulam entre Versalhes e Paris. Nos criados, vê espiões, coniventes com os revolucionários. Os jornais, que brotam como cogumelos no humo do descontentamento popular, já não são simples panfletos; exigem abertamente a cabeça da «Austríaca».

Mais do que o perigo que estes ataques representam, é a sua injustiça que fere o coração da rainha. Não aceita a ideia de que a responsabilizem por uma situação que começou a degradar-se a partir dos últimos anos do reinado de Luís XIV e que foi piorando ao longo do século XVIII. A Fersen, que ela vê quase todos os dias, confidencia a angústia que lhe vai na alma. O jovem não tem ilusões sobre o futuro do regime e os seus receios pela vida de Maria Antonieta nunca foram tão fortes. A imagem da situação em França que Axel descreve ao pai, numa carta que lhe envia a 3 de Setembro, reflecte uma lucidez impressionante e constitui um retrato fiel do estado do país:

«Todos os laços estão rompidos. A autoridade do rei é nula. A própria Assembleia Nacional treme diante de Paris, e Paris treme diante de 40 a 50 mil bandidos, reunidos em Montmartre e no Palácio Real, que não se conseguiu expulsar e que não param de fazer moções. Nas províncias, o povo está enlevado com a ideia há muito difundida pelos filósofos de que todos os homens são iguais; e a abolição dos direitos feudais, decidida apressadamente pela Assembleia, convenceu-os de que já não precisam de pagar nada. Em toda parte se entregam a excessos terríveis contra os castelos, que eles pilham e incendiam com todos os seus papéis; até maltratam os proprietários... Os impostos já não podem ser colectados; as tropas são convencidas ou seduzidas pela esperança da liberdade ou pelo dinheiro. Em breve, o rei deixará de poder manter os seus compromissos e a bancarrota está iminente. A Nobreza está em desespero, o Clero como que atacado de demência, e o Terceiro Estado encontra-se totalmente descontente. Só a canalha reina, satisfeita, pois, nada tendo a perder, só pode ganhar. Ninguém ousa comandar e ninguém quer obedecer. Eis a liberdade de França e o estado em que agora se encontra. Arrepiamo-nos ao ver o que se passa e é impossível prever como é que as coisas irão acabar. Tudo isto me entristece muito... Muitos regimentos revoltaram-se, e há até alguns que se viraram contra os seus comandantes... Extraordinário é que o mesmo se tenha passado em todas as guarnições e que, em todo o reino, as revoltas tenham sido parecidas. Há agentes secretos que distribuem dinheiro; são conhecidos; chefes de rebeldes, presos e enforcados, denunciaram muitos deles; mas, quer por fraqueza, por medo ou por cumplicidade, os magistrados não ousam fazer nada, não se age contra eles e deixam-nos pacificamente estimular a anarquia, a revolta, a licenciosidade e agir para a ruína do Estado. Suspeita-se fortemente que o duque de Orleães seja o chefe e o impulsionador de tudo isto. Se eu escrevesse de Paris, não ousaria dizer-vos todas estas coisas; a inquisição epistolar tem aí sido extrema; nem as cartas do rei e da rainha escapam...»[25]

No entanto, a tormenta revolucionária traz uma compensação a Maria Antonieta e a Axel. A etiqueta, como tudo o resto, degradou-se rapidamente, o que significa que a rainha já não está cercada por um séquito de damas de honor e que, em Trianon, tal como em Versalhes, ganhou alguma liberdade de movimentos. É claro que tem de contar com a curiosidade maliciosa da criadagem e dos Guardas Franceses, mas a rainha tem agora possibilidade de encontrar o seu amado com mais regularidade do que antes. Assim, a 25 de Setembro, Axel encontrou-se com ela em Trianon; sentada no banco de pedra que já os acomodara antes, a rainha entrega-se a uma tranquilidade ditosa. «A adversidade não me diminuiu a força nem a coragem, mas dá-me mais prudência», diz-lhe ela. Depois, fitando-o com um olhar pleno de ternura, acrescenta: «É nos momentos como este que se aprende a conhecer as pessoas e a saber quem são os que nos são verdadeiramente fiéis. Todos os dias faço experiências sobre isso, algumas cruéis, mas outras muito agradáveis...»[26]

Maria Antonieta tem razão em temer o pior, pois cada dia traz o seu lote de desenganos; na noite de 4 de Agosto, impulsionados por um vento de fraternidade que os lançou nos braços uns dos outros, os deputados decretam a abolição dos privilégios; decisão em si justa, mas que constitui um novo ataque ao poder real. Além disso, cedendo à pressão da opinião pública, Luís XVI readmite Necker. Esta medida, que lhe é imposta, pois não é a expressão da sua vontade, é considerada justamente uma nova demonstração da fraqueza do rei.

---

[25] Citado por Charles Kunstler, *Fersen et son secret*.
[26] *Idem.*

Maria Antonieta

Para afastar as ideias sombrias que a assediam, Maria Antonieta, quando não está com Fersen, refugia-se geralmente em Trianon, onde reencontra algumas das imagens felizes de outrora. Um visitante que a encontra numa das suas escapadas campestres, não dissimula a impressão que ela lhe causou:

«Usava um vestido simples de linho, um lenço de pescoço e uma touca de renda; naqueles hábitos modestos, ela parecia ainda mais majestosa do que com os grandes vestidos com que a víamos em Versalhes. A sua maneira de andar é muito particular; não se lhe distinguem os passos, desliza com uma graça incomparável; levanta muito mais orgulhosamente a cabeça quando, tal como a vimos, pensa estar só, e os três sentimos como que um desejo de flectir o joelho enquanto ela passava...»

Como é frequente nas vésperas de uma crise, os últimos dias de Agosto e os primeiros de Setembro parecem trazer uma certa acalmia. Com a presença de Axel, Maria Antonieta ganha esperança; a atmosfera tranquila de Trianon, a vida de «aldeã» que encontra cada vez que para aí vai, a popularidade reconquistada de Luís XVI, devido às suas concessões à Assembleia, fazem-lhe por momentos crer que o pesadelo está a terminar. Ilusão enganadora, que os acontecimentos em breve dissiparão, mas à qual ela se agarra com todas as forças.

No dia 1 de Outubro, para evitar tudo o que pudesse assemelhar-se a uma provocação, a rainha abstém-se de assistir ao banquete dado na sala da Ópera do palácio em honra do regimento da Flandres, recentemente chegado a Versalhes com a missão de proteger a família real. Mais uma vez, o rei está na caça, mas, quando regressa, a festa está no auge e todos os convivas exigem com veemência a presença da família real. Para não decepcionar aqueles bons e leais servidores da coroa, Maria Antonieta decide então comparecer no banquete e levar consigo o rei e os dois filhos. A presença do casal real provoca um entusiasmo indescritível. Enquanto a orquestra toca trechos de uma obra de Grétry, os convivas cantam em coro esta estrofe muito significativa:

Ó Ricardo, ó rei meu,
abandonado pelo universo,
Em toda a Terra só eu
pela tua pessoa me interesso.

Noite de armas e de amor

É possível que, na euforia do momento, com a ajuda da boa comida e do vinho, algumas vozes se tenham erguido para fustigar os inimigos da realeza; é possível que as rosetas tricolores usadas por alguns tenham sido trocadas por rosetas brancas, mas as demonstrações ficaram por aí. Se os gritos de «Viva a rainha», incessantemente clamados, atingem directamente o coração de Maria Antonieta, esta esforçou-se por não agitar demasiado os espíritos e a festa terminou numa atmosfera airosa.

No entanto, não foi preciso mais para que logo se espalhasse em Paris o boato de que se desenrolara uma «orgia» em Versalhes, cuja inspiradora tinha sido a rainha. Durante esta orgia, teriam pisado a roseta tricolor e mandado às gemónias a Assembleia e os seus representantes. Os gazeteiros gozam à farta; como o abastecimento à capital é complicado, por causa da anarquia que reina no país, o pão começa a faltar e Marat, que não perde uma oportunidade para lançar falsidades, acusa o poder de armazenar o trigo a fim de esfomear os Parisienses, enquanto que nas ruas os manifestantes clamam que «é altura de degolar a rainha». A campanha contra «a Austríaca» sobe de tom, alimentada por profissionais da insurreição pagos para estimularem o seu «zelo patriótico». É provável que o movimento seja orquestrado por Choderlos de Laclos, a alma danada do duque de Orleães, com a bênção deste. De qualquer modo, a manobra vai dar os seus frutos.

A 5 de Outubro, Maria Antonieta está em Trianon, saboreando com despreocupação o clima de paz que reina em seu redor. Uma das suas amas de honor, Madame de Adhémar, prepara-se para lhe ler uma carta de Fersen, enviada de Paris. Nas suas *Memórias*, Madame de Adhémar contou aquilo que foram os últimos momentos de sossego para a soberana:

«Quando terminei a leitura, a rainha disse com satisfação: "Ainda demora." Não sei dizer como estas poucas palavras me afligiram. Uma tão grande princesa congratular-se, não da sua tranquilidade completa, mas de um prazo para a execução do crime... Eu não queria estragar-lhe os minutos de sossego, pois tinha a certeza de que haveria problemas antes da sua última hora; contudo, propus medidas de prudência. Então, a rainha, com alguma impaciência, que nela não era vulgar, respondeu-me:

– Mas ainda demora! Terei de o repetir? Deixai-me respirar durante alguns dias.

«Calo-me; nesse momento o Senhor de Fersen entra. Também ele vinha de Paris a toda a brida; seguia o primeiro batalhão de mulheres insurrectas.

Maria Antonieta

— Juntei-me à revolta — diz ele — para a conhecer bem. Marchei sobre a Câmara Municipal; conquistámo-la. O marquês de La Fayette e Bailly[27] perderam a cabeça. A Guarda Nacional reúne-se, só tem um objectivo: ir para Versalhes!

— E quando? — pergunta a rainha, empalidecendo, apesar da sua grande energia.

— Agora, Madame, sem demora.

«A esta palavra, empregada por Fersen, mas em sentido contrário, Sua Majestade olhou-me com uma expressão de desespero.»

Axel — que só se juntara aos revoltosos para poder informar Maria Antonieta —, com o objectivo de a pôr ao abrigo, explica então à rainha que, agitadas pelas falsas notícias divulgadas após o famoso banquete de 1 de Outubro, bandos de mulheres percorrem Paris semeando a desordem e a violência. Na maior parte, são peixeiras e prostitutas vindas dos bairros de má fama da cidade e que, para aumentarem o seu número, arrolam à força todas as mulheres que encontram pelo caminho. A manobra, segundo as observações de Fersen, não é espontânea, mas sim orquestrada por instigadores pagos. Além disso, muitos homens, disfarçados de mulheres, juntaram-se ao cortejo. Um certo Maillard, que já se «distinguira» durante a tomada da Bastilha, tomou a liderança desta massa humana e dirige-a para Versalhes, a fim de exigir pão para a população parisiense. E Fersen prossegue:

«Enquanto a tropa de Maillard se afasta, os Guardas Nacionais reúnem-se frente à Câmara Municipal. Alguns granadeiros entram na sala onde La Fayette dita uma carta: "Meu general — diz-lhe um deles — somos representantes das seis companhias de granadeiros; não consideramos que sejais um traidor, mas sentimo-nos traídos pelo governo. É altura de acabar com isto; não podemos virar armas contra mulheres que pedem pão. O comité de Subsistência engana-vos. Vamos a Versalhes exterminar os Guardas do corpo e o regimento da Flandres que pisaram a roseta nacional. Se o rei é demasiado fraco para usar a coroa, que a deponha; coroaremos o filho, nomearemos para ele um Conselho de Regência e tudo ficará melhor... Liderai-nos»[28].

---

[27] Jean-Sylvain Bailly, *maire* de Paris. Será uma das vítimas da Revolução.
[28] Charles Kunstler, *Fersen et son secret*.

Noite de armas e de amor

Quer pense antes de mais em salvar a pele, quer demonstre uma cegueira sem limites, a atitude de La Fayette nestes dias de tumultos é bastante perturbante e justificará a hostilidade dos meios reais quando chegar a sua vez de ser obrigado a emigrar. Se o relato de Fersen impressionou a rainha, com a coragem que tinha mas que até então ainda não revelara, ela nada deixa transparecer e é com uma expressão decidida que encara a situação. O rei, que estava na caça, por acaso chega nesse momento e, como de costume, não parece levar a questão a sério. A Saint-Priest, o seu ministro do Interior, que o aconselha a ordenar medidas de defesa e a enviar a família real para Rambouillet, onde ficará em segurança, o rei replica que quer, antes de tudo, evitar a violência; quanto a Necker, que dá igualmente provas de um desconhecimento total da tempestade insurreccional que se prepara, só vê vantagens em o rei e a família ficarem em Versalhes: «Não vejo qualquer perigo em deixar esta multidão chegar a Versalhes...», declara ele num tom tranquilo. Maria Antonieta, no fundo do seu coração, aprova as recomendações de Saint--Priest e retirar-se-ia de bom grado para Rambouillet, mas se o rei entende ficar em Versalhes, não o abandonará: «Não quero que o rei corra um perigo que eu não partilhe!», afirma ela nobremente.

A certa altura, no fim de uma das suas habituais tergiversações, Luís XVI ordena que preparem a partida para Rambouillet. Se tivesse mantido esta decisão, não há dúvida de que a História teria sido diferente e a família real seria poupada. Mas, mais uma vez, o rei muda de ideias e a partida para Rambouillet é anulada. Os dados estão lançados!

Todas as discussões se desenrolam diante de um pequeno grupo de fiéis, na primeira linha dos quais se encontra Fersen. Durante as horas trágicas que se seguirão, Axel vai ligar-se aos passos da rainha, arriscando a própria vida.

Entretanto, a horda de megeras que saiu de Paris aproxima-se de Versalhes. O céu derrama trombas de água sobre a populaça, e esta chuva torrencial estimula-lhe a fúria. As gentes brandem armas extravagantes, que vão desde a faca de picar até ao cabo de vassoura, e todas aquelas mulheres, sem excepção, exalam ódio à «Austríaca». Sim, estes ataques de fúria, estes apelos à morte, estes gritos sanguinários têm todos o mesmo objecto: uma mulher que é considerada responsável pelas desgraças do país, sem se saber exactamente porquê.

Uma destas harpias, mostrando a quem passa as suas roupas encharcadas da chuva, lança:

– Vejam como estamos arranjadas, mas a libertina vai pagar-nos caro!
Outra, amolando uma faca de cozinha com uma pedra, exclama:
– Como ficaria feliz se pudesse abrir-lhe a barriga com esta faca e arrancar-lhe o coração, enfiava-lhe o braço na barriga até ao cotovelo!
– Eu arrancava-lhe uma perna! – diz outra.
– Eu tirava-lhe as tripas! – grita uma terceira.
– Temos é de lhe cortar o pescoço! Faremos rosetas com as suas tripas! – declara outra destas mulheronas.

Por volta das três e meia da manhã, esta tropa, que temos alguma dificuldade em imaginar que seja principalmente composta por mulheres, chega a Versalhes. Imediatamente, estas «senhoras» espalham-se pela povoação, semeando uma desordem indescritível. Algumas ocupam-se a «confraternizar» com os soldados; não temos dúvidas como. Outras, pouco depois, vão invadir a Assembleia, provocando cenas dignas de um *vaudeville*: tomam parte nas votações, intrometem-se nas discussões dos deputados; uma delas resolve beijar o bispo de Langres, que preside à sessão, e como o digno eclesiástico se recusa, ela beija-o à força. De vez em quando, uma destas peixeiras grita: «Pão! Pão!» Este era, como se sabe, o motivo da marcha das mulheres sobre Versalhes, mas estas reivindicações pacíficas depressa vão dar lugar à violência.

IX
Assalto à Austríaca

Quando se lembra os acontecimentos trágicos que ocorreram durante as jornadas de 5 e 6 de Outubro de 1789, aquilo que perturba é a passividade dos que tinham a missão de velar pela segurança da família real e pela estabilidade do Estado. Quer se trate de La Fayette, do conde de Estaing, o comandante da Guarda Nacional de Versalhes, ou de Necker, todos vão dar, sem disso terem consciência, uma ajuda à insurreição, negligenciando a sua importância e deixando-a propagar-se, sem querer utilizar os meios de que dispõem para a travar. Nesta acção negativa, são auxiliados pelo próprio Luís XVI, que, de início, não compreende o alcance da sedição nem as suas consequências e evita tomar decisões. Se devemos louvar as suas preocupações humanitárias, consideramos também que o dever de um chefe de Estado consiste em preservar o equilíbrio e a saúde do seu país. Quando se vê o que se passou depois, os anos de terror, de anarquia, de miséria que a França conheceu, só podemos deplorar a falta de carácter do soberano. Bastaria alguma firmeza e uma certa dose de clarividência para fazer o país enveredar por um processo de evolução política e para matar à nascença o desencadeamento da violência. Se, como monarca avisado, retirando a lição dos acontecimentos, Luís XVI instituísse a monarquia constitucional que se impunha, se, ao mesmo tempo, tivesse barrado resolutamente

Maria Antonieta

o caminho aos profissionais da insurreição, os frutos da corrente fértil e inovadora que então atravessava o país teriam sido colhidos num clima de paz interna e externa... Luís XVI nunca teve consciência disto e Maria Antonieta ainda menos. Mas é fácil refazer a História quando é demasiado tarde...

Enquanto o rei e os seus ministros discutem e hesitam, fora do palácio a situação degrada-se progressivamente. Encorajados pela passividade das forças armadas, sem dúvida informadas das ordens de abstenção que lhes tinham sido dadas, os agitadores entusiasmam-se e as peixeiras exigem com veemência a cabeça da rainha, para a levarem para Paris na ponta de uma lança, segundo a graciosa «moda» da época. Duas destas harpias rivalizam em ferocidade no ódio à «Austríaca», o que lhes valerá uma triste posteridade: a gorda Louison e Rosalie, peixeiras no mercado de Saint-Paul. Estas damas deviam ter uma garganta generosa, pois os seus gritos chegavam até aos ouvidos do casal real. O alvo desta vaga de terror mostra uma firmeza impressionante. Mas, à sua volta, os fiéis que tinham ficado no palácio não escondem a inquietação. Entre eles, certamente Fersen, que pressiona a rainha a partir para Rambouillet. De repente, o rei resolve partir e Maria Antonieta, que não queria abandonar o marido nestas horas de perigo, aceita agora deixar Versalhes. A rainha vai para os seus aposentos e ordena às criadas que arranjem as crianças e preparem algumas bagagens. Infelizmente, as duas palavras tão temidas regressam à história: demasiado tarde!... Esta partida, que não oferecia qualquer dificuldade às quatro da manhã, já não é possível agora. A multidão bloqueia as carruagens nas cavalariças; seria até possível afastá--la, mas era preciso empregar a força... Mais uma vez, o rei opõe-se. Então, decidem não partir e esperar que o destino pronuncie a sua sentença... O círculo da família real está consternado; especialmente Fersen, que teme a sorte reservada à soberana. Esta dá a todos um exemplo de sangue-frio.

«Sei que vêm de Paris para pedir a minha cabeça – diz ela – mas aprendi com a minha mãe a não temer a morte e esperá-la-ei com firmeza.»

Impressionado pela atitude da rainha, Fersen conta:

«A sua temperança era nobre e digna, o seu rosto calmo e, ainda que ela não pudesse ter ilusões sobre tudo o que tinha a temer, ninguém notou o mínimo vestígio de inquietação. Tranquilizava toda a gente, pensava em tudo e ocupava-se mais do que lhe era querido do que da sua própria pessoa. Nesta noite de 5 de Outubro, víamo-la receber muita gente no seu grande gabinete, a falar com força e dignidade a todos os que a abordavam e a transmitir segurança aos que não lhe conseguiam esconder os medos.»

Sim, Maria Antonieta já não é a «leviana» que pensava apenas em divertir-se, e lamentamos que esta firmeza de alma e este coração ardente que hoje a animam não se tenham manifestado mais cedo...

Fersen e outros insistem para que ela os autorize a defenderem a família real por todos os meios.

«Consinto em dar-vos a ordem que solicitais, mas sob uma condição: se a vida do rei estiver em perigo, usá-la-eis prontamente; se só eu estiver em perigo, não a usareis.»

Podemos imaginar o eco que estas últimas palavras causaram no coração de Axel; fosse qual fosse o desenrolar dos acontecimentos, estava decidido a defender a rainha e a dar a vida, se necessário...

No entanto, eis que La Fayette chega a Versalhes à cabeça de trinta mil homens; estas tropas não têm a intenção de proteger o rei e a rainha, muito pelo contrário. Composto de Guardas Nacionais e antigos Guardas Franceses que tinham desertado há algum tempo dos seus postos, este exército parisiense não esconde as simpatias pelos insurrectos e muitos dos seus elementos não tardam a confraternizar com eles. Além disso, La Fayette é mais um seguidor do que um líder deste exército, o que não o impede, na presença do casal real, de se fazer de salvador. Maria Antonieta não fica muito convencida com a expressões de fidelidade do general; o futuro dar-lhe-á razão.

Entretanto, Luís XVI, que abandonou qualquer veleidade de resistência, aceita homologar a Declaração dos Direitos do Homem, que rejeitara algumas horas atrás. Ao mesmo tempo, acede ao desejo de La Fayette de confiar a guarda do palácio aos Guardas Franceses, ainda que tão pouco fiáveis, e de mandar embora o corpo da Guarda e os últimos elementos do regimento da Flandres. Depois, como tem sono, resolve ir deitar-se e recomenda à rainha que faça o mesmo: «Confiando tudo num general que não estava certo de nada», como dirá Rivarol.

A rainha, por seu lado, recolheu aos seus aposentos. Influenciada pela calma enganadora que reina então, também não toma qualquer precaução especial. Recusa até a proposta de Fersen e de outros nobres de passarem a noite à porta do seu quarto. À beira de uma crise de nervos, deita-se e adormece rapidamente, sem suspeitar que é a última noite que passa em Versalhes...

Esta noite será curta. São apenas seis horas, desse 6 de Outubro, quando a rainha é acordada por um tumulto violento marcado por tiros. O povo, o mesmo povo que prometera a La Fayette manter-se tranquilo e no qual este confiara, invade o palácio, massacrando à sua passagem os poucos defensores que tentam proteger os aposentos da rainha. Pois é ela que a população visa; as vociferações não deixam qualquer dúvida sobre as intenções dos atacantes: «Matem a rainha! Queremos as suas tripas para fazer rosetas com elas!», gritam alguns, investindo pela grande escadaria de mármore. Desenrolam-se cenas de horror, a multidão continua a atacar os cadáveres que abateu; um dos insurrectos, conhecido por «Grande Nicolas», obtém o sucesso popular ao cortar à machadada a cabeça de um Guarda do Corpo... Agora, uma massa confusa bate à porta dos apartamentos da rainha; estranhamente, ignorando a disposição das salas, os amotinados orientam-se sem hesitação através das divisões do palácio, guiados por alguns deles, o que reforça a suspeita de premeditação da parte dos instigadores.

Maria Antonieta, sem sequer ter tempo de se vestir, com as meias na mão, foge por um pequeno corredor; compreende imediatamente que a sua vida está por um fio e tenta chegar ao apartamento do rei. Mas a porta que dá para a Sala do Olho-de-Boi está trancada e a rainha bate nela desesperadamente. Já ouve os insurrectos que entram no seu quarto, dali a momentos, apanhá-la-ão... Finalmente, um criado ouve os seus apelos, abre a porta e a rainha precipita-se para dentro do quarto do marido; este não se encontra lá; saíra para ir socorrer Maria Antonieta, utilizando um corredor secreto. Voltou ao fim de algum tempo, trazendo o delfim nos braços, enquanto a rainha vai buscar a filha e a leva para o quarto do rei... Eis os quatro reunidos, esperando com angústia os golpes de machado desferidos pela populaça contra a porta do Olho-de--Boi. Maria Antonieta pôs os filhos atrás de si e protege-os com o corpo... Mas, de súbito, o tumulto acalma-se. Os Guardas Franceses e alguns Guardas Nacionais expulsaram à coronhada os assaltantes do palácio; uma certa calma reina novamente no quarto real, no qual se juntam o conde de Provença, Necker, vários ministros e até o duque de Orleães, cuja presença, no mínimo, provoca um clima gelado...

A multidão, que, expulsa do castelo, se aglomerara debaixo das janelas dos aposentos reais, continua a clamar a morte da rainha, que vê através de uma das janelas. O pequeno delfim, evidentemente, não percebe o que se passa e pede comida; de lágrimas nos olhos, a mãe toma-o nos braços, beija-o ternamente e tenta acalmá-lo. La Fayette, por seu lado, entrou no quarto; não parece muito impressionado com a situação; ouvindo os manifestantes que exigem a presença do rei, leva-o até à varanda. Luís XVI, estranhamente ausente, deixa-se guiar como um autómato. A sua aparição provoca imediatamente este clamor, repetido por milhares de vozes: «O rei a Paris! O rei a Paris!» Outros gritos se elevam, exigindo a presença da rainha na varanda. Em redor de Maria Antonieta, os rostos contraem-se... Nas presentes circunstâncias, aparecendo na varanda, a rainha expõe a vida, mas esta perspectiva não parece detê-la. Sem hesitar, avança para a varanda, levando pela mão os dois filhos.

«Não queremos os filhos! Só a rainha!», gritam os manifestantes.

Com um gesto, Maria Antonieta manda os filhos voltarem para o quarto e, sem hesitar, oferece-se à multidão... Punhos ameaçadores estendem-se na sua direcção, um homem brande uma pistola e faz pontaria. Momento crucial... O que se vai passar? Orgulhosamente, a rainha enfrenta a multidão, sem dar o menor sinal de fraqueza. Sabemos como é a versatilidade das multidões: a atitude da rainha, num instante, inverte a situação. Há um minuto atrás, queriam a sua morte, agora aclamam-na. «Viva a rainha!», gritam milhares de vozes. Mas estas mesmas vozes continuam a exigir a ida do rei para Paris. O conde de Saint-Priest aconselha o rei a aceder à vontade popular e acrescenta estas palavras proféticas:

— Vossa Majestade deve considerar-se prisioneiro e aceitar a lei que lhe impõem.

Maria Antonieta volta-se então para o ministro:

— Por que razão não partimos ontem à noite? — pergunta-lhe ela.

— A culpa não é minha... — responde Saint-Priest.

Sim, por que razão não partiram enquanto era tempo? Que cegueira demencial os levou a atirarem-se para a boca do lobo? Dois séculos após este trágico episódio, não podemos evitar repetir a mesma pergunta e continuamos sem resposta. O infeliz Luís XVI pagará muito caro a responsabilidade desta decisão; ou melhor, desta indecisão funesta.

Como os gritos que exigem a sua presença em Paris redobram de vigor, o rei sai para a varanda e, com uma voz forte, diz à multidão:

«Meus amigos, irei para Paris com a minha mulher e filhos. É ao amor dos meus bons e fiéis súbditos que confio aquilo que de mais precioso tenho.»

Sabemos de que forma «os bons e fiéis súbditos» justificarão a confiança do monarca... Entretanto, ruidosas aclamações saúdam a declaração real.

La Fayette, por seu lado, interroga a rainha sobre as suas intenções:

«Sei a sorte que me espera – responde ela. – Mas o meu dever é morrer aos pés do rei e nos braços dos meus filhos.»

A soberana e La Fayette saem novamente para a varanda. O general queria anunciar ao povo a decisão da rainha, mas como se fazer ouvir no meio de tal tumulto? Então, tomado de uma súbita inspiração, La Fayette beija a mão da soberana. Este gesto, não se sabe porquê, desencadeia uma onda de entusiasmo e provoca novos e ruidosos «Viva a rainha»!

La Fayette acha útil acrescentar esta insólita profissão de fé:

«A rainha foi enganada; ela promete que não o será mais; promete amar o seu povo e ser-lhe fiel, como Jesus Cristo à sua Igreja!»

Ao deixar a varanda, Maria Antonieta não consegue reter as lágrimas. As aclamações de que é objecto fazem-na sentir-se pior do que quando ouvia os gritos de morte que ainda há momentos lhe dirigiam; sabe que lhes deve uma nova capitulação; pressente já que este regresso a Paris é uma viagem sem retorno...

O cortejo que se põe em marcha em direcção a Paris, uma hora depois, tem todo o aspecto de um cortejo fúnebre. Precedendo a carruagem que transporta a família real, uma multidão heteróclita brande como troféus as cabeças dos dois Guardas do Corpo assassinados por terem querido proteger a vida da rainha. Depois, seguem, na mesma desordem, soldados e mulheres ébrios, mais a dançar do que a andar, numa horrível mascarada. Na carruagem, à beira de um ataque de nervos, Maria Antonieta não consegue disfarçar a perturbação, sentimento que é partilhado pelo rei. Em redor da carruagem, numa sarabanda infernal, as peixeiras gritam, ameaçadoras:

«Levamos o padeiro, a padeira e o pequeno aprendiz. Dar-nos-ão pão, ou então verão!»

Durante estas horas trágicas, Fersen esteve sempre presente. Quando é dado o sinal de partida, toma lugar na carruagem que segue o coche real. Numa carta ao pai, redigida alguns dias depois, relata o sucedido:

«Fui testemunha de tudo e regressei a Paris numa das carruagens do séquito do rei; levámos seis horas e meia no caminho. Deus me proteja de nunca mais ver espectáculo tão aflitivo como o destes dois dias. O povo parecia encantado por ver o rei e a sua família. A rainha é muito aplaudida e não pode deixar de o ser quando se a conhece e se faz justiça ao seu desejo de fazer o bem e à bondade do seu coração.»

Foi uma viagem que parecia nunca mais acabar, um calvário para Maria Antonieta! A carruagem é detida vezes sem conta por grupos que dançam à sua volta uma ronda infernal: soldados bêbedos, peixeiras em desalinho, risos que se soltam de forma sinistra, uma maré efervescente que se diria saída de algum macabro pesadelo, que já nada tem de humano e que uma torrente de ódio leva ao paroxismo da abjecção; já não é o povo, é apenas a ralé...

Face a este espectáculo do qual tanto queria fugir, como é que, em pensamentos, Maria Antonieta não retrocederia alguns anos, quando jovem delfina, impaciente por saborear os prazeres de Paris, a ir para a cidade, num ligeiro cabriolé, rodeada de um punhado de fiéis que lhe cantavam a graça e a sedução? Sim, só nas imagens do passado é que pode ainda encontrar algum conforto... Após um desvio pela Câmara Municipal – onde tem direito a nova demonstração de júbilo popular –, a família real chega finalmente ao palácio das Tulherias, desocupado há um século, sem móveis, sem aquecimento, que parece mais um sítio para acampar do que para habitar. Mas não é tanto o aspecto do lugar que contraria Maria Antonieta: esperava encontrar aí Axel, mas este teve de deixar as Tulherias a pedido do conde de Saint-Priest. Nas suas *Memórias*, o conde tentou justificar esta iniciativa:

«Depois do jantar, no dia 6 de Outubro, fui às Tulherias para aí esperar o rei. Encontrei no seu apartamento várias pessoas que ali tinham ido com o mesmo objectivo. Entre estas, estavam os condes de Fersen e de Montmorin. Este último fez-me observar que a presença do conde de Fersen, cuja *ligação* com a rainha era conhecida, poderia colocar esta princesa e o próprio rei em perigo aquando da chegada da abominável escolta que os acompanhava desde Versalhes. É preciso dizer que as carruagens era precedidas pelas cabeças dos dois Guardas do Corpo assassinados, espetadas em duas lanças. Uma longa fila de gentes de baixa condição cercava a carruagem do rei com uma brutal curiosidade. Apenas alguns Guardas do Corpo desarmados, protegidos por Guardas Franceses, seguiam de perto, a pé. De resto, achei a observação de Montmorin prudente e disse a Fersen para se retirar, o que ele fez...»

Maria Antonieta

Note-se que Saint-Priest usa a palavra «ligação» (*). Ora, se, na época, a natureza dos sentimentos que unem a rainha e o seu cavaleiro se tornara um segredo de polichinelo, é certamente ainda muito cedo para falar de ligação, pelo menos no sentido em que hoje a entendemos. Mais há frente teremos oportunidade de voltar a este problema tão espinhoso que os historiadores ainda não conseguiram resolver, mas pode supor-se que, no Outono de 1789, os dois amantes continuam a resistir ao desejo que os impele mutuamente. Tanto mais que os acontecimentos não lhes dão tempo para se entregarem a isso...

Quanto a Saint-Priest, não é sincero quando nos diz que, ao pedir a Fersen para se retirar, só obedecia ao interesse de proteger a reputação da rainha. A realidade é mais prosaica: já sabemos que, apesar do seu amor por Maria Antonieta, Axel não é um paladino da virtude e arrasta consigo numerosos corações. Durante algum tempo, entre as suas «vítimas» contava-se Madame de Saint-Priest, que, muito apaixonada pelo belo sueco, cometeu várias imprudências, de tal modo que o marido, contrariamente à tradição, não foi o último a conhecer o seu infortúnio. Por isso, tem por Fersen um rancor que ainda não desaparecera, longe disso. Se o convida a deixar as Tulherias e a afastar-se de Maria Antonieta, nesse dia 6 de Outubro, é, antes de tudo, num espírito de vingança, a fim de o contrariar. E consegue-o, pois é de forma muito descontente que Axel aceita as razões que lhe são dadas. Quanto a Maria Antonieta, não escondeu a sua contrariedade quando deu conta da ausência do jovem.

Como acontece por vezes após uma tempestade, quando o céu readquire uma serenidade que já não se esperava depois da fúria que mostrara, algumas horas apenas após os trágicos acontecimentos que se tinham desenrolado, um clima de tranquilidade começa subitamente a reinar. Trata-se, certamente, de uma acalmia enganadora e acerca da qual Maria Antonieta não tem qualquer ilusão. Como poderia ela esquecer o espectáculo que presenciou naquela noite de terror de 5 de Outubro? Como poderia esquecer o vento de fúria que sopra contra ela, aqueles rostos deformados pelo ódio, aqueles gritos obscenos lançados por milhares de vozes, aquelas mulheres, a quem o impudor e a violência retiravam toda a feminilidade? Maria Antonieta já não reconhece aquele

---

(*) No original, *liaison*. (*N.T.*)

povo francês, reputado pelo seu espírito, pela sua tolerância, que desceu subitamente ao nível de uma horda selvagem. Mais a apoteose na abjecção, as cabeças dos dois infelizes guardas, exibidas como troféus pela multidão em júbilo... Não, nunca mais poderia apagar da memória aquelas visões do apocalipse; provocaram no seu coração uma ferida que nunca cicatrizará. Para ela, o espírito de generosidade e de fraternidade, a mensagem de esperança que a revolução de 1789 representou para a humanidade, ficará para sempre manchada de sangue...

Tal como não poderá esquecer os episódios cruéis por que passou, também não poderá perdoar os seus autores, embora se esforce por o aparentar para acalmar os espíritos. Usando este sangue-frio ao qual irá recorrer até ao drama final, exibe uma satisfação de fachada enquanto ouve debaixo das suas janelas gritos de «Viva a rainha», que não podem limpar a torrente de lama que sobre ela lançaram. Contudo, num bilhete dirigido a Mercy-Argenteau, a rainha manifesta uma calma que está longe de sentir:

«Se esquecermos onde estamos e como aqui chegámos, devemos estar contentes com o movimento do povo, sobretudo esta manhã. Espero, se o pão não faltar, que muitas coisas melhorem. Falo ao povo; milícia, peixeiras, todos me estendem a mão, e eu dou-lhes. Nunca poderei crer no que se passou nas últimas vinte e quatro horas e, pelo contrário, tudo ficará abaixo daquilo que por que tivemos de passar.»

Embora se mostre tranquila, a rainha não ignora que os seus inimigos não desarmaram e continuam obstinados na sua perda. Circulam contra ela os panfletos mais infames, canções e gravuras obscenas denunciam a sua alegada libertinagem; inspira até a um autor obscuro um drama, *A Austríaca Ébria*, que vale o seu peso em lixo. Desiludida, confidencia a Madame Campan:

«Não usarão o veneno contra mim. Os Brinvilliers(*) não são deste século. Têm a calúnia, que vale muito mais para toda a gente; é com ela que me matarão.»

Apesar dos esforços que empreende para dissimular o seu estado de alma, a natureza sensível de Maria Antonieta tem grande dificuldade em simular o perdão. Como poderia ela ter algum gosto pela conversa da-

---

(*) Referência à marquesa de Brinvilliers (1630-1676), tristemente célebre por envenenar todos os seus opositores, incluindo pai e irmãos. (*N.T.*)

quelas peixeiras, às quais tem de fazer boa cara? A educação principesca provoca nela revoltas silenciosas que nem sempre consegue dominar. De vez em quando, apesar de tudo, uma reflexão reveladora brota-lhe dos lábios, o que faz La Fayette dizer:

«Ela tem o que é preciso para ganhar os corações dos parisienses, mas uma antiga soberba e um temperamento que não sabe esconder fazem com que geralmente o perca. Gostaria que ela pusesse aí mais boa-fé...»

É justamente isso que é impossível; Maria Antonieta nunca poderá abrir o coração aos sentimentos gerados pela revolução, porque esses sentimentos são, para ela, sinónimos de desordem e violência. Um fosso de incompreensão separa-a das ideias que percorrem o país, das ideias que ela não pode admitir por atentarem contra o absolutismo da monarquia. Para esta princesa austríaca, educada no culto do poder divino dos monarcas, alimentada pelo exemplo da mãe, a imperatriz Maria Teresa, não faz sentido subverter a ordem das coisas que até então regeu os governos. Atentar contra esta lei imutável é algo de sacrílego. Esta recusa em olhar a realidade de frente contribuirá em boa parte para as suas desgraças. Se Maria Antonieta provoca cóleras perfeitamente injustificadas, terá, devido a algumas das suas atitudes, alimentado essas mesmas cóleras; este foi um dos seus erros mais graves.

O que exalta também o ressentimento de Maria Antonieta é o comportamento do marido. Ao contrário da rainha, Luís XVI, sempre muito indulgente, parece acomodar-se aos acontecimentos. Sem protestar, aceita as humilhações, assina os decretos que lhe impõem, renuncia todos os dias mais um pouco às prerrogativas da sua condição. Recebe com um sorriso todos os ataques desferidos ao seu poder, e, como Maria Antonieta não deixa de lhe criticar a passividade, o rei, bamboleando-se, como é seu hábito, replica com bom humor:

«Nada disso é grave. O povo ama-nos, isso é o mais importante.»

Obrigada a viver confinada às Tulherias, Maria Antonieta organiza a vida o melhor que pode. Uma vida até muito confortável, a julgar pelo grande número de criados que servem a família real. O despojamento que, nos primeiros dias, reinava no palácio é agora apenas uma má recordação. De Versalhes, chegaram móveis, louças, objectos preciosos, quadros, tudo aquilo que constitui a decoração normal de uma Corte. Como é de regra, a etiqueta não perdeu os seus direitos, mas Maria Antonieta, nesta residência que ela não aprecia nada, sente-se pouco à--vontade. Sabe-se cercada por espiões ávidos de transmitir para o exterior todos os mexericos que consigam recolher. O seu emprego do tempo é quase inalterável. Levanta-se cedo, assiste à missa e recebe depois o marido e os filhos. Estes são objecto de todos os seus cuidados; uma carta que a rainha dirige à duquesa de Polignac, refugiada em Itália, demonstra os seus sentimentos relativamente aos filhos:

«Estamos os três no mesmo apartamento. Estão quase sempre comigo e são o meu consolo. Deveis ter recebido uma carta da minha filha? Esta pobre pequena é sempre maravilhosa para mim. Na verdade, se pudesse ser feliz, sê-lo-ia por estes dois pequenos seres. A «Flor de Amor» é encantadora e amo-o loucamente. Ele também me ama muito, à sua maneira, sem embaraços. Por vezes, pergunto-lhe se se lembra de vós, se vos ama. Ele diz-me que sim e então acaricio-o ainda mais. Porta-se bem, está a ficar forte e já não se enfurece. Passeia todos os dias, o que lhe faz muito bem...»

Após o jantar, a rainha joga bilhar com o marido e, depois, recebe algumas amigas que se conservaram fiéis, em especial a princesa de Lamballe, de quem aprecia a afeição sincera, agora que pode compará-la com a «qualidade» dos sentimentos da Madame de Polignac. Duas vezes por semana, como em Versalhes, assiste ao jogo do rei, mas já não tem interesse por aquilo que, dantes, tanto a apaixonava.

Contudo, no meio desta existência monótona, sobre a qual paira sempre a ameaça da sublevação popular, há uma compensação: as visitas quase diárias de Axel. O jovem resolveu residir em Paris, a fim de poder acudir a qualquer eventualidade. Claro que, sempre observados como são, os dois amantes não podem entregar-se aos impulsos dos seus corações, mas os seus momentos de intimidade são extremamente preciosos e mais não fazem do que reforçar os laços que os unem. Todos os dias, Maria Antonieta espera com impaciência a chegada de Axel; quando ele não vem, que decepção! Mas quando o vê, que felicidade! Assim que conseguem afastar-se dos ouvidos indiscretos, abraçam-se e deixam-se embalar pela doce música das juras de amor... À irmã Sofia, Fersen não esconde os sentimentos. Ao falar da rainha, escreve:

«Ela é extremamente infeliz, mas muito corajosa. É um anjo de bondade. Tento consolá-la o melhor que posso; devo-lhe isso, é tão perfeita para mim...»

E, a 27 de Dezembro, escreve, sempre à mesma pessoa:

«Finalmente, no dia 24, passei um dia inteiro com Ela; foi o primeiro; imaginai a minha alegria. Só vós a podeis sentir...»

Maria Antonieta

Estas duas cartas, sobretudo a segunda, poderiam sugerir que o par transpôs os limites que até então impusera. O que se sabe com rigor é que, desde o nascimento do último filho, Maria Antonieta já não tem relações físicas com o marido. Deixou de cumprir aquilo que, para ela, era apenas um dever conjugal. Significa isto que ela se sente livre para dar a Axel o que lhe havia recusado até então? Não nos precipitemos; limitemo-nos a evocar a possibilidade de que este famoso dia de 24 de Dezembro, que encheu de «alegria» o oficial sueco, tenha sido ainda mais feliz do que ele conta à irmã. Em todo o caso, mais do que nunca, o jovem pretende viver perto da rainha, tanto receia o futuro. Para ele, a única maneira de a família real garantir a segurança consiste em afastar-se daquele barril de pólvora que é Paris. Outros soberanos o fizeram, salvando assim o trono e a vida. E Fersen cita à rainha os exemplos de Henrique III, durante as jornadas das Barricadas, ou do pequeno Luís XIV, no tempo da Fronda. Será a presença de Axel reconfortante? Maria Antonieta ganha alguma esperança:

«O meu papel, agora – diz-lhe ela – é fechar-me absolutamente no meu interior e tentar, por uma inacção total, fazer esquecer todas as impressões sobre mim, deixando apenas a da minha coragem. Por isso, não devo ter qualquer influência marcada nem na escolha das pessoas a nomear, nem nos assuntos do Estado. Espero que o tempo restabeleça os espíritos.»

As palavras da rainha não encontram eco em Fersen. O sueco está convicto de que a corrente revolucionária é irreversível e se está, mais do que nunca, decidido a ficar junto *dela*, a protegê-la por todos os meios, na sua mente já se gizam planos de fuga de Paris. Sempre que se encontra a sós com a rainha, Fersen conta-lhe os seus projectos, comunica-lhe a sua energia, exorta-a a confiar nele; aconteça o que acontecer, ele salvá-la-á! Quando o ouve, Maria Antonieta pode avaliar tudo aquilo que separa este jovem fervoroso, voluntário, do seu apático marido. Privado da caça, o seu passatempo favorito, Luís XVI parece perdido e deambula pelas Tulherias como uma alma penada. O juízo que um dos seus ministros faz então sobre o rei é tristemente significativo:

«Quando há assuntos para tratar, parece que lhe estão a falar de coisas relativas ao imperador da China!»

Mirabeau partilha exactamente o mesmo ponto de vista. Com efeito, no final do ano, estabelecem-se contactos entre a Corte e aquele que, na Assembleia, se tornou o arauto da revolução nascente. Aproximação que pode surpreender, mas este crítico da monarquia tem grande necessidade de dinheiro; ora, como diz Rivarol a seu propósito, «por dinheiro, Mirabeau é capaz de tudo, até de uma boa acção!»

Quanto ao casal real, agarra-se à mínima bóia de salvação. Não sem repugnância, é verdade, mas com realismo, Luís XVI, impelido pelo seu círculo, está então decidido a «comprar» os serviços do tribuno. Maria Antonieta, de início reticente e fiel à sua linha de conduta de neutralidade, depressa compreendeu que se não tomasse o assunto em mãos, não seria o rei que o faria. Durante o fim do Inverno de 1789 e a Primavera de 1790, a rainha tem vários encontros, secretos evidentemente, com Mirabeau; este, que tantas vezes a vilipendiara nos seus discursos, fica maravilhado com a determinação da rainha.

Foi em Saint-Cloud, onde a família real é autorizada a deslocar-se, que a rainha voltou a encontrar-se com Mirabeau. Aqui, recebe também discretamente o eleito do seu coração. De noite, vai ter com a rainha, três ou quatro vezes por semana. A situação política é, evidentemente, tema das suas conversas. Se lamenta a indecisão e a fraqueza do rei, o nosso sueco, em contrapartida, sente grande admiração pela firmeza de carácter que agora habita Maria Antonieta. Como escreve ao pai: «A situação da rainha mete dó; o seu comportamento e coragem valeram-lhe a admiração de todos os espíritos.»

Mas a política não ocupa todas as conversas do par; a ternura dos amantes encontra ocasião de se expressar. As confidências que Axel faz à irmã demonstram isso mesmo, como esta carta datada de 4 de Abril de 1790:

«Agradeço-vos tudo o que me haveis dito sobre a minha Amiga [29]. Acreditai, querida Sofia, que Ela merece todos os sentimentos que podeis ter por Ela; é a criatura mais perfeita que conheço. A sua conduta, que também o é, valeu-lhe a estima de toda a gente, e em toda a parte ouço o seu elogio; imaginai como me regozijo. De tempos a tempos, vejo livremente a minha Amiga em sua casa, e isso consola-nos um pouco de todos os males que Ela sofre; pobre mulher; é um anjo pela conduta, coragem e sensibilidade. Nunca se amou assim. Ela é infinitamente sensível a tudo o que me haveis dito, e chorou muito... Ela ficaria tão feliz por vos ver» [30].

---

[29] Note-se a maiúscula que designa a rainha. Tal como quando escreve «Ela».
[30] Citado por Charles Kunstler, *Fersen et son secret*.

Maria Antonieta

Em todas as cartas à irmã, Axel manifesta o seu amor por Maria Antonieta, como se necessitasse de se libertar do segredo que está obrigado a observar. Com efeito, a todos quantos o rodeiam, Fersen esconde o interesse que tem pelo casal real, particularmente pela rainha, a fim de não a comprometer e não levantar suspeitas sobre os seus planos de evasão.

Pouco mais tarde, Sofia pede ao irmão que lhe envie uma madeixa de cabelos de Maria Antonieta. Através das cartas do irmão, Sofia começou a sentir também uma autêntica afeição pela soberana. Axel apressa-se a satisfazer-lhe o pedido:

«Aqui vão os cabelos que me haveis pedido; se não chegarem, enviar-vos-ei mais. É Ela quem vo-los dá. Ficou muito sensibilizada com este vosso desejo. Ela é tão boa e tão perfeita que parece que ainda a amo mais desde que ela vos ama. Ah, só morreria feliz depois de a terdes visto... Adeus, adeus, ela diz-vos mil coisas e partilha muito ternamente as nossas dores.»

Quando Fersen se encontra com ela, Maria Antonieta deixa então cair a máscara de firmeza que usa durante o resto do tempo. Só diante dele se pode abandonar, só a ele pode falar do seu cansaço, do seu desespero face à fraqueza do rei, da sua revolta contra os ataques de que é alvo. Então, Axel, para a consolar, encontra as palavras que reconfortam no vocabulário eterno do amor; só ele tem o poder de a manter à beira do abismo e de impedir que ela caia. Porque esta mulher, que ao longo de toda a sua vida tem de carregar o peso da realeza, não era feita nem estava preparada para esta tarefa. O seu coração é terno e sensível; é uma mulher, em toda a acepção do termo e em tudo o que o termo implica de vulnerabilidade, encanto, graça... Ora, agora que o marido baixa os braços face a uma fatalidade que o ultrapassa, ela tem de aceitar ocupar o seu lugar. A metamorfose que se opera em Maria Antonieta é, aliás, surpreendente. Por que milagre este ser ligeiro, despreocupado, frívolo, que durante trinta anos viveu apenas para os seus prazeres e distracções, se torna de repente esta mulher decidida, que trata das questões mais complicadas da política, da economia e da diplomacia? Ela que, até aos trinta anos, nunca lera um livro, ouvira sempre com um bocejo de tédio os relatórios dos ministros e dos embaixadores. Na verdade, estas reservas de inteligência e de vontade, que ela revela espontaneamente, já as possuía, mas não as usava por causa de uma vida fácil. Até aos seus trinta anos, e mesmo um pouco mais além, até ao caso do Colar, Maria Antonieta não conheceu a mínima contrariedade. Diante dos seus desejos, os obstáculos desapareciam como que por magia. Criada na crença de que os membros das famílias reais são os eleitos de Deus e, por isso, estão acima da lei comum, Maria Antonieta considerava os seus privilégios como bens adquiridos, sem que tenham sido merecidos. Esta felicidade insolente vai causar a sua perda; só abre os olhos à realidade quando a sorte se desvia do seu destino. «É na desgraça que sentimos melhor quem somos – escreve ela, certo dia, a Fersen. – Quanto mais infeliz, mais ternamente me ligo aos meus verdadeiros amigos. Para as nossas pessoas, a felicidade acabou para sempre, aconteça o que acontecer. Sei que o dever de um rei é sofrer pelos outros, mas nós também o cumprimos. Possam eles um dia reconhecê-lo. Desafio o universo a encontrar-me um erro real; espero do futuro um julgamento justo e isso ajuda-me a suportar os sofrimentos...»

Linguagem plena de nobreza e determinação, que nos revela, finalmente, o verdadeiro rosto de Maria Antonieta, tal como a História o nos restituiu.

Durante o Verão de 1790, que marca uma suspensão na marcha da Revolução e que oferece à rainha os derradeiros momentos de felicidade, as visitas nocturnas do sueco multiplicam-se, o que não deixa de provocar comentários mais ou menos desfavoráveis. Os Guardas Franceses, que, em princípio, devem velar pela segurança do casal real, mas, que, na verdade, são os seus carcereiros, consideram com suspeição as visitas frequentes de Axel, e Saint-Priest, sempre à escuta de rumores, conta nas suas *Memórias*:

«Disseram-me que um dos Guardas Franceses, chamados então Guardas Soldados, ao encontrar Fersen às três horas da manhã a sair do castelo, esteve quase a detê-lo. Achei que devia falar disso à rainha e fazer-lhe ver que a presença do conde de Fersen e as suas visitas ao castelo podiam constituir um perigo. "Dizei-lhe isso, se achais por bem. Quanto a mim, nada tenho a ver com isso", respondeu ela. E, com efeito, as visitas continuaram como de costume.»

A resposta de Maria Antonieta ajusta-se bem àquilo que conhecemos da sua natureza; é também a de uma mulher que ama e a quem o amor dá a força de desafiar aquilo que se possa dizer. O rumor das suas relações com Axel chegou aos ouvidos do marido, como se sabe, mas o rei não deixa de dar sinais de confiança e amizade ao jovem, que, por seu lado, lhe manifesta uma devoção a toda a prova. Além disso, Fersen recebeu do seu próprio rei, Gustavo III, a missão de tentar salvar por todos os meios o rei e a rainha de França, se necessário através de uma acção clandestina. Ainda que o considere «um tratante», Fersen aprovou os contactos secretos mantidos com Mirabeau; não se deve negligenciar nenhum meio para acabar com a sedição.

Entretanto, entre o povo e o casal real, o clima continua ameno. A 14 de Julho de 1790, a festa da Federação celebra em grande pompa o primeiro aniversário da tomada da Bastilha. A multidão é enorme e não poupa as aclamações ao rei, à rainha e ao delfim, que assistem à festa numa tribuna. Maria Antonieta levou a boa vontade ao ponto de ornamentar o cabelo com faixas tricolores, enquanto ouve a missa celebrada por Talleyrand, o bispo de Autun que, em breve, atirará a mitra às urtigas para empreender a brilhante carreira «civil» que se conhece. No final do desfile, a rainha pega no delfim ao colo e exibe-o à multidão. Então, é o delírio, e os gritos de «Viva a rainha» repercutem-se incessantemente pelo Campo de Marte, onde se desenrola a cerimónia. Por pouco, poder-se-ia dizer que a Revolução tinha terminado; mas, em vez de aproveitarem este vento de popularidade que nesse dia os bafejava, Maria Antonieta e Luís fecham-se sobre si mesmos, evitando os contactos com o público e desperdiçando assim a possibilidade que tinham de reconquistar o poder. Como, mais tarde, dirá Barnave: «Se Luís XVI tivesse sabido aproveitar a Federação, estaríamos perdidos!»

Compreende-se que, após as imagens de violência que presenciou, após a explosão de ódio de que tinha sido vítima ainda há poucas semanas atrás, a rainha sentisse alguma repugnância em relacionar-se com uma multidão cujas reacções não se podiam prever. Mas não era no seu salão a fazer tapeçaria que podia reconquistar o favor do público. Aliás, o entreacto, no curso da tragédia, é de curta duração. Após o regresso da família real às Tulherias, a agitação recomeça e os insultos voltam a chover sobre a rainha. O mínimo incidente é pretexto para lançar à «Austríaca» as piores maldições. Nos últimos meses de 1790 e primeiros de 1791, a tensão não pára de crescer. Vai atingir o ponto culminante com o caso da Constituição Civil do Clero. A ideia de receber a comunhão de um padre ajuramentado, ou seja, na verdade, de um funcionário do Estado, revolta a consciência de Luís XVI e choca profundamente Maria Antonieta. E eis que a Páscoa se aproxima, com o seu cortejo de práticas religiosas, e Luís XVI prefere não comungar do que se prestar a uma comédia que, para cle, não tem qualquer sentido. Ora, desde há alguns meses que o anticlericalismo atingira proporções de histeria colectiva; a

Assalto à Austríaca

18 de Abril, a família real decide passar as festas da Páscoa em Saint-Cloud, mas o povo opõe-se e detém à força o cortejo real. Depois de ter discutido durante duas horas, o rei renuncia e, bamboleando-se como habitualmente, volta aos seus apartamentos das Tulherias. Aceitou o incidente com o bom humor do costume, não o vendo, parece, como mais uma capitulação. Este não era o estado de espírito da rainha, cujo temperamento combativo foi estimulado pelo que se passara. Viu os Guardas Nacionais do palácio a ameaçarem os condutores da sua carruagem, ouviu a populaça chamar «estúpido porco gordo» ao marido, denominação muito pouco protocolar, convenhamos, que, porém, não incomodou por aí além o visado. A La Fayette, que lhe propõe afastar a multidão pelas armas, o rei repete mais uma vez: «Não, não, o sangue não deve ser derramado!» Enervada, Maria Antonieta vira-se para ele: «Concordai que, desta vez, já não somos livres!», lança-lhe ela.

A aventura perturbou a rainha, tal como se pode ver neste bilhete que dirige a Mercy-Argenteau:

«Aquilo que se passou confirma-nos mais do que nunca nos nossos projectos. A nossa posição é assustadora; temos absolutamente de sair dela no próximo mês. O rei deseja-o ainda mais do que eu.»

Com efeito, Luís XVI acabou por compreender que, ao teimar ficar, sem agir, colocava em perigo tanto a vida da família como a sua. É então que se decide, mas o tempo e as oportunidades perdidas tornam agora a operação muito mais difícil do que era antes. Tanto mais que esta, para resultar, exige várias cumplicidades, o que compromete o seu secretismo.

Quem é que o rei vai encarregar de organizar todos os pormenores da operação? Axel de Fersen, evidentemente. A escolha de Luís não surpreende: o rei conhece a dedicação do nobre sueco. O facto de a fidelidade de Fersen ter como principal móbil a salvação da rainha não impede que seja também sinceramente fiel ao rei, que ele não pode considerar como rival. Sabe que Maria Antonieta, consciente dos seus deveres de soberana, nunca aceitará fugir sem o marido e os filhos. Portanto, Axel tudo vai fazer para que o seu plano resulte, sem se preocupar com os riscos que ele próprio corre. Fersen sente necessidade de explicar ao pai as razões do seu empenho:

«Estou ligado ao rei e à rainha, e devo-lhes isso pela grande bondade com que sempre me trataram; seria vil e ingrato se os abandonasse quando mais nada podem fazer por mim. A todas as bondades com que sempre me cumularam, acabam de juntar outra distinção lisonjeira: a da confiança; é tão lisonjeira porquanto se concentra em três ou quatro pessoas, das quais eu sou o mais novo...»

Não há dúvida de que Axel fala do casal real, mas o marechal de Fersen, que conhece os sentimentos que o unem à rainha de França, adivinha facilmente que esta é o principal objecto das preocupações do filho.

Nas suas *Memórias*, Madame de Adhémar, já citada, explica a importância do papel que Fersen vai desempenhar após o incidente de 18 de Abril: «Daqueles que foram os primeiros a acorrer após o grosseiro insulto feito a Sua Majestade, o conde de Fersen foi quem a rainha viu chegar com mais contentamento. Este senhor, cuja afeição igualava o respeito, apressou-se a repetir a Sua Majestade aquilo que já lhe dissera tantas vezes acerca da necessidade de reconquistar a sua independência; sem que lho tivessem expressamente ordenado, já se ocupava dos preparativos; di-lo a Maria Antonieta:

– O rei dá-vos carta branca. Ele conta com o vosso zelo e amizade – respondeu ela.

«O conde de Fersen, felicíssimo e com uma presença de espírito perfeita, mudou de conversa porque um senhor da Corte, um tanto suspeito, se aproximava nesse momento. Ficou pouco tempo no palácio, tão impaciente estava para pensar no que devia fazer; começou a gizar planos, alguns dos quais não o satisfizeram de início... O senhor de Fersen fez prodígios...»[31]

Face à actividade febril que Axel leva a cabo para a salvar, como deve bater o coração da rainha, como o seu amor por ele deve redobrar de fervor! Com a sua natureza imaginativa, apaixonada, Maria Antonieta deve sentir uma emoção ainda mais forte ao pensar que a sua salvação, tal como a da sua família, depende em grande parte do homem que, desde que o viu pela primeira vez, mais profundamente a impressionou... O coração não a enganou, Axel é realmente aquele amante cavalheiresco, capaz de todas as loucuras, que qualquer mulher sonha encontrar um dia...

Durante as semanas seguintes, o conde não poupa esforços para levar a bom porto a tarefa a que se propôs. Tarefa esmagadora: trata-se não só de

---

[31] Alma Söderhjelm, *Journal intime et correspondance du comte Axel de Fersen.*

preparar a evasão da família real no plano interno, como também de assegurar a sua segurança no plano externo. Por outras palavras, quando, a custo de muitos perigos, tiver conseguido pôr os seus amigos em segurança, Fersen terá de obter ajuda do estrangeiro e, eventualmente, um apoio armado para permitir que Luís XVI reconquiste o reino. Para atingir este duplo objectivo, Fersen tem então de organizar com um cuidado minucioso a partida das Tulherias e, ao mesmo tempo, levar a cabo negociações com as potências estrangeiras, considerando que a intervenção destas potências deve ser *desinteressada* e não causar qualquer sacrifício à França.

Sem perder um minuto, lança-se ao trabalho; começa por encomendar a berlinda que transportará a família real, demasiado imponente para o seu gosto. Axel preferia uma carruagem ligeira, anónima, mas o rei de França não podia viajar como um simples particular; precisava de criados e de inúmeros utensílios cujo inventário é revelador: «dois fogões de cozinha em chapa de ferro, uma mala com capacidade para oito garrafas, dois bacios em couro cozido, duas forquilhas ferradas para descansar a berlinda na montanha...» A carruagem será verde, as rodas e as suspensões amarelas, o interior forrado com veludos brancos... Trata-se de uma gama de cores pouco discreta para uma viagem clandestina! Fersen ocupa-se de tudo, até das provisões destinadas a alimentar os viajantes: carne de vaca guisada e vitela fria. Ao mesmo tempo, prepara com o general de Bouillé o refúgio que acolherá o rei e a família. É em Montmédy, onde Bouillé comanda uma tropa fiel, que o rei irá procurar protecção. Daí, esforçar-se-á por reunir um exército capaz de fazer face a qualquer eventualidade. Estas operações exigem muito dinheiro; Fersen dá tudo o que tem, pede emprestado 300 000 libras a dois amigos e mais 300 000 a Madame Sullivan, outra das suas amantes, e chega a pedir emprestado 3000 libras a Louvel, o seu mordomo...

Ao mesmo tempo, multiplica os contactos com amigos fiéis, correspondendo-se com eles por meio de uma linguagem cifrada e de tinta incolor. Mais do que nunca, tem de ter prudência. Na Europa, corre o rumor de que a família real se prepara para fugir; por isso, é preciso acabar rapidamente com esses boatos. Axel desconfia de toda a gente, a começar dos membros da família real que emigraram e de quem conhece o gosto pela tagarelice. Ao barão de Breteuil, antigo ministro de Luís XVI que se refugiara na Suíça, ordena imperativamente:

«Recomendai ao senhor de Bombelles a maior prudência e grande circunspecção relativamente ao conde de Artois. O rei teme, e com razão, que o príncipe de Condado saiba alguma coisa dos seus projectos e que esse príncipe, movido pela ambição e desejo de desempenhar um papel principal, acelere a execução do seu projecto quimérico...»([32])

Noutra carta, recomenda o mesmo a um amigo sueco, o barão de Taube:

«... Desconfiai sobretudo de todos os Franceses, mesmo dos mais bem intencionados; são de uma tal indiscrição que estragariam tudo se soubessem alguma coisa; não deixariam de contar o que sabem. O conde de Artois e o príncipe de Condado nada têm que ver com este plano.»

É com razão que Fersen desconfia de Artois; além da maldade deste para com Maria Antonieta, é um estouvado que não vê para além do seu nariz. Outra medida de precaução: a família real receberá documentos falsos, que Fersen – mais uma vez ele – arranjará; assim, Madame de Tourzel, a governanta dos infantes de França, viajará sob o nome de baronesa de Korff, o rei e a rainha passarão por criados – Maria Antonieta será uma certa dama Rochet, governanta, e Luís XVI será o valete Durand –, o delfim irá disfarçado de menina. Os outros membros do séquito terão igualmente identidades falsas.

Todas as disposições tomadas por Fersen são comunicadas diariamente a Maria Antonieta; através de uma entrada secreta, Axel infiltra-se nas Tulherias e encontra-se com a rainha no seu quarto. Enquanto Luís XVI, sempre muito apático, se interessa muito pouco pela actividade do sueco, Maria Antonieta, pelo contrário, vê nele a sua última esperança. A rainha aprova de todo o coração as ideias que o amante lhe propõe e demonstra-lhe total confiança. Não ignora os riscos que ela e o marido vão correr na fuga, mas, uma vez mais, socorre-se da sua coragem. De qualquer modo, não tem escolha. Esta carta, enviada a Mercy--Argenteau, dá provas da sua lucidez:

«Compreendo perfeitamente todos os perigos e riscos que corremos neste momento. Mas vejo em toda a parte coisas tão assustadoras à nossa volta que mais vale morrer tentando a salvação do que deixar-me esmagar numa passividade total. A nossa situação é tal que aqueles que a não podem ver não fazem ideia. Para nós, só há uma alternativa: ou fazer

---

([32]) O príncipe de Condado constituíra um exército de emigrados com o objectivo de salvar a monarquia, mas não tinha qualquer ideia de organização nem de estratégia.

cegamente tudo o que os revoltosos exigem, ou morrer pela espada que está sempre suspensa acima das nossas cabeças. Sabeis que, enquanto pude, defendi a brandura, a paciência e a opinião pública; mas hoje, tudo mudou: ou morremos ou temos de fazer a única coisa que nos resta... Se tiver de morrer, será pelo menos com glória e tudo tendo feito pelos nossos deveres, honra e religião... Penso que as províncias estão menos corrompidas do que a capital, mas continua a ser Paris que dá o tom ao reino; os clubes e as afiliações controlam toda a França... Quando o rei puder mostrar-se livremente numa cidade forte, ficaremos espantados com o número de descontentes que aparecerão e que, até então, gemiam em silêncio; mas, quanto mais demorarmos, menos apoio teremos...» Trata-se de frases de um realismo surpreendente numa mulher durante tanto tempo indiferente à política. A «cabeça ligeira» da rainha está agora bem cheia!

Por se dar conta da gravidade da situação, Maria Antonieta está decidida a arriscar tudo e deposita o seu destino e o da sua família nas mãos de Axel. Teria ela a mesma atitude em relação a outro homem? Se, no seu coração, confia tão cegamente no conde, não será porque o ama? Conhecendo o carácter da rainha, duvidamos que os seus sentimentos lhe tenham influenciado o julgamento. Mas o instinto não a enganou; Fersen, pela sua incansável actividade durante estas semanas de crise, pela minúcia com que preparou a fuga, pelos riscos que correu, justificou as esperanças em si depositadas. Na sua atitude, podemos ver também a manifestação de um amor sincero; este amor deu-lhe força para ultrapassar todos os obstáculos e alimentou-lhe a fé no sucesso.

Depois de ter sido adiada várias vezes, a partida é marcada para 20 de Junho. Além do casal real e dos filhos, Madame Isabel, a irmã do rei, Madame de Tourzel, a governanta, três antigos Guardas do Corpo e duas camareiras fazem parte da equipa. Ao todo, onze pessoas, uma verdadeira delegação! O que não é aconselhável quando se quer passar despercebido. Fersen desejava acompanhar a família real até que esta se encontrasse fora de perigo, mas, estranhamente, Luís XVI opõe-se. Não quer, diz ele, expor mais a vida do coronel sueco. Será essa a única razão da sua recusa, ele, que habitualmente acede a todos os desejos do seu círculo? Não se tratará antes de um acesso de dignidade relativamente a Fersen, que ele suspeita ser amante da sua mulher? Seja como for, Fersen despede-se do casal real, que só voltará a ver à noite. Ao deixá-lo, Maria Antonieta olha-o demoradamente e não consegue reter as lágrimas.

Maria Antonieta

Voltando a casa, Fersen veste um fato de cocheiro, que lhe permitirá conduzir um fiacre anónimo sem levantar suspeitas. Continua febril e há muito que não goza um momento de descanso. O diário de Fersen esclarece-nos sobre a sua actividade durante os dias que precederam a fuga da família real:

«Quinta-Feira, 16 de Junho – Em casa da rainha às 9h30; eu próprio transportei alguns bens. – Não suspeitam de nada, nem na cidade.

«Sexta-feira, 17 de Junho – Em Bondy e Bourget para reconhecer o princípio do caminho.

«Sábado, 19 de Junho – Levei 800 libras e os selos. Fiquei no palácio das onze até à meia-noite.»

Estas poucas linhas, por muito lacónicas que sejam, esclarecem-nos sem equívoco sobre a frequência dos encontros entre Maria Antonieta e Fersen, e verificamos que passam longos momentos juntos. Não há dúvida de que o sueco aproveita estes encontros para apaziguar as inquietações da rainha, para lhe afirmar, mais uma vez, que ela é o único amor da sua vida, e para a ouvir dizer o mesmo. Passar-se-á então mais alguma coisa entre eles? Como é óbvio, é impossível dizer com rigor, mas, independentemente do comportamento que tivessem tido, o par vai dar uma nova prova de amor nas horas que se seguirão.

Na noite de 20 de Junho, depois de ter acalmado a desconfiança do seu círculo, Maria Antonieta vai buscar os filhos e a governanta e encontra Axel, disfarçado de cocheiro, a quem vai confiar o delfim e a irmã. Apesar do risco de ser reconhecida, a rainha quis acompanhar o grupo até ao fiacre que os irá levar e observa-os a afastarem-se. Imaginamos a sua angústia no momento em que vê os três seres que mais ama no mundo a embrenharem-se nas trevas da noite. De facto, tinha de confiar em Axel para o encarregar de tal missão! Uma confiança que só o coração de uma mulher apaixonada pode sustentar...

Sair do palácio das Tulherias, cujas portas são fortemente vigiadas, não é uma operação fácil. A custo de vários alertas, cada um do seu lado, o rei e a rainha acabam por juntar-se a Fersen e aos filhos e vão transpor a barreira de Saint-Martin, mas já levam quase duas horas de atraso em relação ao horário previsto, atraso que, depois, terá pesadas consequências...

É em Bondy que Fersen tem de se separar dos fugitivos, conforme a vontade de Luís XVI. No momento de deixar a rainha, Fersen lança

Assalto à Austríaca

com uma voz forte: «Adeus, Madame de Korff!» Trata-se de enganar eventuais testemunhas, mas o olhar que troca com Maria Antonieta é mais eloquente do que todos os discursos.

Conhecemos o triste fim da aventura e a má sorte que se abateu sobre os fugitivos. Mas o azar não foi o único culpado. Vale a pena evocar resumidamente as razões da detenção da família real, quando esta já se encontrava apenas a dezasseis léguas de Montmédy, ou seja, da liberdade! Em primeiro lugar, como dissemos, o atraso cada vez mais acumulado, durante o trajecto, pela pesada berlinda, mas também a imprudência de Luís XVI, que, a cada muda de cavalos, com a sua bonomia habitual sente a necessidade de tagarelar com toda a gente. Deve ter-se feito notar, pois não sabia comportar-se de outra maneira. Além disso, na hora que se seguiu à detenção, com um pouco de audácia e, sobretudo, mais espírito de decisão, o rei poderia ainda ter salvo a família da sorte que a esperava, tivesse ele seguido o conselho do marquês de Damas, que vinha ao encontro deles com os seus hussardos. E, sobretudo, que dizer da apatia das tropas encarregadas de escoltar os fugitivos a partir de Saint-Menehould, das hesitações do general de Bouillé, da sua passividade face ao facto consumado, quando dispunha de tropas suficientemente numerosas para salvar a situação? A esta acumulação de erros, hesitações e contra-ordens, acrescenta-se uma asneira da própria Maria Antonieta. Por que aberração teria ela necessidade de contar o segredo a Léonard, o seu cabeleireiro? Pior ainda, de o mandar à frente, para que a esperasse em Montmédy? Nesta altura, a razão é pouco credível; a rainha, mesmo em fuga, queria ser penteada como o seria em Versalhes e só um «artista» possuía o segredo de lhe adornar o rosto como gostava. O senhor Léonard. É verdade que o penteado da rainha, como sabemos pelos seus retratos, era o resultado de engenhosos «alicerces», mas valeria isso o risco? Tanto mais que Léonard, orgulhoso da confiança de que é objecto, se arma em agente secreto, multiplica as *gaffes* e contribui também para semear a desconfiança entre os destacamentos disseminados ao longo do caminho.

Não se pode refazer a História, mesmo que se diga que bastava muito pouco para que a fuga resultasse e a face da França e da Europa tivesse mudado. Enquanto Luís XVI era detido, o seu irmão, conde de Provença, e a respectiva esposa passavam a fronteira sem problemas. Do mesmo modo, Fersen, após ter deixado a família real em Bondy, galopa em direcção à Bélgica, chega a Mons e espera, nos cuidados que se adivinha, notícias da amada. Na manhã de 23 de Junho, em Arlon, encontra Bouillé; este conta-lhe o sucedido e Fersen fica de rastos. «Está tudo perdido. Pensai na minha dor e apiedai-vos de mim...», escreve ele ao pai.

O destino reservado a Maria Antonieta ocupa-lhe os pensamentos; dirige críticas a si mesmo; não foi ele que a instigou a fugir, assumindo assim a responsabilidade da aventura? Comunhão miraculosa entre dois seres que se amam: no mesmo momento, Maria Antonieta, num tom angustiado, pergunta ao duque de Choiseul, que acompanha o regresso dos fugitivos:

«Achais que o conde de Fersen se salvou?»

Pouco mais tarde, quando a informam de que o conde está fora de perigo, um alívio indizível enche-lhe o coração de alegria. Muito longe de lhe criticar o papel que desempenhou na fuga, a rainha verá aí, pelo contrário, mais uma manifestação de amor. O próprio Fersen, a 20 de Junho de 1794, dia de aniversário da partida das Tulherias, escreverá no seu Diário:

«Passei a noite a pensar que naquela época, em 1791, estava ocupado com a fuga do rei e da rainha. Esta recordação causa-me fortes remorsos. Que diferença para mim e para toda a Europa se eu tivesse tido êxito e se o Senhor de Bouillé não tivesse falhado a sua missão por estupidez e negligência, e, depois, pela falta de presença de espírito do seu filho em Varennes.»

Ainda que profundamente abatido, Fersen não se deixa vencer pela infelicidade. Achando que, agora, a salvação só podia vir de uma intervenção estrangeira, vai percorrer as capitais da Europa em busca de apoio para o casal real. Por discrição, não pode expressar o seu desgosto; só à irmã Sofia o confidencia:

«... Este é o primeiro momento de tranquilidade que vos pude dar e o meu coração bem precisa dela; o vosso deve sentir tudo o que o meu sente de desgosto... No entanto, não perderei a coragem e estou decidido a sacrificar-me por eles e a servi-los enquanto houver ainda alguma réstia de esperança; só esta ideia me faz resistir... Ficarei aqui mais sete ou oito dias, irei ainda a Aix-la-Chapelle e, daí, a Viena...»

Em Aix-la-Chapelle, espera encontrar-se com o rei Gustavo da Suécia e, em Viena, com o imperador Leopoldo, irmão de Maria Antonieta; o objectivo de Fersen é, obviamente, conseguir o apoio destes dois soberanos para preparar uma nova evasão de Luís XVI e Maria Antonieta.

Enquanto o fidalgo sueco teme pela mulher que ama, esta tem de passar por um autêntico calvário: o regresso a Paris, debaixo das ameaças e insultos de uma populaça enraivecida. Evidentemente, é sobre ela que se abate a vindicta geral, enquanto, debaixo de um calor escaldante, a berlinda se encaminha para Paris. Ao passar em Châlons pela Porta Delfina, edificada em sua honra há vinte anos, com que amargura Maria Antonieta deve rever aquela multidão em júbilo, que antes a aclamara e lhe jurara amor eterno; cruel ironia de um destino que a princesa certamente não teria previsto... Nesta mesma cidade de Châlons, três comissários, enviados pela Assembleia Nacional, Barnave, Pétion e Latour-Maubourg, juntam-se à família real. Os primeiros contactos são reservados, mas o encanto de Maria Antonieta depressa surte efeito, em especial sobre o jovem Barnave, o que, mais tarde, dará crédito a suposições tão ridículas quanto erróneas. A pouco e pouco, o clima acalma-se e é num tom amistoso que o casal real conversa com Barnave e Pétion; trágico paradoxo da época, independentemente do campo a que pertençam, nenhum dos quatro interlocutores sobreviverá à implacável máquina assassina em que se tornará a Revolução...

Em Dormans, apresenta-se uma última oportunidade de evasão: o filho do *maire* propõe ao rei uma fuga pelo rio Marne. Mas Luís XVI está mais apático do que nunca; só os momentos das refeições o fazem sair do torpor. Rejeita, pois, a ideia de se evadir, declarando: «Confio na minha boa cidade de Paris.»

25 de Junho é a última etapa da provação infligida a Maria Antonieta; em redor da berlinda, o ódio das populações não diminuiu. Esperando acalmar a fúria do povo, a rainha exibe-lhe o delfim, o que lhe vale um insulto que a faz desfazer-se em lágrimas:

«Ela bem nos pode mostrar o filho, pois sabemos que não é do gordo Luís!», grita uma das peixeiras.

Finalmente, às sete da tarde, a berlinda chega às Tulherias, oferecendo algumas horas de repouso a Maria Antonieta. Nos dias seguintes, a campanha contra a rainha vai atingir o cúmulo do terror. Assim escreve o jornalista Fréron:

«Foi-se embora, esta rainha celerada que reúne a lascívia de Messalina e a sede de sangue de Médicis! Mulher execrável, fúria da França, eras tu a alma da conspiração!»

Este «trecho» de antologia revolucionária não impedirá o senhor Fréron de virar a casaca várias vezes, conforme as circunstâncias. Se a rainha é acusada de ser responsável pela tentativa de evasão, o nome de Fersen é-lhe associado. O jornal *La Chronique de Paris* escreve: «O coronel de Fersen, sueco, cujas ligações tanto deram que falar, liderou todo o plano de evasão.»

O partido revolucionário não é, aliás, o único a verter a sua bílis sobre Fersen; entre os emigrados, dos quais nenhum mexeu um dedo para ajudar o rei, alguns criticam a acção do coronel sueco e censuram-no por ter arrastado a família real por uma via sem saída. Censuras injustificadas, já que, durante esse tempo, Axel multiplica os esforços para salvar o casal real. Em 27 de Junho, escreveu a Maria Antonieta perguntando-lhe se devia retomar as negociações com as cortes estrangeiras; a sua carta termina com esta frase elucidativa: «estou bem e vivo apenas para vos servir».

Alguns dias depois, é com viva emoção que recebe finalmente notícias da rainha. Num bilhete redigido em linguagem cifrada, com data de 28 de Junho, ela diz-lhe:

«Não vos preocupeis connosco; estamos vivos. Os líderes da Assembleia parecem querer ter uma conduta delicada. Falai aos meus parentes sobre possíveis acções no exterior. Se tiverem medo, é preciso negociar com eles.»

As provações destes últimos anos abriram-lhe os olhos sobre a ingratidão dos soberanos da Europa; a este respeito, a última frase da sua carta é eloquente.

No dia seguinte, nova carta da rainha, muito mais terna do que a anterior e que nos lembra que, mesmo no meio de provações, o coração da rainha continua a bater por Axel:

«Vivo. Fiquei muito preocupada convosco e peço-vos perdão por tudo que haveis sofrido por falta de notícias nossas. Permitirá o Céu que esta chegue até vós? Não me escreveis, pois isso seria expor-vos, e, sobretudo, não voltai sob nenhum pretexto. Sabe-se que fostes vós que nos haveis tirado daqui; tudo estaria perdido se morrêsseis. Somos vigiados, dia e noite; não me importa. Ficai tranquilo, nada me acontecerá; a Assembleia quer tratar-nos com delicadeza. Adeus, não poderei mais escrever-vos...»

Como é comovente este bilhete, em que esta mulher, que se debate com temíveis perigos, pensa antes de tudo na sorte do homem que ama e, inconsciente do seu destino pessoal, lhe recomenda que não tente partilhá-lo.

Assalto à Austríaca

Embora tenha decidido não mais lhe escrever, pois todas as suas cartas podiam ser interceptadas e fazê-lo correr novos riscos, o seu coração transborda demasiado de afecto para que lhe consiga reprimir os batimentos. No dia 4 de Julho, dirige a Fersen estas linhas que nos dizem sem ambiguidade aquilo que sente:

«Não pude dizer que vos amo e nem tinha tempo para isso. Estou bem. Não vos preocupeis comigo. Bem desejaria saber-vos igual. Escrevei-me em código pelo correio: enviai a correspondência ao Senhor de Brouine e um duplo envelope ao Senhor de Gougens. Dizei ao vosso valete para escrever os endereços. Dizei-me para onde remeter aquilo que lhe puder escrever, pois já não posso viver sem isso. Adeus, o mais amado e o mais amante dos homens. Abraço-vos com todo o coração.»

Esta carta, na sua simplicidade comovedora, na expressão de uma franqueza sem grandes precauções, é uma resposta àqueles que, ao longo dos séculos, puseram em dúvida a paixão de Maria Antonieta por Fersen, que diziam que ela se intimidava sob pretexto de que essa paixão lhe podia prejudicar a reputação, enquanto que, pelo contrário, a sublimava.

Aliás, os sentimentos que guarda no coração não a impedem de usar todas as suas forças na defesa da coroa. Alguns dias depois de escrever a carta que acabámos de citar, a rainha envia outra a Fersen, que reflecte o seu ponto de vista sobre os acontecimentos:

«O rei deseja que o seu cativeiro seja bem conhecido e bem constatado pelas potências estrangeiras, que a boa vontade dos seus parentes, amigos e aliados, bem como dos outros soberanos, se manifeste por uma aliança, apoiada num forte exército que se mantenha suficientemente à distância para não provocar crimes ou massacres. O rei pensa que um pleno poder ilimitado seria perigoso para ele no estado de degradação total em que a Assembleia deixou a monarquia, não lhe deixando exercer já qualquer acto.»

Deste modo, Maria Antonieta parece querer pactuar com os seus inimigos, em vez de lhes declarar guerra. No entanto, não esqueceu as humilhações que lhe foram infligidas nem as injúrias de que foi alvo. Mas, no estado em que se encontra o poder real, poderia ela agir de outro modo? Aquilo que conhecemos do seu carácter impetuoso, que contrasta tão claramente com a «sonolência» do marido, permite-nos pensar que teve de fazer um violento esforço interior para não exprimir aquilo que lhe ia em pensamento. Não há dúvida de que nas frases da rainha devemos ver a intervenção de Barnave; desde o regresso de

Varennes que o jovem deputado do Delfinado dá mostras de afeição pela família real e, mais especialmente, por Maria Antonieta. É muito provável que ele tenha cedido ao charme da rainha, facto que esta terá percebido e do qual se aproveitou. Mas as relações da rainha com o deputado ficam por aqui. Mais tarde, na carrada de maledicências que a História arrastou, os adversários da rainha lançarão o rumor segundo o qual ela teria comprado com o corpo a complacência de Barnave.

Por um reflexo natural de salvaguarda, sentindo que a disposição de Barnave é melhor do que a dos outros, Maria Antonieta agarra-se a esta esperança como um náufrago se agarra a uma bóia de salvação. Decidida a colmatar a fraqueza do rei, logo no dia seguinte ao regresso de Varennes, a rainha levanta novamente a cabeça. Considera os acontecimentos com lucidez, como demonstra esta carta dirigida, no início de Julho, ao general de Jarjayes, que ela sabe ser próximo de Barnave:

«Desejo que procureis Barnave da minha parte e lhe digais que, sensibilizada pelo carácter que lhe reconheci nos dois dias que passámos juntos, desejo muito que ele me diga o que devemos fazer na situação actual. Tendo muito reflectido desde o meu regresso sobre a força, o senso e o espírito daquele com quem falei, achei que só tinha a ganhar em estabelecer uma espécie de correspondência com ele, com a condição, porém, de dizer sempre francamente o que penso...»

Sem se fazer rogado, Barnave agarra a mão que lhe é estendida e não teme defender abertamente o rei e a rainha diante da Assembleia. Todavia, o deputado põe uma condição absoluta para esta devoção à coroa: o casal real tem de aderir à nova Constituição, *sem segundas intenções...* É precisamente aqui que está o busílis; realmente, de segundas intenções está a cabeça de Maria Antonieta cheia. De tal modo que Fersen não lhe escondeu que ficara desorientado com a nova atitude da rainha e que pactuar com os Constitucionais era pactuar com o diabo. Talvez tenha também ciúmes das relações de confiança que parecem estabelecer-se entre Barnave e Maria Antonieta. Os rumores ultrapassam as fronteiras e diz-se com insistência que o deputado está apaixonado pela rainha. É claro que isto não agrada a Axel, que, por momentos, se sente esquecido. Mas não, pelo contrário: privada durante algum tempo de notícias do jovem sueco, pois a correspondência deles estava sujeita às contrariedades da clandestinidade, a rainha inquieta-se e pergunta por ele ao conde Esterhazy. À carta, a rainha junta dois anéis, um deles destinado ao seu amor:

Assalto à Austríaca

«Se lhe escreverdes, dizei-lhe que nem as distâncias nem os países podem apartar os corações; cada vez estou mais disso convencida. O anel embrulhado no papel é para ele; fazei-lo chegar por mim; serve-lhe bem; usei-o dois dias antes de o embalar. Mandai-lo da minha parte. Não sei onde ele está, é um terrível suplício não ter quaisquer notícias e nem sequer saber onde estão as pessoas que amo...»

Portanto, mesmo no meio dos seus tormentos, o pensamento de Axel não abandona o espírito de Maria Antonieta. Como ela precisava que Axel estivesse junto de si nestes dias em que se joga a sua sorte, do rei e do regime. Mas Fersen, durante este tempo, continua as suas peregrinações através da Europa, batendo a todas as portas na esperança de encontrar ajuda. É uma demanda decepcionante, pois os «colegas» de Luís XVI mostram muito pouca vontade de ir em seu socorro. Até o imperador Leopoldo, irmão de Maria Antonieta, multiplica as evasivas, para grande desespero de Fersen. Por outro lado, reunidos em torno do conde de Provença e do conde de Artois, pelas suas bravatas e declarações irreflectidas, os emigrados contribuem para que a opinião pública fique ainda mais contra o rei e a rainha. O comportamento dos dois irmãos do rei é, pelo menos, equívoco. Parece que, para o conde de Provença, a ideia de substituir o irmão mais velho no trono de França o seduz cada vez mais. Como sabemos, consegui-lo-á muito mais tarde e a grande custo...

Quando pensa no abandono a que ela e o marido foram votados por aqueles que os deviam defender, Maria Antonieta convence-se de que a salvação só pode vir agora de uma intervenção estrangeira. Vai então esperar por ela, mas, entretanto, é preciso ganhar tempo, alimentar a confiança da Assembleia e convencer Barnave e os seus amigos de que partilha das suas teorias, enquanto que, no íntimo os, trata a todos como celerados e as suas ideias como criminosas.

Não julguemos com demasiada severidade a duplicidade que inspira as acções da rainha. Consideremos antes a situação dramática em que ela se encontra; trata-se de uma mulher que tem de se debater sozinha contra as piores ameaças. Cercada de inimigos obcecados por a desgraçarem, com um marido que aceita de bom grado as piores afrontas e que engole sapos com o mesmo apetite com que devoraria um capão, que pode ela fazer? E, na falta de força, como não recorreria à astúcia? Ao pedir ajuda aos exércitos estrangeiros, entrega certamente a França à cobiça destes, o que lhe será justamente criticado, mas, embora

177

Maria Antonieta

nunca tenha cortado o «cordão umbilical» com o seu país de origem, Maria Antonieta não tem as mesmas concepções políticas que temos hoje: a ideia de «pátria», tal como a concebemos, é-lhe desconhecida. Para ela, a pátria é o domínio real, a propriedade pessoal do soberano; deste modo, quando um partido pretende substituir a autoridade real, Maria Antonieta julga-se autorizada a usar todos os meios. Juízo discutível; a posteridade acusará Maria Antonieta de traição, e não se pode contestar esta acusação, mas podemos, pelo menos, considerar que tem direito a circunstâncias atenuantes. Acrescente-se que não foi a primeira soberana a pedir ajuda ao estrangeiro; após a morte de Henrique IV, a sua viúva Maria de Médicis não terá qualquer pejo em admitir no Conselho os embaixadores de Espanha e de Florença!

Ainda que refute profundamente as teorias de Barnave, ainda que considere com horror a Constituição que a Assembleia quer impor ao rei, Maria Antonieta é obrigada a aconselhar o rei a aceitá-la. É uma admissão provisória, que o rei depois rejeitará quando puder. Então, enquanto espera por dias melhores, Maria Antonieta pratica este jogo duplo, mas sofre das feridas do seu orgulho. A 14 de Setembro de 1791, diante da Assembleia, o rei sofreu uma humilhação que mergulhou o casal real no desespero. Maria Antonieta, que recebeu finalmente notícias de Fersen, conta-lhe o que se passou. Pelo tom da rainha, Axel percebe que ela está profundamente perturbada:

«Recebi a vossa carta de 28 de Julho. Há dois meses que não tinha notícias vossas, ninguém sabia onde estáveis. Pensei em escrever a Sofia, se soubesse o seu endereço, para que me dissesse onde estáveis... Encontramo-nos numa nova situação, desde a aceitação do rei; recusá-la teria sido mais nobre, mas, nas circunstâncias actuais, isso seria impossível. Gostaria que a aceitação tivesse sido simples e mais curta, mas estamos cercados de celerados; digo-vos que foi a coisa menos má por que passámos. Sabê-lo-eis um dia, pois guardo-vos tudo o que[33]... tive a felicidade de reencontrar, pois tem papéis vossos. A loucura dos príncipes e dos emigrados também justificou as nossas acções; ao aceitar, era essencial afastar qualquer dúvida de que isso não fosse de boa-fé. Creio que a

---

[33] Várias palavras apagadas. Por um sentimento de discrição, os herdeiros de Fersen censuraram várias cartas da rainha a Axel, quando não as destruíram pura e simplesmente.

melhor forma de conseguir isso é parecer estar completamente comprometido... De resto, apesar da carta que os meus irmãos escreveram ao rei e que, diga-se já, não teve o efeito que esperavam, não vejo que o auxílio estrangeiro esteja muito próximo. Talvez seja bom, pois quanto mais avançarmos, mais estes patifes sentirão as suas desgraças... Quando chegardes a Bruxelas, escrevei-me; escrever-vos-ei simplesmente, pois tenho uma via segura sempre às minhas ordens. Não imaginais como me custa tudo o que faço neste momento, e esta vil raça de homens, que se dizem leais e que só nos fizeram mal, está agora enraivecida; parece que temos a alma suficientemente baixa para fazer com prazer tudo aquilo que nos obrigam. Foi a conduta deles que nos colocou na posição em que nos encontramos...»

Esta carta justifica que citemos largos trechos dela, pois resume o estado de alma de Maria Antonieta; finge submeter-se, mas está decidida a retomar o combate assim que for possível; cede, mas não abdica.

E Fersen compreende isso; é o que se pode concluir da resposta que ele envia de Viena, a 8 de Outubro:

«Eis-me de volta([34])... Lamento que tenhais sido forçados a sancionar, mas compreendo a vossa posição, é terrível e não havia alternativa. Resta-me o consolo de algumas pessoas sensatas serem da mesma opinião; mas que ireis fazer? Estará tudo perdido? Se possível, não vos deixeis abater e, se quereis ser ajudados, espero que o possais... Eis algumas questões às quais é necessário responder:

«1.º – Contais comprometer-vos sinceramente com a Revolução e acreditais que não há outro meio?

«2.º – Quereis ser ajudados, ou quereis que se pare as negociações com as Cortes?

«3.º – Tendes um plano, e qual?

«Perdoai-me todas estas perguntas; deveis ver nelas apenas o desejo de vos servir e uma prova de fidelidade e devoção ilimitadas.»

No dia 14 de Setembro, ao regressar às Tulherias, o rei, que se esforçava por esconder os seus sentimentos sob um aparente bom humor, desfaz-se em lágrimas:

«Fostes testemunha desta humilhação! Viestes vós a França para assistir a isto!», murmura ele a Maria Antonieta entre dois soluços.

([34]) Palavras riscadas.

Maria Antonieta

 Comovida com o súbito desespero deste homem, a rainha toma-o nos braços e tenta acalmá-lo. Ainda que o seu coração pertença a Axel, sente agora uma verdadeira ternura por aquele marido incapaz, mas de quem conhece a generosidade. Se, por vezes, Maria Antonieta passa por momentos de fraqueza, sabe que tem de encontrar no coração novos recursos para lutar contra a má sorte, já que, para este combate, só pode contar consigo mesma. Assim, continua o seu caminho perigoso, que consiste em jogar com um pau de dois bicos, esperando a intervenção salvadora do estrangeiro. É um jogo perigoso que pode ser descoberto a qualquer momento, jogo certamente condenável no plano da moralidade, mas que, dadas as circunstâncias, se pode explicar. Assim, a 20 de Outubro, a rainha escreve a Barnave:

 «Quando iniciei a minha correspondência com os Senhores[35], coloquei nela toda a minha franqueza e colocá-la-ei em tudo, pois esse é o meu carácter. Sacrifiquei todas as minhas ideias. Nenhum segundo pensamento seguiu as minhas acções. Dizia para mim própria "é o meu dever", e esta ideia consolava-me.»

 Ao mesmo tempo que declara a sua *boa-fé*, Maria Antonieta escreve a Fersen:

 «Não vos preocupeis, não me entrego aos raivosos, e se os vejo e se tenho relações com alguns deles, é apenas para deles me servir, e todos me inspiram demasiado terror para alguma vez me entregar.»

 Maria Antonieta é muito clara, e imaginamos como teve de forçar a sua natureza para dirigir sorrisos e palavras amáveis a pessoas que ela detesta e nas quais pressente desígnios assassinos.

 A 2 de Novembro, numa nova carta a Fersen, a rainha volta a descrever o seu estado de alma:

 «Ficai tranquilo, nunca me entregarei aos raivosos; tenho de me servir deles para evitar males maiores; mas, para o bem, sei que não são capazes de o fazer.»

 Se estes bilhetes caíssem nas mãos dos «raivosos» em causa, não ficariam certamente muito contentes, por isso, Maria Antonieta usa tinta incolor na sua correspondência, o que não deixa de lhe criar problemas; por vezes, o revelador utilizado não consegue fazer aparecer a escrita camuflada e a infeliz rainha tem de se debater com dificuldades para as quais não estava preparada. A Axel, confidencia o seu desespero:

---

[35] Os deputados constitucionais.

«Enviai-me imediatamente, pela posta, a maneira como usar esta água e a sua composição, para que, se for má, possamos mandar fazer outra... Adeus, estou cansada por causa da escrita; nunca fiz muito isto e receio sempre esquecer ou fazer alguma asneira...»

«Nunca fiz muito isto...» Como vai longe o tempo da arrogância, o tempo em que tudo, pessoas e acontecimentos, devia obedecer a seu bel--prazer, e que lassidão nesta confissão! Pobre mulher, abalada pelas circunstâncias, abandonada por todos, separada do homem que ama, que não pode largar nem por um momento o peso que carrega aos ombros... Pobre princesa, muito pouco feita para esta luta feroz, para este jogo do gato e do rato de que é vítima... Escutemos a voz dos seus inimigos: ela só tem o que merece, foi inconsequente, só pensou nos seus prazeres e nunca nas misérias do povo, inspirou ao rei uma política funesta, ainda hoje engana o seu mundo ao fingir aceitar a Revolução para melhor a estrangular... Tudo isto é exacto se nos colocarmos no plano estritamente político, se considerarmos apenas os factos históricos; mas, de um ponto de vista humano, o julgamento já não é assim tão fácil. Se ouvirmos o bater do coração da rainha, percebemos que os seus impulsos a levam para a generosidade e que a falta de educação política é a grande responsável pelos seus erros. Imaginemos o que poderia ser esta educação, em meados do século XVIII, numa corte tão arcaica como as dos Habsburgos, imaginemos as ideias antiquadas, os princípios retrógrados que lhe teriam inculcado, a crença segundo a qual as famílias reais só prestavam contas a Deus, por intermédio de um confessor, também ele fechado a qualquer evolução. Um século antes, se tivesse desposado um neto de Luís XIV em vez de um neto de Luís XV, Maria Antonieta teria vivido dias felizes obedecendo aos caprichos do seu carácter. O drama da sociedade do Antigo Regime é o facto de nada ter compreendido da sua época e ter dado más respostas às questões levantadas pela evolução das ideias e dos sentimentos. Maria Antonieta, na falta de inteligência política, tem pelo menos o mérito de se comportar como uma mãe corajosa e de se bater com unhas e dentes para salvar a sua família.

No regresso do calvário de Varennes, quando a rainha tira o chapéu frente a Madame Campan, esta não consegue reter um grito de susto: em poucas horas, os cabelos da rainha tornaram-se brancos... Que melhor resposta pode ela dar aos que a acusam de ser insensível?

Outra carta da rainha descreve-nos os tormentos e as contradições com que se debate, carta a Fersen, evidentemente, pois só nele confia totalmente:

Maria Antonieta

«Guardo-vos, para o ditoso tempo em que nos voltaremos a ver, um volume de correspondência muito curiosa, e tanto mais curiosa já que finge fazer justiça àqueles que nela tomaram parte; ninguém suspeita disso e, se se falou, foi tão vagamente que se misturou às mil e uma parvoíces que se dizem todos os dias... O Senhor de Mercy parece querer vir a Paris; nesta altura, seria um grande erro, pois reavivaria ainda mais a raiva dos emigrados contra o Imperador[36] e contra mim... A nossa situação está um pouco melhor; parece que tudo o que se chama constitucional se une para organizar uma grande força contra os republicanos e os jacobinos... Estes fazem todas as atrocidades de que são capazes, mas, nesta altura, só têm por si os bandidos e os celerados; digo nesta altura, porque, neste país, tudo muda da noite para o dia... Compreendeis a minha posição e o papel que sou obrigada a desempenhar durante todo o dia? Por vezes, nem me entendo a mim mesma e sou obrigada a reflectir para ver se sou eu realmente quem fala. Mas acreditai que estaríamos muito pior do que estamos se eu não tivesse tomado logo esta opção. Assim, pelo menos ganhamos tempo, é o que é preciso. Como ficaria feliz se, um dia, voltasse a ter poder suficiente para provar a todos os patifes que não fui a sua lorpa. Que pena o Imperador nos ter traído! Se nos tivesse bem servido, a aliança poderia ser criada no próximo mês. Aqui, a crise avança rapidamente e talvez chegue antes da aliança; então, que abrigo teremos nós? Como vai a vossa saúde? Por mim, estou melhor do que devia, apesar da prodigiosa fadiga de espírito que sinto; não tenho um momento para mim, entre as pessoas com quem tenho de falar, a escrita e o tempo que passo com os meus filhos. Esta última ocupação é a única coisa que me faz feliz e, quando estou muito triste, pego no meu filhinho ao colo, beijo-o com todo o coração e isso consola-me.»

Esta carta diz-nos claramente que os republicanos, *os raivosos*, como lhes chama a rainha, não são os seus únicos inimigos; tem também de contar com aqueles que, teoricamente, se encontram no seu campo: os dois cunhados, o príncipe de Condado, os emigrados e os outros soberanos da Europa, pouco dispostos a socorrer o casal real; estão mais interessados na forma de se engrandecerem à custa da França, o que Luís XVI e Maria Antonieta rejeitam resolutamente; por isto, deve-se fazer--lhes justiça.

---

[36] O imperador da Áustria, Leopoldo, irmão de Maria Antonieta.

X
«Fiquei lá»

Será que a Revolução terminou depois de o rei ter aceite a nova Constituição? Poder-se-ia acreditar nisso, pelo menos a julgar pelo clima de festa que subitamente se abateu sobre Paris, pelos gritos de «Viva o rei» e «Viva a rainha» que saúdam cada aparição do casal real, pelos discursos entusiastas dos deputados na tribuna da Assembleia. Este ambiente de apaziguamento deve-se, em parte, à habilidade de Maria Antonieta... e à sua má-fé! A rainha já conseguira enganar – ainda que em circunstâncias penosas, aquando do seu regresso de Varennes – não só Barnave, mas também Pétion, que, num relatório, nos oferece esta interessante visão das suas impressões:

«Notei um ar de simplicidade e de família que me agradou; já não havia representação real, havia uma candura e uma bonomia domésticas; a rainha chamava minha irmãzinha a Madame Isabel, esta respondia-lhe da mesma forma. Madame Isabel chamava irmão ao rei, a rainha fazia o príncipe dançar ao seu colo. A princesa, embora mais reservada, brincava com o irmão; o rei observava tudo isto com um ar bastante satisfeito, ainda que pouco comovido e pouco sensível.»

Pétion, bastante ingénuo – não percebe que a irmã do rei lhe faz avanços! –, é enganado pelas aparências. Pelo menos no que respeita às relações entre a rainha e a cunhada. Estas duas desgraçadas criaturas, ambas votadas a um destino funesto, arranjam sempre maneira de discutir uma com a outra. A lenda realista fez de Isabel um anjo de doçura e de bondade; mas ela não era assim, se dermos crédito a este desabafo de Maria Antonieta:

«A nossa relação é um inferno; não há forma de dizer seja o que for com as melhores intenções do mundo... A minha cunhada é de tal modo indiscreta, rodeada de intriguistas e, sobretudo, dominada pelos seus irmãos, que não há forma de falar com ela, a não ser discutir durante todo o dia.»

Para Maria Antonieta, é uma provação suplementar saber-se criticada e muitas vezes caluniada pelos mesmos que a deviam defender. Por outro lado, tem muito pouca confiança nas declarações de fidelidade de Barnave e dos seus amigos, embora se tenha apercebido do poder de atracção que exercia sobre o jovem deputado do Delfinado:

«Por agora, tudo parece tranquilo – escreve ela a Axel – mas esta tranquilidade está por um fio e o povo continua na mesma, pronto a fazer horrores; dizem-nos que ele está por nós, mas não acredito nisso. Sei o custo que isso implica; na maioria das vezes, o povo é pago e só nos ama enquanto fizermos o que quer. É impossível continuar assim durante muito tempo; em Paris, não há mais segurança do que antes, e talvez até menos, pois habituamo-nos a ser humilhados.»

É um juízo pertinente que um futuro próximo confirmará. Por seu lado, Fersen partilha o pessimismo da rainha e descreve a situação com um realismo cruel:

«Sinto perfeitamente todo o horror da vossa situação, mas ela nunca mudará sem um auxílio estrangeiro, nem pelo excesso do mal. O mal actual dará lugar a outro, mas vós continuareis infeliz e o reino dissolver-se-á. Nunca conseguireis convencer os revoltosos; têm demasiado a temer de vós e do vosso carácter. Sentem demasiado todos os seus próprios erros para não temerem a vingança e para não vos manterem no estado de capitulação em que estais, impedindo-vos até de fazer uso da autoridade que vos é confiada pela Constituição. Habituam o povo a deixar de vos respeitar e amar. A nobreza, julgando-se por vós abandonada, pensa que nada vos deve; ela agirá por si mesma, para si mesma com os príncipes, criticar-vos-á pela sua ruína e perdereis ainda a sua fidelidade, bem como a de todos os partidos, dos quais uns vos acusam de os terdes traído e os outros de os terdes abandonado. Sereis humilhada aos olhos das potências da Europa, que vos acusarão de cobardia, e a

«Fiquei lá»

fraqueza de que elas vos acusarão impedi-las-á de se aliarem a um país arruinado e sem mais nenhuma utilidade. Perdoai-me o zelo e a devoção que tenho por vós e que não parará de me animar por vós, se expus verdades duras; mas sei que sois capaz de as compreender, e nada me deterá quando for necessário servir-vos...»

Este quadro, por muito apocalíptico que seja, não surpreende Maria Antonieta; no seu íntimo, tem consciência de que luta em vão para impedir aquilo que é inevitável. Para onde quer que se volte, tem a impressão de esbarrar contra uma parede. Que pode ela fazer, entregue apenas às suas próprias forças, como que presa num torno entre interesses opostos, bode expiatório tanto para os republicanos como para os emigrados? Já não tem meios de acção nem planos; só pode navegar à vista, sujeita à boa vontade dos seus carcereiros. A esperança numa aliança europeia que obrigue os Constituintes a libertar os seus reféns – o rei e a rainha – é uma utopia, mas Maria Antonieta agarra-se a ela com a energia do desespero.

Este estado de cativa, sem que a palavra seja pronunciada, é tanto mais difícil de suportar porquanto conhecemos o seu espírito de independência e a vulnerabilidade de todo o seu ser. Além disso, sente-se só, separada de Axel, privada das amigas do coração, cuja presença, dantes, lhe era tão preciosa. Só a princesa de Lamballe deixou a Inglaterra, onde se encontrava em segurança, para se juntar à rainha, prova de fidelidade que Madame de Polignac se abstém de imitar. O que não impede que a sensível Maria Antonieta continue a tratá-la com ternura e desabafe com ela; como quando lhe escreve: «Somos vigiados como criminosos e, na verdade, esta clausura é horrível de suportar; temer incessantemente pela família, não poder aproximar-me de uma janela sem ser atacada com insultos, não poder ir à rua com as pobres crianças sem expor estes queridos inocentes às vociferações, que situação, minha querida amiga! Ainda se tivesse apenas as minhas próprias penas, mas temer pelo rei, por aquilo que se tem de mais querido no mundo, pelos amigos presentes, pelos amigos ausentes, é um peso demasiado grande para suportar; mas como já vos disse, vós, os amigos, sois o meu apoio. Adeus, minha querida amiga, confiemos em Deus, que vê as nossas consciências e sabe que somos animados pelo mais verdadeiro amor por este país. Abraços.»

Porque imagina o desespero da rainha, porque tem uma ideia precisa dos perigos que a ameaçam, porque ferve de cólera face à inércia dos monarcas da Europa e à malevolência dos próprios irmãos do rei, e também, sobretudo, porque tem a necessidade imperiosa de a rever, de a apertar nos braços, de ouvir junto a si aquela voz cantante que o exalta e encanta, Axel toma uma decisão tão imprudente quanto temerária: ir juntar-se a ela em Paris... No entanto, ao mesmo tempo que se resolve a fazer esta loucura, não interrompe a sua actividade amorosa «paralela»; é verdade que, como sabemos, esta actividade só lhe dá prazeres fugazes, mas aquelas que dela são objecto levam as coisas a sério. É o caso de Madame de Saint-Priest, a mulher do ex-ministro de Luís XVI, que, por ter sido deixada em proveito da inglesa Eleonore Sullivan, provoca uma crise de ciúmes e gaba-se de ter inspirado ao sueco sentimentos de fazer inveja a Maria Antonieta. E como ela é muito indiscreta, os seus mexericos chegam aos ouvidos de Sofia. A irmã de Axel fica preocupada e queixa-se ao irmão:

«Há uns dias, Strömfelt veio dizer-me: "A propósito, sabeis que Axel está muito apaixonado por uma inglesa? Recebi uma carta que fala disso; diz-se que Axel anda sempre com ela, nos espectáculos, no seu camarote, que ela é bonita..." "Pode ser – repliquei – mas duvido que tenha uma paixão por ela, e faz-se muitas suposições de verdades exagerando os factos." Não falei mais disso e chamo a vossa atenção, meu querido Axel, por amor d'*Ela*. Estas notícias, se *Ela* as ouvir, podem causar-lhe um desgosto mortal. Toda a gente vos observa e fala de vós. Pensai na infeliz *Ela*, poupai-lhe todos os sofrimentos, o mais mortal...»

Fersen não tem dificuldade em acalmar as preocupações de Sofia; Eleonore Sullivan não só está ao corrente do seu amor pela rainha, como também o ajuda no seu esforço para a salvar. A manifestação mais clara do seu amor não reside nesta decisão que tomou de ir a Paris? Pensemos nos riscos que corre: o seu papel na tentativa de fuga da família real é agora conhecido por todos e valer-lhe-á uma condenação à morte se for descoberto; são então a sua vida e liberdade que estão em jogo. Quando toma conhecimento do projecto, Maria Antonieta desaconselha-o vivamente a executá-lo, não que não tenha grande desejo de o rever, mas treme com a ideia do perigo a que ele se expõe. Por várias vezes, reitera-lhe os avisos, como nos é revelado no Diário de Axel:

«29 de janeiro – Carta d'*Ela*, que roga para que eu adie a viagem até que o decreto sobre os passaportes seja aprovado e a tranquilidade um pouco restabelecida em Paris. Falava-se muito da partida do rei, os documentos indicavam para Calais. Eis o fruto da indiscrição francesa,

«Fiquei lá»

aqueles que imaginaram o projecto falaram dele a toda a gente e os espiões citaram-no. Este contratempo aborrece-me.»

Nas cartas seguintes, Maria Antonieta insiste, tanto ela receia que Axel se vá atirar para a boca do lobo. «É absolutamente impossível virdes aqui neste momento», diz-lhe ela. «Seria arriscar a nossa felicidade; e quando o digo, podeis acreditar, pois tenho um extremo desejo de vos ver.»

Observemos que, a este propósito, ela agirá da mesma maneira relativamente aos seus próximos que conseguiram fugir de França; desinteressada da sua própria sorte, preocupa-se com a dos outros e, quando se trata de Fersen, o seu coração fica ainda mais aflito. Mas, em Axel, o desejo de a ver é mais forte do qualquer outra consideração. A 8 de Fevereiro, anota no seu Diário:

«Resolvi ir a Paris, por causa de uma carta da rainha que me diz que o decreto sobre os passaportes não será aprovado. Escrevi a avisá-la.»

Fersen não poderá, então, obter um passaporte regular para ir a França? Não interessa! Os amantes são temerários, entrará clandestinamente! Acompanhado de Reuterwärd, seu ajudante de campo, ambos munidos de documentos falsos, depois de terem sido parados várias vezes e pensado que chegara a sua última hora, os nossos dois viajantes clandestinos chegam a Paris na madrugada de segunda-feira, 13 de Fevereiro. Axel é portador de uma ordem de missão assinada por Gustavo II, que o acredita junto da rainha de Portugal. Naturalmente, a sua identidade, a sua ordem de missão e a assinatura do rei da Suécia, é tudo falso, feito pela própria mão de Axel. Como precaução suplementar, cobriu-se com uma peruca e vestiu um manto usado. Dir-se-ia seguirmos as peripécias de algum romance de espionagem. Andando junto às paredes, receando a todo o momento esbarrar numa figura conhecida, Fersen vai à rua Le Peletier, a casa do secretário da rainha, Senhor de Goguelat, em quem pode confiar. Goguelat diz-lhe que Maria Antonieta recebeu a sua última carta. «Sua Majestade espera-vos – anuncia-lhe ele. – Podeis encontrá-la nas Tulherias, mas esperai pela noite...»

Desde há algum tempo que um rumor persistente percorre Paris, segundo o qual a família real pensava fugir novamente. Este rumor teve como resultado que se multiplicassem os guardas à volta do palácio, mas a portinha que conduz directamente aos apartamentos da rainha, e que Fersen conhece bem, nem sempre é vigiada. Chegada a noite, é por este caminho que envereda; retendo a respiração, abafando o ruído dos seus

Maria Antonieta

passos, passa ligeiramente ao lado de vários Guardas Nacionais armados, mas nenhum o vê, e é sem problemas que chega a um pequeno salão contíguo ao quarto da rainha. Madame Thibaud, uma das criadas da soberana, está ao corrente da visita do coronel; sem demora, fá-lo entrar no quarto da rainha. Tal como antes em Versalhes, Maria Antonieta está sentada junto à lareira; preparava-se para escrever e interrompe o que fazia quando o visitante entra... Ergue os olhos para ele, aqueles olhos sempre tão ternos quando se fixam em Axel... Axel não a via desde aquela noite em que ela se afastara na grande berlinda verde que a devia conduzir à liberdade. Como ela mudou! As madeixas brancas que lhe enquadram o rosto, as rugas que percorrem a boca e a testa, a palidez da tez que contrasta tão fortemente com o brilho de outrora, tudo isto conta a Fersen o calvário sofrido pela rainha desde há mais de dois anos. Mas tal como está, esculpido pela infelicidade, esse rosto é ainda mais comovente e as lágrimas sobem aos olhos de Axel. Durante alguns instantes, olham-se intensamente, sem nada dizerem, como se a emoção que lhes enche os corações receasse que as palavras estragassem aqueles momentos de excepção. Subitamente, Maria Antonieta dá um passo em direcção a Axel; a presença deste devolveu-lhe a alegria; um sorriso de juventude invade-lhe o rosto, a voz reencontra inflexões jubilosas...

A partir deste momento, estamos reduzidos às conjecturas, já que Maria Antonieta e Axel ficaram a sós. É precisamente este encontro a sós, o mais longo do seu romance de amor, que pode guiar a nossa imaginação. Os únicos factos materiais que possuímos são de uma frieza impressionante. No seu Diário, Fersen limita-se a anotar:

«13 de Fevereiro – Fui a casa d'*Ela*, fiz o percurso do costume, com medo dos Guardas Nacionais. A sua casa estava primorosa, não vi o rei. *Fiquei lá.*»

Estas últimas palavras foram riscadas, mas não completamente, pois Alma Söderhjelm conseguiu decifrá-las.

Privados que estamos de mais informações, tentemos, porém, saber mais a partir do pouco que nos é dito. O silêncio pudico observado pelos actores da cena é, em si mesmo, revelador. Se não quiseram dizer mais é porque têm um segredo que não pretendem revelar à posteridade, o que se pode compreender. Mas, na sua brevidade, as confidências de Axel são mais significativas do que parecem à primeira vista. Assim, esta confissão, «fiz o percurso *do costume*», diz-nos que as visitas clandestinas do sueco eram frequentes, permitindo que os dois amantes se en-

«*Fiquei lá*»

contrassem a sós, à vontade. E isto não é tudo; «não vi o rei», diz-nos Fersen; com efeito, só verá Luís XVI no dia seguinte, às seis horas da tarde. Terá, portanto, ficado com Maria Antonieta *dezoito horas*, sem que a rainha tivesse achado por bem informar mais cedo o marido sobre a presença do jovem. Ora, Axel, que desde há várias semanas vem falando com soberanos da Europa, que sondou as suas intenções a respeito da família real, tem grande número de informações para comunicar a Luís XVI, e informações urgentes. Aliás, se correu o risco de ir a Paris, foi com a intenção de salvar o rei e de o convencer a tentar nova fuga. Se não tinha outras intenções, por que teria ele perdido um tempo precioso antes de lhe dar parte dos seus projectos? Por último, temos estas duas palavras, «fiquei lá», que tanto intrigaram os historiadores e que dão azo a muitas suposições. Por que terão sido riscadas? Se foi Fersen ou os seus herdeiros que tentaram apagá-las, é porque havia algo a esconder, algo que podia comprometer a rainha aos olhos da História.

São questões que, com razão, podemos levantar; mas, mais do que estas questões, mais do que as deduções que possamos fazer, aquilo que nos esclarece é o que sabemos dos sentimentos que unem Maria Antonieta e Axel. Como escreve, com muita razão, Stefan Zweig na sua biografia da rainha: «Onde acaba a investigação estritamente ligada aos factos palpáveis, começa a arte livre e alada da adivinhação psicológica.» Consideremos a situação: Maria Antonieta e Axel amam-se há mais de dez anos. Acerca deste ponto não há dúvidas, os extractos das cartas citadas neste livro não dão lugar a qualquer equívoco. E ei-los a sós, no quarto da jovem, em plena noite, sem que algum entrave lhes possa suster os desejos... Sabem que estão cercados de inimigos, a sombra da morte paira sobre os seus destinos... Não há dúvida de que se vêem pela última vez, que as palavras que murmuram, os juramentos que proferem são os derradeiros que lhes serão permitidos... Esta noite, que lhes pertence, é o último presente que a Providência lhes dá; como não teriam eles a imperiosa tentação de aproveitar? Em nome de quem ou de quê rejeitariam este momento único, que permite aos seus corpos vibrarem em uníssono com os seus corações? Por que razão imporiam um limite a esta mútua dádiva de amor que há muito fizeram?

É verdade que é bela a lenda do amor cortês, puro, cavalheiresco, mas a lenda do amor total, sem calculismo, sem restrição, sem hipocrisia, será menos bela? Aquilo que sabemos do temperamento de Maria Antonieta, da sua coragem, da sua sinceridade, da sua constante entrega

Maria Antonieta

a quem ama, diz-nos que não é mulher para recuar diante de um acto que ela aprova do fundo do coração. Sejam quais forem as críticas que se lhe possam fazer noutros domínios, nunca a poderemos acusar de falta de espontaneidade nem de ter recuado diante das convenções quando o coração a guiava. Como escreve Zweig: «Embora só atinja verdadeira grandeza nos momentos supremos, nunca foi mesquinha, nem receosa, nunca colocou qualquer tipo de honra ou de moral acima da sua própria vontade.» Então, por que teria ela recusado a suprema realização da sua paixão ao único homem que alguma vez amou?

Só que aquilo que é humildemente humano não agrada a toda a gente. Se muitos comentadores, desde há dois séculos, voltam a cara para o lado quando se trata da ligação entre Maria Antonieta e Fersen, parece que o fazem para defender a honra da rainha, segundo eles, injustamente caluniada. Da mulher de César não se deve suspeitar, mas estará a mulher de Luís XVI sujeita às mesmas obrigações? Não nos armemos em avestruzes; sabemos bem que Maria Antonieta nunca amou Luís XVI. Casada há quinze anos por razões políticas, a princesa viveu, desde os primeiros tempos de casamento, a pior das desilusões que pode ser infligida a uma rapariga da sua idade. A incapacidade de Luís se comportar como um verdadeiro marido provocou um choque indelével na sensibilidade da princesa. No seu coração, havia, portanto, um lugar vazio, lugar que o belo sueco ocupou, sem dúvida desde o primeiro encontro deles na Ópera. Se durante anos lutou contra esta atracção foi porque a educação que recebera, os princípios que lhe tinham inculcado, a isso a obrigavam. Mas depois de ter dado quatro filhos, dois deles herdeiros masculinos, à coroa de França, ou seja, depois de ter cumprido *a missão* que lhe fora atribuída, deixou de ter qualquer relação íntima com Luís. A este respeito, uma carta do seu irmão, o imperador da Áustria José II, informa-nos sobre a decisão da irmã. Segundo a sua consciência, Maria Antonieta sente-se livre para seguir os impulsos do coração... até onde a levarem. Que desonra há para uma mulher ceder a um homem que ama com todas as forças? Ir ao fundo do seu amor? É também provável que, inimiga de toda a hipocrisia, não escondesse a verdade ao marido. Como escreve uma testemunha da época, o conde de Saint--Priest: «Maria Antonieta arranjara forma de ele (o rei) aceitar a sua ligação com Fersen.»

Se tanto a intuição como a experiência da vida dão crédito à ideia de que Axel foi o amante de Maria Antonieta, outros factos mais concretos

«*Fiquei lá*»

atestam esta hipótese. Em primeiro lugar, o cuidado com que todos vestígios comprometedores desapareceram. Cinquenta anos após a morte de Fersen, quando um dos seus descendentes, o barão de Klinkowstroem, publica a correspondência e o Diário de Axel, as cartas de Maria Antonieta e as notas tomadas por Fersen durante os anos que precederam a morte da rainha desapareceram; porquê, senão para salvaguardar a lenda do amor platónico? Mais suspeito ainda: nos fragmentos de texto vindos a público, passagens inteiras são substituídas por pontos, sem que, para tal, Klinkowstroem forneça alguma explicação plausível. Este detinha os originais das cartas da rainha, das quais só publicou cópias, e eis que, no início do século XX, sentindo a morte próxima, o fidalgo sueco atira para o fogo todos os documentos piedosamente conservados por Fersen. Felizmente, algumas cartas escapam a este auto-de-fé, algumas cartas que nos transmitiram o reflexo do maravilhoso amor que habita o coração da rainha e que constitui o aspecto mais comovente da sua personalidade.

Por último, não se deve negligenciar alguns testemunhos. Além do de Saint-Priest, já citado, Talleyrand afirmava também que tinha provas de uma ligação carnal entre a rainha e o seu favorito. E sabemos que o príncipe de Bénévent está bem informado... Por outro lado, seis anos após a execução da rainha, Fersen vai representar a Suécia no congresso de Rastatt, mas Bonaparte, então primeiro cônsul, recusa negociar com ele, sob pretexto de que Fersen é um monárquico convicto e que, além disso, «dormiu com a rainha de França». Estas são as suas próprias palavras! Napoleão nunca se preocupou com perífrases! Informado das declarações de Bonaparte, Fersen achou por bem não desmenti-lo nem se indignar.

Quanto a saber quando é que as relações entre Maria Antonieta e Fersen tomaram outro rumo, é evidentemente impossível, mas podemos supor que, nessa noite de 13 para 14 de Fevereiro de 1792, Maria Antonieta e Fersen viveram os seus mais belos momentos de felicidade, conscientes que estavam de que seriam os seus últimos. E, de súbito, estas duas simples palavras, «Fiquei lá», que Fersen anota no seu Diário, surgem-nos como a mais impressionante das confissões.

Por um sentimento de pudor, que faz jus ao seu carácter, Fersen mostra-se lacónico acerca de tudo o que diz respeito à rainha, ou seja, acerca da noite de 13 de Fevereiro. Sobre o dia 14, em contrapartida, é muito mais eloquente. Sabemos que a rainha lhe fez o relato completo

Maria Antonieta

dos acontecimentos que antecederam e se seguiram à detenção da família real em Varennes. Ávido de tudo saber desta cruel provação infligida à mulher amada, Fersen interrogou-a longamente sobre as peripécias da aventura. Em especial, sobre as suas conversas com Barnave, e, pelas suas perguntas, não consegue esconder um sentimento de ciúme relativamente ao jovem deputado. Depois, por volta das seis horas da tarde, vê finalmente o rei, a quem vai expor o seu projecto: para Fersen, a salvação da família real depende apenas de uma nova tentativa de fuga, mas desta vez preparada com muito mais discrição do que a anterior. Mas deixemos ser o próprio coronel sueco a contar-nos a sua entrevista com Luís XVI:

«O rei não quer partir e não pode devido à apertada vigilância; mas, na verdade, tem escrúpulos, pois prometeu muitas vezes ficar e é um homem honesto. Contudo, consentiu, depois de os exércitos chegarem, ir com contrabandistas pelos bosques e encontrar-se com um destacamento de tropas ligeiras. Depois, disse-me: "Ah, isso, estamos sozinhos e podemos falar; sei que me acusam de fraqueza e de indecisão, mas nunca ninguém esteve na minha posição. Sei que perdi a oportunidade; sei que perdi o 14 de Julho; devia então ter partido e queria-o, mas como o fazer quando o próprio *Monsieur*[37] me rogava que não saísse e o marechal de Broglie, que comandava, me respondeu: 'Sim, podemos ir para Metz, mas que faremos quando lá chegarmos?' Perdi a oportunidade e nunca mais surgiu outra. Fui abandonado por toda a gente." O rei pediu-me que prevenisse as potências para que não se admirassem com tudo o que ele seria obrigado a fazer, que era o efeito da coacção: "É preciso que me ponham completamente de parte e que me deixem estar." Desejava também que explicassem às potências que ele só ratificara o decreto sobre os sequestros dos bens dos emigrados para os conservar, pois de outro modo seriam pilhados e queimados, mas que não consentiria que os vendessem como bens nacionais...»

Assim, Luís XVI persiste nas suas ideias. Não é o perigo que atemoriza este homem; aquilo que teme, como sempre, é a acção. Será que fecha propositadamente os olhos ou não terá consciência das ameaças que pesam sobre ele e os seus? Em todo o caso, Maria Antonieta está

---

[37] Provavelmente, o conselho do irmão do rei não estava isento de segundas intenções. Em todo o caso, ele próprio se apressou a fugir para a fronteira.

«Fiquei lá»

perfeitamente consciente disso, mas tem também consciência dos seus deveres de esposa do soberano. Metamorfose significativa, quando se estuda as suas reacções; esta mulher, que, durante tantos anos, confundiu o dever com o prazer, quando atingida pela desgraça mostra virtudes dignas de uma rainha. Não há dúvida de que, tanto no seu coração como no seu espírito, aceita a ideia do sacrifício supremo à sua causa, facto que se percebe nas conversas que tem com Fersen:

«Repito-vos o que disse, há poucos dias, ao ministro da Rússia, Senhor de Simolin: somos demasiado numerosos para nos salvarmos a todos. É o rei e o seu filho que devem ser salvos primeiro; a nação precisa deles. Por mim, nada temo. É preferível sujeitar-me a tudo do que viver mais tempo no estado de aviltamento em que me encontro; tudo me parece preferível ao horror da nossa situação.»

Quando Maria Antonieta fala em «sujeitar-se a tudo», é realmente na morte que pensa e não em pactuar com os seus torcionários. Não há dúvida nisto, já que ela acrescenta não poder suportar mais o seu «estado de aviltamento». Em desespero de causa, prefere a morte à desonra, o sacrifício à degradação... Como estes sentimentos estão longe daqueles que lhe conhecíamos...

Contemplemos o seu retrato pintado há algum tempo atrás por Kucharsky, que a explosão revolucionária impedirá o pintor de concluir; o rosto que temos diante de nós nada tem a ver com a expressão sorridente, a oval delicada, o olhar cintilante de alegria de viver que o pincel de Madame Vigée-Lebrum expôs ao público nos primeiros anos do reinado. No entanto, a verdadeira personalidade de Maria Antonieta é-nos revelada pela obra de Kucharsky. Aquilo que lemos nos olhos de Maria Antonieta, nestas horas dolorosas, revela-nos, melhor do que qualquer comentário, o seu estado de alma.

Após a sua longa conversa com os soberanos, por volta das nove horas da noite, Axel retira-se. Mais uma vez, não são necessárias grandes explicações para imaginar a tragédia que se desenrola no coração da rainha quando o homem que ama se afasta; não precisamos de documentos escritos para perceber o desespero da rainha ao pensar que nunca mais o verá, que Axel leva consigo os seus últimos sonhos... Fersen declarou-lhe que se dirigiria para sudoeste, pois tinha de cumprir uma missão na Corte de Portugal. Na verdade, não faz nada disso, e, em tais circunstâncias, podemos lamentar a mentira de Axel e, ao mesmo tempo, compreender as suas razões. Precisa de alguns dias, o tempo de o

Maria Antonieta

embaixador da Suécia lhe arranjar um verdadeiro passaporte para substituir os documentos falsos com que até então circulava. Ora, na situação precária em que se encontra, corre o risco de ser detido a qualquer momento; precisa então de um abrigo seguro. Vai encontrá-lo junto de Eleonore Sullivan, no palacete em que esta reside, na rua de Clichy, com o seu rico protector, o escocês Crauford. Este, aliás, ignora ter em sua casa o coronel sueco, pois Eleonore escondeu-o em dois quartinhos no último piso do palacete. Dada a sua ligação com Eleonore, ainda que se tratasse apenas de uma pequena estadia, Axel não podia, evidentemente, dizer a Maria Antonieta que se refugiara em casa da inglesa. Sobretudo, não queria que a infeliz se imaginasse traída. Aliás, logo que chega a Bruxelas, sente necessidade de explicar as suas razões à irmã Sofia, que, mais do que nunca, continua a ser a sua confidente. Sofia, que, como nos recordamos, estava preocupada com o efeito que a ligação do irmão com Madame Sullivan poderia produzir no moral de Maria Antonieta, apressa-se desta vez a tranquilizá-lo:

«Não tendes necessidade de vos justificar acerca da Crauford. A viagem que haveis feito e os riscos a que haveis exposto a vossa vida, acções tão dignas de vós e da honra, dizem-me muito mais do que todas as vossas explicações. Meu Deus, a que riscos vos expusestes; nem quero pensar nisso.»

Foi então do palacete Crauford que Fersen partiu, a 21 de Fevereiro, em direcção a Bruxelas, sempre na companhia do ajudante de campo Reuterwärd. Foi uma viagem movimentada; apesar dos seus documentos, desta vez autênticos, os dois homens serão frequentemente interpelados, mas chegam finalmente a bom porto, para grande alívio de Maria Antonieta, quando sabe da notícia.

Fersen retoma imediatamente a sua ronda desesperada pelas capitais europeias, debatendo-se sempre com a indiferença dos soberanos. Assim acontece com o novo imperador da Áustria, Francisco II, sobrinho de Maria Antonieta, que manifesta sentimentos muito mornos relativamente à tia, mas Fersen não desanima.

No entanto, uma ajuda inesperada vai apresentar-se à rainha; Dumouriez, cujos sentimentos a favor da Revolução são cada vez mais fracos, vai propor-lhe os seus serviços. Este militar não inspira confiança nem simpatia a Maria Antonieta; como a rainha é incapaz de se dominar, recebe-o friamente e recusa a oferta. Como muitos outros, ceder aos nervos foi um erro capital. Dumouriez era, sem dúvida, a última opor-

«Fiquei lá»

tunidade que se oferecia. Mas eis que o destino vai dar ocasião para as potências estrangeiras intervirem: a guerra está iminente. Esta nova França, a sair das convulsões da Revolução, é naturalmente levada a ver como inimigos os soberanos autocratas que, ainda por cima, acolhem nos seus territórios os seus mais ferozes adversários. A Convenção vai então obrigar Luís XVI a declarar guerra ao cunhado, o imperador da Áustria. Posta ao corrente do plano do exército francês, a rainha apressa-se a comunicá-lo a Mercy-Argenteau:

«O Senhor Dumouriez, não duvidando mais da aliança das potências para a marcha das tropas, tem o projecto de começar por atacar a Sabóia e a região de Liège. Este último ataque será executado pelo exército do Senhor de La Fayette. Tal foi o resultado do Conselho de ontem.»

Durante as primeiras semanas da campanha, Maria Antonieta continuará a transmitir informações preciosas ao inimigo. Face a tal prática, uma palavra se impõe ao espírito: «traição». É incontestável que Maria Antonieta, ao deixar-se levar pelas suas preferências naturais, sem querer reflectir no alcance dos seus actos, cometeu um erro que será condenado pela posteridade. Antes de seguirmos os passos da rainha, consideremos, porém, a situação desesperada desta mulher. Maria Antonieta compreendeu que só um milagre poderia salvá-la, que o seu marido e os filhos estão também ameaçados, sabe que a morte está próxima. Ainda que não se justifique, pode-se explicar que, nestas condições, tenha perdido a cabeça e seguido os impulsos do coração sem ouvir a voz da razão. Alguns dias antes, num discurso à Assembleia, o deputado girondino Vergniaud não teve papas na língua:

«Que todos os que o habitam – disse ele, referindo-se ao palácio das Tulherias – saibam que a nossa Constituição não confere qualquer inviolabilidade ao rei. Que saibam que a lei julgará sem distinção os culpados, e que não haverá uma única cabeça, provada criminosa, que escape ao gládio.»

A ameaça é clara: Maria Antonieta é directamente visada. No seu espírito, só uma rápida vitória dos aliados pode travar o cutelo sobre a sua cabeça. Além disso, como já dissemos, o princípio segundo o qual a nação é propriedade pessoal do soberano está nela fortemente enraizado. Por conseguinte, se se sentir ameaçado por algum movimento revoltoso, o soberano tem o direito de recorrer aos «primos», aos outros reis da Europa. Mas isto não impede que a História não tenha perdoado

Maria Antonieta

a Maria Antonieta o seu conluio com as potências adversárias, enquanto que o admitiu perfeitamente da parte de Luís XVIII. O que fez o irmão de Luís XVI, em 1814 e 1815, se não regressar a França nos furgões do inimigo e recuperar o trono graças à derrota dos exércitos franceses?

Mas o oportunismo de Luís XVIII não pode, evidentemente, desculpar o comportamento de Maria Antonieta, tanto mais que as informações que ela transmite aos Austro-Prussianos fornecem a estes uma ajuda preciosa. As primeiras semanas de guerra são catastróficas para as tropas de Dumouriez, o que faz a opinião pública virar-se ainda mais contra «a Austríaca». O caso do veto vai lançar achas para a fogueira. Os deputados girondinos fizeram votar na Assembleia três medidas importantes: a Guarda Constitucional encarregada de proteger Luís XVI é dispensada, os padres refractários serão deportados e uma milícia de 20 000 federados, vindos de toda a França, será reunida às portas de Paris. Mas, para que estas medidas sejam postas em prática, é preciso que Luís XVI as ratifique. Ora, a nova Constituição concede-lhe o direito de opor o seu veto a qualquer lei que não aprove. É o que vai fazer a respeito das duas últimas medidas propostas. Para manifestar a sua vontade, o rei escolheu o dia 20 de Junho, escolha infeliz, pois esta data corresponde ao aniversário do juramento da Sala do Jogo da Péla e da fuga para Varennes. Estas datas simbólicas excitam a ira vingativa dos Parisienses, que exigem a retirada do veto real. Na manhã de quarta-feira, 20 de Junho, o povo junta-se frente às Tulherias e rapidamente força os portões do palácio. Pétion, o novo *maire* de Paris, nada fez para travar a vaga dos revoltosos e a Guarda Nacional não fez mais para proteger a família real. Liderada pelo cervejeiro Santerre e pelo talhante Legendre, que já se tinham «ilustrado» em anteriores jornadas de insurreição, a populaça persegue, sobretudo, a rainha. «Apanharei a rainha, morta ou viva», exclama um manifestante, fazendo trejeitos com o seu machado. Outro agita uma boneca à imagem de Maria Antonieta pendurada na ponta de uma corda, enquanto que o povo grita «Maria Antonieta para a forca!»

Reprimindo as lágrimas que lhe sobem aos olhos, a rainha enfrenta os agressores. Neste momento, em que o mais pequeno incidente pode degenerar em tragédia, Maria Antonieta só pensa em proteger os filhos e o marido. Como é ela a principal visada da vindicta popular, está pronta a oferecer-se em holocausto. À princesa de Lamballe, que, corajosamente, se lhe juntou no meio do perigo, a rainha declara:

«*Fiquei lá*»

«É só a mim que o povo quer. Vou oferecer-lhe a sua vítima.»

Esta frase é significativa: Maria Antonieta já aceitou o seu sacrifício, ainda que se agarre a fragmentos de esperança... Alguns oficiais rodeiam-na, cumprindo o dever de a proteger, contra a vontade da rainha, enquanto que o rei, com a sua coragem e placidez habituais, discute com os revoltosos. Aceita usar a roseta tricolor, mas recusa obstinadamente retirar o seu veto. Face às ameaças de que ele e a família são objecto, dir-se--ia que sai finalmente da letargia que o paralisara até então. A sua atitude firme acabou por desarmar a hostilidade dos revoltosos.

Mais uma vez, Maria Antonieta vira-se para Fersen. A quem pediria socorro senão àquele que continua mais presente que nunca no seu coração? Para se corresponderem, os dois amantes – por que não chamar-lhes assim? – utilizam todos os subterfúgios: as suas cartas são dissimuladas nos mais diferentes esconderijos: peças de roupa, chapéus, lenços, caixas de bolachas... Usam todas as tintas invisíveis; utilizam também o concurso de «passadores»: Madame Toscani, a governanta de Crauford, e Goguelat, o secretário da rainha.

Desde 20 de Junho que Fersen vive em sobressalto; a carta que recebeu, no fim do mês, de Maria Antonieta, embora dê mostras da força de alma da rainha, não lhe acalma as angústias:

«Não vos atormenteis demasiado por mim – escreve-lhe ela. – Acreditai que a coragem sempre inspira respeito. A decisão que tomámos dar-nos-á, espero, tempo para aguardar, mas seis semanas é ainda muito tempo. Não ouso escrever-vos mais... Apressai, se puderdes, o socorro que nos foi prometido para a nossa libertação...»

Alguns dias depois, Axel recebe um novo bilhete, tão patético quanto o anterior:

«Continuo viva, mas é um milagre. O dia 20 foi terrível. Já não é a mim que querem, é a própria vida do meu marido; já não se escondem. O rei mostrou uma força e uma firmeza que por agora os travou, mas os perigos podem reproduzir-se a qualquer momento. Espero que recebeis notícias nossas. Adeus. Cuidai de vós e não vos preocupeis connosco.»

Mesmo no meio dos piores perigos, com a vida por um fio, o seu coração continua a bater com o mesmo fervor e generosidade pelo coronel sueco. Este amor que tem por Axel não impede a evolução dos seus sentimentos a respeito do marido. Maria Antonieta está comovida pela coragem sem grandiloquência, pela simplicidade tocante deste esposo

Maria Antonieta

que não soube dar-lhe a felicidade que ela esperava, mas que lhe dá mostras de uma devoção e confiança ilimitadas.

Sofia, que sem conhecer a rainha aprendeu a amá-la através das cartas do irmão, inquieta-se também com a sorte de Maria Antonieta. A 22 de Junho, escreve a Axel:

«Tenho muita pena d'Ela e temo pelos perigos a que a vejo exposta. Receio tudo. Meu Deus, será que o Céu não terá piedade dos oprimidos? Adeus, meu amigo.»

Outras cartas de Maria Antonieta chegarão nos dias seguintes a Fersen, redigidas em linguagem codificada. Precaução suplementar: a fim de que os olhares indiscretos não reconhecessem a escrita da rainha, no caso em que as missivas fossem abertas, é o fiel Goguelat quem as escreve. As cartas sucedem-se a um ritmo rápido, que testemunha o movimento contínuo da situação e a preocupação cada vez maior de Maria Antonieta. Vejam-se estas linhas de 23 de Agosto, ou seja, três dias antes do assalto ao palácio das Tulherias:

«O vosso amigo está em grande perigo. A sua doença faz progressos terríveis. Os médicos já não podem fazer nada. Se o quiserdes ver, apressai-vos. Dai parte da sua infeliz situação aos seus parentes.»

O «vosso amigo» é, evidentemente, o rei; quanto ao resto do bilhete, compreende-se facilmente. A 26 de Junho, nova carta, que traduz também os sombrios pressentimentos que invadiram o coração da rainha:

«Lamento não poder tranquilizar-vos acerca da situação do vosso amigo. No entanto, há três dias que a doença não faz progressos; mas não deixa de apresentar sintomas alarmantes; os médicos mais hábeis desesperam com a situação. É preciso uma crise rápida para o tratar, mas ela ainda não se anuncia. Isso desespera-nos. Dai parte da sua situação às pessoas que têm negócios com ele, a fim de que tomem as suas precauções; o tempo urge...»

A 3 de Julho, Maria Antonieta resolve escrever uma nova carta a Axel, agora pela sua própria mão. Quer oferecer-lhe, com a sua escrita, o testemunho da constância dos seus pensamentos. Com efeito, recebera uma carta do amante e, como acontece sempre, o seu coração enchera-se de ternura.

«Recebi a vossa carta de 25 de Junho; fiquei muito emocionada. A nossa posição é terrível; mas não vos preocupeis demasiado; sinto coragem, e algo me diz que, em breve, seremos felizes e salvos. Só esta ideia me consola. O homem que envio é para o Senhor de Mercy; escrevo-lhe

«Fiquei lá»

com muita insistência para que nos falemos finalmente. Actuai de modo a impor isso aqui; o tempo é curto e já não podemos esperar. Envio os papéis assinados em branco como me haveis pedido. Adeus. Quando nos voltaremos a ver tranquilamente?»

Mais uma vez, sob frases codificadas, é o coração da rainha que extravasa, é a confissão do seu desespero e do seu amor que se lhe escapa através de uma frase de aparência banal, mas cheia de significação: «Quando nos voltaremos a ver tranquilamente?» Mas, ao mesmo tempo que se deixa arrastar por uma fraqueza muito natural, simula uma confiança que já não tem, com o único objectivo de reconfortar Axel. Quanto à referência à apatia de Mercy-Argenteau, não é menos significativa. A despreocupação com que o antigo embaixador da Áustria considera a sorte da soberana revolta--a, quando se lembra das atenções que ele lhe dava quando a rainha estava no auge do seu poder. Infelizmente, desde que caíra em desgraça, Maria Antonieta pôde avaliar a dimensão da ingratidão humana.

Contudo, a situação agrava-se, bem como as ameaças que pesam sobre a rainha. Como medida de precaução, Madame Campan oferece à sua senhora um peitilho capaz de resistir aos tiros de pistola, mas Maria Antonieta recusa usá-lo e confidencia-lhe:

«Se os revoltosos me assassinarem, será uma alegria para mim; libertar-me-ão da mais dolorosa existência.»

Debaixo das suas janelas, no jardim do palácio, Maria Antonieta ouve vendedores a apregoar brochuras com títulos infamantes que evocam os seus «feitos» imaginários, enquanto a população canta:

*Madame Veto prometera
Mandar decapitar toda a Paris...*

«Tiraram-me tudo, menos o coração», diz a rainha a Madame Campan. Esta frase, irá repeti-la a outras pessoas. É verdade que este coração, que se julgava fraco, iria revelar recursos impressionantes.

O perigo que se aproxima provoca, ainda assim, algumas reacções: La Fayette, nomeadamente, dá-se conta de que brincou aos aprendizes de feiticeiro, mas é um pouco tarde para recuperar a virgindade política. Quando ele expõe os seus projectos miríficos para salvar o regime, Maria Antonieta recebe as propostas do general com uma ironia gélida:

«Vejo bem que o Senhor de La Fayette quer salvar-nos, mas quem nos salvará do Senhor de La Fayette?»

Ao mesmo tempo, à princesa de Hesse-Darmstadt, que insiste para que ela fuja, sozinha se for preciso, e propõe ajudá-la, a rainha responde:

«Não, minha princesa, reconheço o valor de vossas ofertas, mas não as posso aceitar. Sou perpetuamente devota aos meus deveres e às pessoas queridas de quem partilho as infelicidades e que, digam o que disserem, merecem todo o interesse pela coragem com que defendem as suas posições. Possa um dia tudo o que fazemos e sofremos tornar felizes os nossos filhos, é o único desejo que me permito. Adeus, minha princesa! Eles tiraram-me tudo, menos o coração, que conservarei sempre para vos amar, não duvidai disso, pois seria a única desgraça que não conseguiria suportar.»

Quando o perigo se torna mais evidente, depois de todos a abandonarem, em quem pode ela ainda confiar? Em Fersen, claro. É ao conde que, a 24 de Julho, a rainha descreve, em termos sóbrios, o drama que se desenrola à sua volta:

«Nesta semana, a Assembleia deve decretar a suspensão do rei e a sua transferência para Blois. Cada dia produz um episódio novo, mas tendendo sempre para a destruição do rei e da sua família. Na barra da Assembleia, alguns peticionários disseram que se ele fosse destituído, massacrá-lo-iam.

«Tiveram as honras da sessão. Dizei então a Mercy que os dias do rei e da rainha se encontram no maior dos perigos; que o atraso de um dia pode produzir males incalculáveis, que é preciso enviar o manifesto imediatamente, que esperamos com extrema impaciência, que necessariamente unirá muita gente em torno do rei e pô-lo-á em segurança; que, de outro modo, ninguém pode responder por 24 horas; o bando de assassinos cresce sem parar.»

Os numerosos trechos das cartas citadas, melhor do que quaisquer outros comentários, descrevem-nos a evolução dos sentimentos da rainha durante estes anos de provação; as alternâncias de esperança e de desespero por que ela passa e, também, os erros de julgamento que comete. O mais funesto destes erros é o tal manifesto com o qual Maria Antonieta tanto parece contar. Fersen partilha desta opinião; ele próprio colaborou na sua redacção sem suspeitar que contribuía para a queda daqueles que tanto queria salvar. Que diz esse famoso manifesto, assinado pelo duque de Brunswick, o comandante supremo do exército inimigo? «Se for feita a mais pequena violência, o menor ultrage às Suas Majestades o rei, a rainha e a família real... elas (as tropas de Brunswick)

«Fiquei lá»

tirarão disso vingança exemplar condenando a cidade de Paris a uma execução militar e a uma subversão total e os revoltosos culpados de atentados aos suplícios que merecerem.»

Que erro e falta de psicologia! Ao ameaçar os Franceses, Brunswick provoca a reacção oposta à que esperava. Em vez de amedrontar os inimigos da coroa, galvaniza-lhes as energias. As suas ameaças actuam no orgulho francês como um catalisador; eis que o patriotismo, que começava a nascer no coração do povo, se transforma num ardor poderoso, irresistível; esta chama, que, pouco mais tarde, irá levar os soldados do Império à conquista da Europa, nasceu sem dúvida naquele dia de 25 de Julho de 1792.

Que Brunswick, imbuído de princípios de outros tempos, e os emigrados encerrados na sua soberba não tenham pensado nos recursos da alma nacional, nada tem de surpreendente, mas que Maria Antonieta e Fersen tenham partilhado as mesmas ilusões, isso já é menos compreensível. Testemunhas oculares da mutação que a França sofria, tendo seguido, dia após dia, as mudanças que se operavam nos espíritos, como não terão eles sentido que todo o povo considerava as ameaças de Brunswick um atentado à sua honra? Que teriam como consequência imediata fazer o país erguer-se ainda mais contra a rainha? «Claramente, "a Austríaca" está conivente com aqueles que querem degolar a população parisiense!» Esta é a opinião geral. De certa forma, os que acusam Maria Antonieta não estão totalmente errados, não que a soberana alimente tão negros desígnios relativamente ao povo, mas a rainha desejou o manifesto e vive todos os dias na esperança de ver entrarem em Paris esses exércitos estrangeiros que lhe salvarão a vida, a família e o trono.

Fersen pressiona Brunswick para que este se apresse, pois também ele não vê outra forma de salvar a mulher amada que não por uma intervenção vindo do exterior. Axel está mais inquieto já que, desde a divulgação do manifesto, os ataques contra a família real se tornam mais violentos. Se o aviso de Brunswick surtisse efeitos, se os auxílios chegassem rapidamente... Mas os Austríacos levam o seu tempo; o exército austríaco marcha ainda ao ritmo das tropas em guerra dos séculos passados. As operações eram então seguidas de largos intervalos, que permitiam aos homens e aos seus chefes recuperarem o fôlego. Esta estratégia estava agora ultrapassada; os exércitos que a França vai lançar através da Europa irão subverter costumes que datam de outra era.

Maria Antonieta

Por agora, porém, Brunswick mantém-se fiel aos seus velhos métodos e despacha-se... lentamente. Em Bruxelas, Fersen arde de impaciência, mas também de inquietação, como escreve a Maria Antonieta:

«Eis o momento crítico, e a minha alma estremece. Deus vos proteja a todos, é o meu único desejo. Se precisardes de vos esconder, não hesitai, rogo-vos, para dar tempo de chegar até vós. Nesse caso, há um compartimento no Louvre contíguo ao apartamento do Senhor de Laporte; creio que é pouco conhecido e seguro. Podereis servir-vos dele. Só hoje é que o duque de Brunswick se põe em marcha; precisa de oito a dez dias para chegar à fronteira. Acredita-se que os Austríacos vão atacar Maubeuge.»

Esperar oito a dez dias, quando a morte pode surgir a qualquer hora!... Atacar Maubeuge quando era preciso vir para Paris!... Fersen, embora conhecendo a gravidade da situação, também não parece apreender a realidade. Maria Antonieta, por seu lado, acompanha constantemente esta realidade. Numa carta dirigida a Axel, a 1 de Agosto, a rainha tenta abrir-lhe os olhos. Por prudência, usou tinta invisível:

«Há muito que a vida do rei está claramente ameaçada, bem como a da rainha. A chegada de cerca de seiscentos Marselheses e de grande número de outros deputados de todos os clubes de Jacobinos agrava as nossas preocupações, infelizmente justificadas. Tomamos precauções de todo o género para a segurança de Suas Majestades, mas os assassinos rondam continuamente o palácio; excitam o povo; numa parte da Guarda Nacional há má-fé e, na outra, fraqueza e apatia. A resistência que se pode opor aos avanços dos celerados vem apenas de algumas pessoas decididas a defender com os seus corpos a família real e do regimento dos Guardas Suíços. Aquilo que aconteceu no dia 30, após um jantar nos Campos Elísios, entre 180 granadeiros da Guarda Nacional e federados marselheses, demonstrou claramente a apatia da guarda. Os 180 granadeiros fugiram... Os Marselheses policiam o Palácio Real e o Jardim das Tulherias, mandado abrir pela Assembleia Nacional. No meio de tantos perigos, é difícil ocuparmo-nos da escolha dos ministros ([38]).

([38]) Os monárquicos emigrados pretendiam formar, no estrangeiro, um governo que apoiasse a família real. Fersen partilhava estas quimeras.

«*Fiquei lá*»

Para já, temos de evitar os punhais e os conspiradores que fervilham junto ao trono em vias de desaparecer. Já há muito que os revoltosos não se dão ao trabalho de esconder a intenção de aniquilar a família real. Nas duas últimas assembleias nocturnas, só discordavam sobre os meios a usar. Na carta anterior, expliquei-vos como era importante ganhar vinte e quatro horas; repito-o hoje, acrescentando que, se não chegarem, só a Providência poderá salvar o rei e a sua família.»

À semelhança de outras de Maria Antonieta, esta carta demonstra a lucidez da rainha. É verdade que também quis o manifesto, mas como um apelo à reconciliação e não nos termos que fazem dele um desafio lançado à nova Assembleia que tomou as rédeas do poder em França. Desde há alguns dias que um verdadeiro frenesim vingativo se apoderou desta Assembleia. Dois recém-chegados, chamados Danton e Robespierre, apelam à fúria do povo e acusam Maria Antonieta de ser responsável por todos os males. Aquilo que aumenta a amargura de Maria Antonieta é o facto de Axel ter contribuído involuntariamente para as desgraças. Não só orientou o tom do manifesto como também não pára de repetir à rainha, durante o mês de Julho, que os auxílios não vão tardar a chegar e que, por isso, ela deve ficar em Paris à espera deles. Deste modo, Fersen pensa agir para a salvação da amada. Ainda que tema o pior, não imagina a sua iminência. Cego pelos seus sonhos, prevê já a instalação da rainha e do rei em Inglaterra e preocupa-se com os seus meios de subsistência. Muito em breve, Fersen cairá na realidade; Brunswick, após alguns êxitos iniciais, não só não vai explorar a vantagem como também depressa baterá em retirada. Sofrerá duas fortes derrotas em Valmy e em Jemappes. O assalto irresistível dos soldados franceses provocará em Goethe, que assistiu aos combates, este comentário admirativo: «Neste lugar e neste dia, começa uma nova época para a história do mundo.»

Entretanto, é a História de França que vai sofrer uma transformação profunda, tudo isto à custa dos Bourbons. Em Paris, tirando proveito da anarquia geral, um círculo de agitadores, auto-intitulado «a Comuna de Paris», vai apossar-se em poucos dias do poder, deixando o *maire* Pétion com um papel apenas teórico. Grupos armados circulam pelas ruas da cidade, semeando a desordem e proferindo ameaças de morte dirigidas à rainha. Nas Tulherias, durante os primeiros dias de Agosto, espera-se constantemente que surjam bandos de revoltosos prontos a todas as exacções. Esta apreensão é tão forte que nem o rei ou a rainha ousam dormir e passam a noite sentados, para grande desespero dos camareiros, privados das cerimónias do deitar! Nem em tais circunstâncias a etiqueta perde os seus privilégios! Certa vez, enervada e exausta, Maria Antonieta deixa-se adormecer e acorda em sobressalto:

«Meu Deus, adormeci! Eu, que quero morrer ao lado do rei! Sou a sua mulher, não quero que ele corra o mínimo perigo sem mim!»

Com medo de adormecer sem querer, passa frequentemente a noite numa cadeira a escutar os rumores que vêm da cidade e a ouvir as insanidades proferidas contra si, mesmo debaixo das suas janelas.

«Ela exigia – diz Madame Campan – que não se fechassem os postigos nem as persianas, a fim de que as suas longas noites sem sono fossem menos penosas.»

De dia para dia, a insegurança ganha terreno. Os guardas encarregados de proteger a família real são cada vez menos fiáveis. Quando vêem a soberana, não se coíbem de gozar com ela. Apesar desta atmosfera envenenada, Maria Antonieta recusa deixar-se cair no desespero. A segurança do rei e dos filhos ocupa-lhe todos os pensamentos, bem como os sentimentos da sua dignidade. Juntando a herança dos Bourbons e dos Habsburgos, a rainha pretende morrer de cabeça erguida, se tal for a única saída; é realmente o coração de uma rainha que lhe bate no peito. Já fez o sacrifício da sua vida, mas não aceita fazer o da sua honra. Os seus pensamentos vão também muitas vezes para Axel, que, em Bruxelas, começa finalmente a sair do seu sonho; a 10 de Agosto, escreve a Maria Antonieta:

«A minha preocupação por vós é extrema; não tenho um momento de sossego e o meu único consolo é ver as minhas inquietudes partilhadas pelo Senhor Crauford, que se ocupa unicamente de vós e das formas de vos servir... Lamento muito que não tenhais saído de Paris.»

Lamentos demasiado tardios, pois, durante um mês, o conde esforçou-se por convencer a rainha a permanecer nas Tulherias e a esperar ajuda... Que pode ele fazer agora, senão desesperar... Enquanto redige este bilhete, que nunca chegará a Maria Antonieta, a catástrofe abate-se sobre a família real...

Por volta das duas horas da manhã, os sinos das igrejas de Paris começam a dobrar em uníssono, um som fúnebre que parece o toque de finados da monarquia. Foi Danton quem tomou esta medida, destinada a acompanhar a instalação, nos Paços do Concelho, de uma Comuna Insurreccional. Muito pálida, mas reprimindo as lágrimas, Maria Antonieta ouve os sinos repicarem pela noite dentro. A

«Fiquei lá»

Roederer([39]), que a aconselha a refugiar-se na Assembleia, a rainha responde com altivez:

«Senhor, há aqui tropas; é altura de, finalmente, saber quem ganhará, se o rei, a Constituição ou a revolta!»

Apesar da gravidade do momento, as suas frases são determinadas, mas sóbrias, a julgar pelo que Roederer contará depois:

«Nessa noite fatal, a rainha nada teve de viril, nada de heróico, nada de afectado nem de romanesco; não vi nela exaltação, nem desespero, nem espírito de vingança; foi mulher, mãe, esposa em perigo; temia, esperava, afligia-se e sossegava-se.»

Quanto a Luís XVI, fiel a si mesmo, nem o toque dos sinos conseguiu acordá-lo. Foi preciso que Maria Antonieta o fosse buscar, mas ainda não estava completamente desperto quando se juntou à família. Cambaleante, a peruca de lado, precisou de vários minutos para perceber o que se passava. Pouco depois, de uma janela das Tulherias, Maria Antonieta, aflita, vê-o passar em revista os destacamentos dos Guardas Nacionais, dos quais alguns lhe lançam injúrias:

«Abaixo o porco gordo!», gritam-lhe eles, sem que o desgraçado manifeste a mínima reacção.

Alguns momentos depois, face à ameaça exterior que se perfila, a família real aceita os conselhos de Roederer e dirige-se para a Assembleia, triste cortejo que evoca irresistivelmente a marcha para o cadafalso... Estes seres assustados, que se apertam uns contra os outros, é então tudo o que resta dos Capetos, desta dinastia que, durante quase mil anos, reinou sobre a França... Esta mulher, de rosto pálido, olhos inchados pelas insónias, é pois, a arquiduquesa da Áustria, tão querida da mãe, a pequena delfina aclamada pelos Parisienses, a jovem rainha ávida de prazeres, a bonita camponesa de Trianon, a todo-poderosa soberana que reinava sobre a França, bem como sobre o seu marido?... Sim, é realmente ela que caminha debaixo dos gritos de ódio, lavada em lágrimas, mas avançando com passo firme, de cabeça erguida, pronta a encarar com altivez o último capítulo da sua vida...

Ainda que se esforce por nada mostrar, podemos imaginar o que podem ser os seus pensamentos, a amargura que encerra no coração. Como é que a França, o regime e a sociedade chegaram a este ponto?

([39]) Procurador síndico de Paris [agente nacional que em cada departamento representava o poder judicial, durante a Revolução Francesa – *N.T.*].

Maria Antonieta

Não há dúvida de que Maria Antonieta não é alheia a este estado de coisas e é claro que deve ter consciência disso, mas se a sua responsabilidade política é inegável, será que merece, porém, que a culpem de todos os males da nação? É isto que ela nunca aceitará, enquanto se vai jogar o último capítulo do seu destino.

XI
O calvário

Quando deixa o palácio das Tulherias, a caminho da primeira etapa do seu calvário, Maria Antonieta preocupa-se com a sorte daqueles que deixa atrás de si: os fidalgos devotos à monarquia e os guardas do regimento dos Suíços. Teme que paguem com a vida a sua fidelidade. Este será o seu último gesto de rainha...

Não são mais de duzentos metros entre o palácio e a sede da Assembleia, mas este breve percurso é suficiente para marcar o fim do regime. Fechada numa espécie de camarote, sob a temperatura sufocante do mês de Agosto, a família real vai passar dezoito horas a ouvir os oradores a injuriarem a realeza e a exigirem a deposição de Luís XVI, enquanto que, no exterior, os gritos da multidão e o barulho das detonações anunciam o massacre dos infelizes Suíços. Apesar do calor e da fadiga, Maria Antonieta tem grande dificuldade em dominar a sua fúria. Arranja ainda força para se indignar, recusar este aviltamento com que os seus inimigos pretendem atacar a coroa. Face à adversidade, o seu coração ordena-lhe que se erga... Já só resta ela para defender a realeza, pois o rei, no momento em que o ceptro lhe escapa das mãos, preocupa-se... com o estômago e pede comida aos seus carcereiros. Algumas testemunhas contam que viram a rainha a voltar ostensivamente a cabeça, como que para escapar a este espectáculo humilhante...

Maria Antonieta

Pouco mais tarde, a família é finalmente autorizada a gozar algum descanso. O rei e a rainha vão para o convento dos Feuillants, dos frades bernardos, onde, numa cela vazia, foi colocada uma cama improvisada. Maria Antonieta teve de sair tão rapidamente das Tulherias que não pôde levar nada consigo; uma desconhecida empresta uma camisa e alguma roupa branca àquela que, ainda há algumas horas, era a rainha de França. Por muito perturbada que esteja, nem por um instante o seu rosto mostrará sinais de fraqueza aos que a observam.

A partir deste momento, os acontecimentos vão precipitar-se e as cenas do drama suceder-se-ão a um ritmo cada vez mais rápido. O rei é despojado dos seus últimos privilégios e colocado «sob a salvaguarda da nação» com a sua família, o que é uma fórmula menos brutal do que declará-los prisioneiros, mas que vai dar no mesmo. Depois de ter pensado no palácio do Luxemburgo, a Assembleia, por sugestão de Danton, novo ministro da Justiça, decide encerrar a família na fortaleza do Templo(*); além disso, liberta-se da sua responsabilidade para a confiar à novíssima Comuna de Paris, cujos sentimentos hostis para com a monarquia são conhecidos.

Ao chegar ao Templo, o passado deve ter ressurgido aos olhos de Maria Antonieta; era aqui, no castelo do Templo, que residia o seu companheiro de prazer, o conde de Artois, era aqui que ele dava festas cuja heroína era geralmente a sua cunhada, foi aqui que a jovem rainha de França conheceu alguns dos seus sucessos, quando era o centro de todos os olhares e de todas as admirações... Como esses tempos pareciam agora longínquos; hoje já não há festa; não é no castelo que a rainha e os seus vão ser alojados, mas numa das lúgubres torres.

Os primeiros dias de cativeiro da família real não são, porém, demasiado rigorosos; a rainha esforça-se por manter uma aparência de vida normal; as refeições são tomadas em comum, Maria Antonieta ocupa-se dos filhos, educa-os, veste-os e deita-os na cama quando chega a noite. No entanto, renunciou a passear com eles no jardim devido às grosserias que os Guardas Nacionais lhe lançam à sua passagem. Depois de jantar, joga gamão com o rei ou canta, acompanhando-se ao cravo, como fazia dantes. Por vezes, interrompe-se, com a garganta obstruída pelas lágri-

---

(*) A fortaleza do Templo era um antigo mosteiro fortificado dos Templários, construído no século XIII. (*N. T.*)

O calvário

mas. É a única manifestação de fraqueza que se apressa a reprimir, pois não quer dar esse espectáculo aos seus guardiões. Pelo contrário, esforça-se por se manter calma, dominando a impaciência do seu carácter e demonstrando uma dignidade perfeita. O seu único receio é que o delfim lhe seja retirado de repente, a fim de constituir um refém precioso nas mãos da Convenção. A atitude de Maria Antonieta, de vontade levada ao extremo, contrasta com a do rei e da sua irmã. Luís XVI divide os dias entre a leitura e a oração, e a sua irmã, Madame Isabel, dedica também a maior parte do tempo às devoções. A rainha, cuja crença é mais superficial, agarra-se a realidades concretas; ainda não se resolveu a aceitar a sua sorte.

Uma primeira e cruel provação está-lhe reservada para a noite de 19 para 20 de Agosto: a princesa de Lamballle, amiga dos dias felizes, que é ainda mais a dos dias de desgraça, seguira a família real aquando do seu encarceramento. É brutalmente arrastada para a prisão de la Force. A separação da rainha é dolorosa, pois as duas mulheres sabem bem que nunca mais se verão e trocam despedidas desesperadas... Madame de Lamballe não é a única a ser levada; a governanta do delfim, Madame de Tourzel, e a sua filha, bem como vários criados são também afastados. Fazendo das tripas coração, Maria Antonieta reprime a fúria e a dor, mas em breve irá sofrer outro choque, muito mais terrível.

No dia 3 de Setembro, Maria Antonieta está no seu quarto quando é alertada por um forte ruído que vem do jardim, e eis que uma visão aterradora se enquadra numa das janelas do apartamento real: na ponta de uma lança, a cabeça, a bonita cabeça da princesa de Lamballe, com os seus cabelos louros a flutuar ao vento... Na noite anterior, a desgraçada fora selvaticamente massacrada na cela da sua prisão de la Force, o seu corpo esquartejado e a cabeça triunfalmente exibida através das ruas de Paris... É este «troféu» que os assassinos querem absolutamente mostrar à rainha:

«Como não se mostra – grita um deles – temos de subir e obrigá-la a beijar a cabeça da sua puta!»

Maria Antonieta, que se encontra noutro quarto, ainda não se apercebeu do terrível espectáculo, mas um dos guardas municipais, num tom em que o sadismo se junta à grosseria, lança-lhe:

«Querem entregar-vos a cabeça de Lamballe, que trazem para vos mostrar como é que o povo se vinga dos tiranos...» A rainha não ouve mais; sem um grito, «gelada de horror, cai desfalecida».

Maria Antonieta

No entanto, Maria Antonieta terá de se acomodar a esta vida, em que, a cada momento, pode surgir um novo perigo, terá de suportar esta vigilância constante de que ela e os seus são objecto, terá de aceitar sem pestanejar os insultos e injúrias que mãos anónimas gravam nas paredes da torre, terá, sobretudo, de suportar aquele «vociferador raivoso»[40] chamado Hébert, a quem a Comuna achou por bem confiar a guarda da família real. Em *O Pai Duchesne*[41], a folha que este escritor de baixa índole redige pontualmente, deixa transbordar a sua bílis e reclama histericamente «a navalha nacional para o bêbedo e para a sua leviana».

Devido aos sofrimentos que partilham, Maria Antonieta e Luís estão agora mais próximos do que estavam antes. O exemplo de estoicismo dado por Maria Antonieta causa a admiração do rei: «Se soubessem o que ela vale, como se engrandeceu! A que elevação de vistas chegou...»

Se os seus sentimentos recíprocos evoluíram é porque eles próprios mudaram desde que a desgraça os atingiu. Como já dissemos, o egoísmo e a futilidade desapareceram do coração de Maria Antonieta. Sem nada abdicar da sua dignidade, nesta prisão sórdida do Templo, continua a ser a rainha de França, mas é mais e melhor do que isso; uma mãe e uma esposa que defende a sua família.

Este bom entendimento, cujo exemplo é dado por Maria Antonieta e pelo marido, este sorriso face à adversidade, esta simplicidade nos actos da vida quotidiana produzem um resultado inesperado: os seus guardiões, a quem martelavam os ouvidos com os pecados do casal real, descobrem com espanto que a verdade nada tem a ver com aquilo que tinham ouvido. Esta rainha, acusada de todos os vícios, este rei, coberto de opróbrios, são pessoas corajosas, tal como aqueles que têm a missão de os vigiar. E eis que, entre os prisioneiros e os seus carcereiros, se estabelecem relações que os líderes da Comuna, os futuros carrascos do casal real, não tinham previsto!

Esta calma aparente não vai durar muito. A 29 de Setembro de 1792, a Comuna decreta que «Luís e Antonieta serão separados; cada prisioneiro terá uma cela particular».

Ao desgosto que esta separação causa à rainha acrescenta-se a humilhação de ser tratada com uma familiaridade grosseira pelos carcereiros.

---

[40] Stefan Zweig.
[41] Título original, *Père Duchesne*.

O calvário

Neste mesmo 29 de Setembro, a Convenção aboliu a monarquia, proclamou a República e decidiu que o rei passaria a ser chamado *Luís Capeto* e a sua esposa *Antonieta Capeto*.

É um paradoxo – mais um, pois não há nada de lógico na agitação desordenada dos novos detentores do poder – que as refeições servidas aos prisioneiros sejam tão copiosas e refinadas como eram nas Tulherias. Maria Antonieta, apesar das suas infelicidades, não renunciou à preocupação com a elegância; neste domínio, não está privada de nada. André Castelot diz-nos que «trinta costureiras trabalhavam sem descanso para esta rainha, enquanto que, nos Arquivos, ainda se podem ler as extensas listas dos fornecedores, que entregam no Templo sobrecasacas de tafetá de Florença, cor cinza "lama de Paris", centenas de lenços de pescoço, lenços de cabeça, corpetes de tela de Jouy ou de percal rosa, "tamancos chineses", chapéus de castor preto em jockey...»

A grande torre do Templo, que fora recentemente remodelada para alojar a família real, contém dois apartamentos situados no segundo e terceiro pisos. O segundo está reservado para o rei e para o delfim, e o terceiro para a rainha e sua cunhada. Outro favor concedido a Maria Antonieta: um balneário, casa de banho, um cravo. Tudo isto, somado às refeições sumptuosas e ao guarda-roupa não menos sumptuoso da rainha, custa muito caro. No entanto, a Comuna, que critica Maria Antonieta pelas suas loucas despesas, paga todas as facturas sem protestar. Repetimo-lo: nesta época de excepção, o excesso e a desordem inspiram as decisões quotidianas do governo.

Separados à noite, os esposos reais são autorizados a tomar as refeições e a passear juntos, mas sob a vigilância contínua de vários guardas municipais e, sobretudo, do casal Tison, ambos muito cuidadosos... para arreliar, o que conseguem facilmente.

Um dos comissários, encarregado da guarda do casal real, relata-nos o seu emprego diário do tempo:

«À tarde, a rainha e Madame Isabel ocupavam-se da educação da jovem princesa; o rei tratava da educação do filho, educação esta que a rainha também não negligenciava, pois certo dia, o jovem príncipe saiu do quarto da mãe para ir à sala onde eu tinha acabado de entrar, passou por mim e olhou-me sem me cumprimentar; a rainha apercebeu-se disso e disse-lhe em tom severo: "Meu filho, voltai atrás e cumprimentai o Senhor quando passardes por ele."»

Maria Antonieta

Esta história é típica da evolução que se produziu no espírito de Maria Antonieta. A arrogância natural dos Habsburgos já não inspira o comportamento nem as maneiras que ela dantes exibia quando se encontrava na presença de pessoas de quem não gostava. Esta humildade não é falsa, não é fruto de uma hipocrisia; é verdade que, no fundo do seu coração, subsiste a esperança de, um dia, poder vingar-se dos seus torcionários; se esse dia chegasse, a sua vingança seria à medida dos sofrimentos suportados. Por outro lado, sabemos que, quando necessário, Maria Antonieta mentia frequentemente aos seus inimigos, mas esta atitude inspirada pela sua situação dramática em nada prejudica a nova consciência da rainha. O certo é que, como concordam todas as testemunhas do seu último ano de vida, Maria Antonieta se tornou outra mulher, ou melhor, encontrou finalmente a sua verdade. E só deve isso a si mesma, pois não espera qualquer auxílio exterior ou conforto. Já não tem notícias de Fersen e, por isso, tem o direito de temer o pior por ele. Tomou conhecimento das vitórias dos exércitos republicanos sobre os Austro-Prussianos e conhece as suas consequências. Talvez Axel esteja entre as vítimas da guerra? No seu isolamento, é assaltada pelos mais sombrios pressentimentos. De facto, Axel continua vivo, mas teve de fugir face ao avanço das tropas da Convenção. Tendo deixado precipitadamente Bruxelas, encontra-se agora na Alemanha, onde continua a esforçar-se por suscitar um movimento a favor dos soberanos franceses. É que Maria Antonieta permanece no seu coração... ainda que aceite os «consolos» de Eleonore Sullivan. Infelizmente, todos os esforços que despende são vãos; até Mercy-Argenteau, a quem Axel transmite a preocupação pela sorte reservada aos diamantes da rainha, tem o descaramento de lhe responder que não sabe absolutamente nada dessas jóias, quando foi a ele que Fersen as confiou... Sim, Maria Antonieta está realmente só face ao seu destino.

Quando se encontram, os esposos reais não podem trocar qualquer palavra sem serem ouvidos pelos seus guardiões. No entanto, no serão de sexta-feira, a 7 de Setembro, aproveitando um momento de desatenção dos guardas, o rei anuncia-lhe que vai comparecer diante da Convenção a fim de ser julgado. Esta notícia causa um choque terrível na rainha; ela pressente o que pode significar tal julgamento. O infortunado soberano não foi já condenado antes mesmo de ser julgado? A este respeito, Robespierre, que fazia a sua aprendizagem de fornecedor da guilhotina, emitiu uma opinião esclarecedora: «É preciso condená-lo imediatamen-

O calvário

te à morte em virtude do direito de insurreição.» É evidente que Robespierre não suspeita que não sobreviverá mais de dezoito meses àquele que ele quer enviar para a morte sem outra forma de processo.

Quatro dias após o anúncio que fez à mulher, o rei comparece diante de um tribunal cujos juízes são os membros da Convenção. A partir desse momento e durante as seis semanas que durará o processo, Maria Antonieta não voltará a ver o marido. Também não sabe nada do que se passa nas sessões do julgamento: a sua prisão é, para ela, como um túmulo. A rainha deve este refinamento de crueldade à municipalidade provisória que sucedeu à Comuna. Assim que se instalaram, os seus novos algozes esforçaram-se para tornar a existência de Maria Antonieta ainda mais infeliz. Mas mais do que a troça de que é alvo, aquilo que desespera a infortunada soberana é o pressentimento da sorte reservada ao rei e, sem dúvida também, a si mesma e aos filhos. Que pode ela esperar, entregue sem defesa à fúria de um bando de raivosos? Como pode o seu coração suportar suplício tão engenhosamente orquestrado, dia após dia? A rainha passa o tempo a ouvir o mínimo rumor, a mínima informação sobre o desenrolar do processo. Quando a noite chega, vencida pelo cansaço, deita-se na cama, geralmente sem se despir, mas o sono foge-lhe e, quando aos primeiros raios da aurora vem finalmente visitá-la, terríveis pesadelos o acompanham... No entanto, nunca uma queixa lhe sai dos lábios, nem um grito de protesto: sofre o seu martírio com uma dignidade indesmentível; só o seu corpo emagrecido, o rosto assolado pela angústia testemunham aquilo que ela suporta...

Por vezes, no meio do clima de hostilidade que a rodeia, um olhar compassivo fixa-se nela, um sorriso bondoso transmite-lhe um momento de conforto. Como o seu coração se comove então, e como a mais pequena destas manifestações faz jorrar uma fonte de coragem. Assim, um dos comissários da guarda, Toulan, de Toulouse, ficou afectado pelo encanto da rainha. Da noite para o dia, este revolucionário convicto transformou-se num monárquico não menos convicto. Até nas circunstâncias mais dramáticas, Maria Antonieta tem o poder de seduzir alguns dos seus adversários. Foi o caso de Barnave durante o regresso de Varennes; é agora o caso de Toulan. Por todos os meios, esforça-se por suavizar o cativeiro da rainha e não lhe falta astúcia. Teve a ideia de assegurar os serviços de um vendedor de jornais de voz muito forte; este instala-se na rua da Cordonnerie, perto da torre do Templo, e grita as informações contidas na sua gazeta. Desta forma, a rainha pode seguir as peripécias do processo do marido; é assim que, no domingo de 20 de Janeiro de 1793, ouve gritar a terrível notícia: «A Convenção Nacional decreta que Luís Capeto sofrerá a pena de morte. A execução terá lugar nas vinte e quatro horas seguintes à sua notificação ao prisioneiro...»

A tempestade abate-se sobre a rainha. Desta vez, a dor é demasiado forte, o seu coração salta e ela atira-se para a cama, soluçando. Ficará assim durante todo o dia, prostrada num desespero sem fim e sem limites. Se tivesse conhecimento do testamento que, à mesma hora, Luís XVI redige, com uma serenidade que a aproximação da morte não perturbou, sem dúvida que Maria Antonieta ficaria ainda mais desesperada, porque aquilo que o rei escreve na véspera da sua morte demonstra que, até aos últimos momentos de vida, nunca deixou de ter por ela uma terna adoração:

«Recomendo os meus filhos à minha mulher. Nunca duvidei da sua ternura maternal por eles; recomendo-lhe, sobretudo, que faça deles bons cristãos e homens honestos. Rogo à minha mulher que me perdoe todos os males que sofre por mim e os desgostos que lhe poderei ter dado durante a nossa união; tal como ela pode ter a certeza de que nada guardo contra si, se achasse ter alguma coisa a censurar-se...»

São últimas linhas reveladoras de uma grande elevação de pensamentos e que se dirigem directamente ao coração da rainha; Luís XVI nada esquecera dos seus primeiros anos de casamento nem das frustrações que a jovem esposa tivera de sofrer. Mas as últimas palavras, acima citadas, são ainda mais significativas da afeição do rei, a referência a Fersen é muito clara: Luís amava suficientemente Maria Antonieta para desejar que ela fosse feliz acima de qualquer outra consideração, neste caso, amando outro homem...

Apesar dos pedidos reiterados, Maria Antonieta não tinha autorização para ver o marido, nem mesmo por um instante. Mas, a 20 de Janeiro, um dos comissários da guarda anuncia-lhe que foi, finalmente, autorizada. Será um gesto de humanidade da Convenção? De modo nenhum, e a soberana não se engana sobre o significado deste gesto: Luís vai morrer. Como se sabe, foi por um voto de maioria que o rei foi condenado à pena capital... Um só voto... Talvez o do seu primo, o duque de Orleães, Filipe-Igualdade, que votou a morte, na esperança, dando esta garantia à Revolução, de salvar a sua própria vida. Esperança vã, aliás... Esta traição abominável não provocará qualquer ressentimento em Luís XVI: «Porquê? Ele tem mais a temer do que eu. A minha posição é triste, mas

O calvário

podia ser mais; não, de certeza que não gostaria de trocar de lugar com ele», dirá o rei.

Assim, no dia 20 de Janeiro, às oito horas da noite, na companhia do delfim, da filha e de Madame Isabel, Maria Antonieta entra no apartamento de Luís XVI. A rainha faz um esforço violento para se manter de pé, tão angustiada se sente, e quando vê o marido que a recebe com um sorriso, quase desfalece de emoção. Maria Antonieta teria desejado encontrar-se com o rei no seu quarto, ou seja, numa relativa intimidade, mas, fiel à sua impiedosa linha de conduta, Garat, o novo ministro da Justiça, não o autorizou, e é na sala de jantar, sob os olhares dos guardas municipais, que a rainha terá de ver o marido pela última vez na sua vida. Graças ao abade Edgeworth de Firmont, que veio assistir o soberano e se mantém num gabinete contíguo à sala onde se desenrola o encontro, sabemos o que se passou. Maria Antonieta está sentada à esquerda do marido, Madame Isabel à direita, a princesa em frente; quanto ao pequeno delfim, mantém-se de pé. E o abade Edgeworth acrescenta:

«O rei, a rainha, Madame Isabel, o delfim e a princesa lamentavam-se todos ao mesmo tempo, e as vozes pareciam confundir-se. Por fim, as lágrimas pararam, pois já não havia força para continuar a derramá-las; falavam em voz baixa e de forma muito tranquila.»

Avidamente, Maria Antonieta interroga Luís sobre o desenrolar do seu processo; quando sabe que o duque de Orleães, seu antigo companheiro de prazeres, votou a morte do primo e que esse voto foi determinante, solta um grito de revolta, mas o rei, sempre muito estóico, faz um gesto de apaziguamento. Dominando a emoção, obriga o filho a jurar nunca procurar vingar a sua morte. À rainha, que não consegue reter as lágrimas, Luís oferece palavras de consolo. Exprime-se num tom sereno, dando à família o exemplo do que é a grandeza de um rei de França. Se durante a vida raramente se comportou como verdadeiro soberano, às portas da morte recuperou a sua dignidade e valentia. Por volta das 10h15, têm de se separar. Momento extremamente doloroso; a rainha toma Luís nos braços, como se quisesse agarrar-se a ele. Dos seus lábios escapa-se um doloroso suspiro que logo se transforma em gemido. Desejando reconfortá-la, o rei faz-lhe uma promessa:

— Ver-vos-ei amanhã de manhã, às oito horas — diz-lhe ele. Maria Antonieta mostra-se suplicante:

— Por que não às sete horas? — pergunta ela.

— Está bem, sim, às sete horas — aquiesce o rei.

Luís XVI sabe que não poderá cumprir a promessa: os seus carcereiros não lhe concederão esta última graça. Com esta piedosa mentira, quis apenas acalmar o desgosto da mulher.

Porque, nesse momento, o mais doloroso da sua vida, o amor, esse amor que ela não lhe pôde dar, penetra no coração de Maria Antonieta. Este homem, que ela tanto criticara pelas ridicularias, pela apatia, pela gula, pelas maneiras rudes, este homem que lhe chocara a sensibilidade de rapariga, que não soubera satisfazer as suas necessidades de mulher, sim, nesse momento solene, será que o ama finalmente?... Quanto ao comportamento do rei, inspira uma resposta contundente a Charles Maurras, para quem «ele foi o modelo dos maus reis», e a Michelet, que considerava Luís XVI «um bárbaro».

Depois de ter deixado o marido, Maria Antonieta, com Madame Isabel e os filhos, regressa ao seu apartamento no terceiro piso da torre. Os seus gestos são os de um autómato; pela filha, que o contou mais tarde, sabemos que a rainha deitou o filho e depois se lançou sobre a cama sem se despir. «Ouvimo-la toda a noite a tremer de frio e de dor», dirá a filha.

Podemos facilmente adivinhar os pensamentos que a oprimiam e as imagens fúnebres que lhe passam pelos olhos, enquanto espera em vão pelo sono. Maria Antonieta sabe que, no termo desta noite terrível, aquele companheiro tolerante, aquele amigo indulgente a todos os seus caprichos, vai pagar com a vida erros na sua maioria cometidos pelos seus antecessores, que vai ser sacrificado à vindicta de um povo que ele amou sinceramente, do qual recusou fazer derramar o sangue... Sofrerá a rainha também de remorsos? Quantas vezes não escarneceu deste bravo homem, lhe criticou a falta de carácter, quantos pretextos não arranjou ela para o afastar, quando desejava divertir-se sem ele?... Não há dúvida de que se deve atribuir a estas ideias que lhe passam pela cabeça os sobressaltos e os suspiros que a agitam. Como deve sofrer o coração da rainha enquanto conta as horas que separam o marido do suplício...

Por volta das seis horas, a rainha estremece ao ouvir abrirem-se as portas do seu apartamento. Levanta-se rapidamente, pronta a ir ter com o rei, mas é simplesmente um guarda que vem pedir o missal de Madame Isabel para a missa do condenado... Sete horas... O dia nasce... Um dia escuro, como o coração da rainha... Ansiosa, mantém-se junto à porta, escutando os passos dos guardas que a deveriam conduzir à presença do marido, mas os minutos passam e ninguém vem; Maria Antonieta com-

O calvário

preende então que os seus carrascos foram incapazes de um gesto de piedade; Luís morrerá sem ter podido abraçá-la uma última vez.

É pelos ruídos vindos do exterior que Maria Antonieta vai seguir o calvário do rei: rufos de tambores e ecos obsessivos, salvas de armas de fogo e, depois, aqueles gritos de «Viva a República», que os guardas soltam debaixo das suas janelas, como que para lhe dizerem que a monarquia, ao mesmo tempo que Luís XVI, vive o seu último dia... Subitamente, por volta das 10h30, o rufar de tambores dobra de intensidade[42], seguido do estrondo dos canhões... Acabou-se. A rainha deixa-se cair na cama... Os soluços sacodem-lhe o corpo emagrecido... Uma testemunha relata: «Ela sufoca de dor. O jovem príncipe está banhado em lágrimas. A princesa solta gritos agudos. Mas eis que, de repente, Maria Antonieta levanta-se e, ajoelhando-se diante do filho, presta homenagem ao novo rei de França. Assim, nesta sombria prisão, com este gesto simples, a rainha perpetua uma tradição milenar: "O rei morreu, viva o rei!"»

Aquela que, doravante, nos registos oficiais é denominada «a viúva Capeto» pediu trajes de luto... que lhe foram concedidos sem dificuldade. Neste plano, pelo menos, o governo não é sovina. Assim de negro vestida, Maria Antonieta passa os seus dias de cativeiro a tricotar junto à janela do quarto. Passa horas sem dizer uma palavra, enfiada num silêncio do qual só sai para se ocupar dos filhos. Já não alimenta ilusões sobre a sua sorte; no entanto, mais uma vez, o destino vai trazer-lhe um alento de esperança. Mas, antes de narrarmos uma aventura cujas peripécias fazem lembrar um romance policial, vejamos quais são as reacções de Fersen quando sabe da morte do rei. Em primeiro lugar, é vítima de um terrível mal-entendido: as notícias de França chegam aos emigrados apenas a conta-gotas; além disso, ao passarem por várias mãos, são frequentemente deturpadas. Assim, de início, Fersen acredita que toda a família real foi massacrada ao mesmo tempo que o rei. A sua dor é infinita; normalmente tão senhor de si, o conde sueco não resiste a expressar o seu desespero numa carta à irmã Sofia, a 26 de Janeiro, carta comovente devido à sua incoerência, que demonstra o quanto ele estava perturbado:

---

[42] Os rufos de tambor, cada vez mais fortes, tinham a finalidade de impedir Luís XVI de se fazer ouvir pela multidão, amontoada junto ao cadafalso.

«... Ah, tende piedade de mim, o estado em que me encontro só por vós pode ser concebido; perdi tudo o que tinha no mundo... Aquela que me fazia feliz, aquela por quem eu vivia, sim, minha querida Sofia, pois nunca deixei de a amar, não, não o podia nem um momento, e tudo, sim, tudo lhe teria sacrificado e sinto-o muito bem agora, aquela que tanto amei, por quem teria dado mil vidas, já não vive; oh meu Deus, por que me oprimir assim... Ela já não vive, a minha dor é terrível e não sei como continuar a viver, como suportar a minha dor, e nada a poderá apagar; tê-la-ei sempre presente na memória e será para a chorar sempre. Tudo está acabado para mim; ah, se eu morresse a seu lado, por ela e por mim e por ela e por eles a 20 de Junho, seria mais feliz do que levar uma triste existência em eternos lamentos que só acabarão com a minha vida; porque nunca a sua imagem adorada se apagará da minha memória, o meu coração... está muito infeliz e assim continuará enquanto viver.»

Grito de desespero, mas também de amor, e que nos faz lamentar que Maria Antonieta dele não tenha tido conhecimento; ter-lhe-ia dado um precioso conforto no fundo da sua prisão.

Alguns dias depois, fica finalmente a saber que Maria Antonieta continua viva; se esta notícia lhe dá a alegria que se imagina, não lhe alivia, porém, a angústia quanto à sorte da bem-amada, como o reflecte esta nova carta a Sofia:

«... não consigo deixar de temer este cúmulo de horror e de vilania; eles são capazes de tudo e esta ideia é desesperante; noite e dia ela persegue-me, em vão me quero consolar, em vão quero esperar...»

No entanto, passados alguns dias, Axel recupera um semblante de calma; se o seu coração continua alerta, a sua razão não pode conceber que um regime, seja ele qual for, condene à morte uma mulher sem defesa. Em Fevereiro de 1793, escreve a Sofia:

«Começo a ter alguma esperança na sorte da rainha e da sua família; não se fala dela, nem do seu processo, Deus queira que isso seja bom. Ninguém sabe o que isso significa, nem quais poderão ser as intenções dos celerados, mas não posso ficar tranquilo nem seguro; ora espero, ora desespero, e a apatia forçada em que me encontro, bem como a falta de notícias dela, aumentam as minhas dores; na minha sociedade, só falamos dela, das formas de a poder salvar, e mais não fazemos do que nos afligirmos e chorar a sua sorte.... A privação de notícias seguras, exactas e rápidas é mais um tormento...»

O calvário

Este tormento, sem qualquer dúvida, é partilhado por Maria Antonieta: algumas linhas do ser amado lançariam uma luz benfazeja sobre a sua solidão. Pelo menos, está tranquila por saber que Axel se encontra fora de perigo. Também ela teria muitas coisas a dizer a Axel, mas tem de guardar essas palavras no fundo do seu coração, sem esperança de algum dia poder comunicar-lhas: é um verdadeiro muro que os carcereiros ergueram à volta da rainha. No entanto, não existe muro tão hermético que não apresente brechas, como o demonstra o episódio seguinte.

Já sabemos que o charme de Maria Antonieta exerceu efeitos sobre o jovem Toulan, o comissário encarregado da sua segurança. Temos de supor que a impressão produzida pela sua prisioneira é muito forte, já que ela lhe insinua um projecto de uma temeridade louca: ajudá-la a evadir-se com os seus dois filhos e a cunhada! Nada menos!

Será este um sonho insensato? Não tanto. A torre do Templo, apesar do seu aspecto lúgubre, não é tão impenetrável como parece. Alguns habitantes do bairro, levados pela curiosidade, já entraram nela várias vezes a fim de verem mais de perto a mulher do «tirano». Se conseguiram entrar na torre, então é porque se pode sair; é isto que Toulan afirma à rainha. Apesar do tratamento que lhe é infligido desde há meses, esta mulher tem tanta força de viver no coração, tem tal vontade de dominar o destino, que nela se reacende logo uma chama de esperança. Todavia, antes de se lançar na aventura, a rainha quer ouvir a opinião de um dos seus últimos fiéis, o general Jarjayes. Este, alguns dias depois, vai então a casa do bravo Toulan, que, para afastar a desconfiança muito natural do general, lhe entrega um bilhete da rainha: «Podeis confiar no homem que vos falará de minha parte entregando-vos este bilhete. Conheço os seus sentimentos: passados cinco meses, ainda não mudou.»

Isto é suficiente para que Jarjayes peça para entrar no Templo a fim de ver com os seus próprios olhos as possibilidades de acção. Maria Antonieta, agora totalmente empenhada no projecto, envia-lhe um novo bilhete:

«Agora, se estais decidido a vir aqui, seria melhor que fosse muito em breve. Mas, meu Deus, tomai muito cuidado para não serdes reconhecido, sobretudo pela mulher que está aqui fechada connosco.»

Trata-se de Tison, uma megera, de maneiras tão vulgares quanto os traços do seu rosto; ela e o marido vivem também na torre, e a função do casal consiste em espiar as acções e os gestos da rainha. Apesar do perigo que os Tison representam, Toulan consegue introduzir Jarjayes no apartamento de Maria Antonieta. O general coloca-se logo ao serviço do plano de fuga. Para que este plano resulte, é preciso, evidentemente, recrutar outros cúmplices, como um certo Lepître, também ele comissário de serviço. Uma vez fora do Templo, a rainha e a sua família entrarão para uma carruagem, que seguirá a toda a brida para um porto da Mancha. Febril, ansiosa, mas sempre senhora de si mesma, a soberana está pronta a passar à acção, sem se preocupar com os riscos que corre. Mas é justamente este momento que Dumouriez – que comanda os exércitos da República no Norte – escolhe para se passar para o lado do inimigo a fim de escapar à detenção decidida pela Convenção. Este facto tem como consequência o reforço da vigilância em torno da família real. Agora, uma evasão em grupo é impossível; sozinha, a rainha podia tentar a sorte, mas recusa partir sem o novo rei de França, seu filho, e sem a filha. Reprimindo o desgosto e procurando a abnegação no coração, Maria Antonieta escreve a Jarjayes:

«Construímos um belo sonho, eis tudo, mas ganhámos muito com ele, encontrando nesta ocasião uma nova prova de vossa devoção por mim. A minha confiança em vós é ilimitada. Em mim, encontrareis sempre carácter e coragem; mas o interesse do meu filho é o único que me guia. Por muito feliz que me sentisse fora daqui, não posso consentir em separar-me dele. Não poderia desfrutar de nada sem os meus filhos e esta ideia não me deixa nenhum lamento.»

Impressionante firmeza de alma... Maria Antonieta, que tanto sonhara com esta evasão, domina a decepção... Do mesmo modo, exorta o general a não correr mais riscos inúteis e a deixar a França. Antes da sua partida, a rainha entrega-lhe uma impressão do seu selo, destinada a Axel, dizendo-lhe: «A marca que aqui junto, desejo que a entregais à pessoa que sabeis ter vindo ver-me de Bruxelas no Inverno passado, e dizei-lhe que a divisa nunca foi tão verdadeira.»

O que diz esta divisa à qual Maria Antonieta parece dar tanto valor? Por cima de um pombo em pleno voo, emblema do sueco que Maria Antonieta adoptou, estas poucas palavras, símbolos da afeição indefectível desta mulher: «Tudo me conduz para ti...»

Outro projecto de evasão, desta vez, obra do barão de Batz, que já tentara socorrer o rei, vai também falhar, mas este novo desaire não retira a esperança do coração da rainha. Nada poderá, então, abater este ser, que parece alargar os limites da sua vontade à medida que as desgraças se abatem sobre si?

No entanto, a rainha vai sofrer uma nova provação, pior do que todas aquelas que até então a atingiram: Chaumette, o novo procurador síndico da Comuna, cuja crueldade só é comparável à sua ausência de escrúpulos, não tem dificuldade em persuadir a Convenção de que é preciso retirar o pequeno Luís à sua mãe, sob o pretexto de fazer com que a criança perca «a noção do seu estatuto». Esta atrocidade sem razão não salvará, porém, o seu autor da guilhotina; como os actores do Terror se devoram uns aos outros, todos os carrascos do casal real conhecerão a mesma sorte que ele.

Assim, na noite de 3 para 4 de Agosto, a porta do quarto da rainha abre-se brutalmente para deixar entrar meia dúzia de homens, os comissários do render da guarda. Desperta do seu sono, Maria Antonieta começa por não perceber aquilo que um dos homens lhe diz, mas, subitamente, compreende e levanta-se, assustada. Com um gesto natural, o reflexo da mãe que quer defender o filho, a rainha escuda a criança com o seu próprio corpo. Durante mais de uma hora, enfrenta estes homens, executores impiedosos de uma ordem desumana... Durante uma hora, bate-se para salvar o seu bem mais precioso: este rapaz que ela ama ternamente, a sua «Flor de Amor»... Combate antecipadamente perdido, derradeiro combate para conservar o último tesouro que possuía... Tiraram-lhe a coroa, o marido, todos os bens, separaram-na do homem que amava, maltrataram-na, insultaram-na, humilharam-na, mas pelo menos, quando o desânimo se abatia sobre ela, podia apertar contra o seu coração aquele menino encantador que lhe dava força para viver... Agora, o que lhe resta? Que razão tem para continuar a viver? Por quem? Pelo quê? Como é que o seu coração tem ainda força para bater?

Nas suas *Memórias*, a filha da rainha relatou estes momentos de horror vividos pela mãe:

«Os municipais ameaçavam usar a violência e mandar subir a guarda para o levar à força. Uma hora se passou em trocas de palavras, em injúrias e em ameaças dos municipais, em defesa e em lágrimas de todos nós. Por fim, a minha mãe consentiu entregar o filho; levantámo-lo e, depois de o vestir, a minha mãe pô-lo nas mãos dos municipais, banhando-o de lágrimas, como se adivinhasse que nunca mais o veria. Este pobre pequeno abraçou-nos a todas e saiu a chorar com aquela gente.»

Maria Antonieta

Uma vez na posse do herdeiro da coroa, os responsáveis do Comité de Salvação Pública vão confiar a sua «educação» a uma pessoa embrutecida pela bebida, escolhida exactamente devido à sua pobreza de espírito, o sapateiro Simon. Este cumprirá com facilidade a «missão» que lhe foi confiada: é fácil agir sobre o espírito de uma criança de oito anos. No espaço de algumas semanas, Simon fará do seu «aluno» um perfeito pequeno «patriota», ou seja, um patife mal criado, rindo das grosserias dos municipais de serviço, esquecido da nobreza das suas origens e cantando convictamente a *Carmagnole* e *Ça ira*(*)...

Quanto a Maria Antonieta, privada do último sorriso da sua vida, só tem uma esperança: rever um dia o pequeno ser querido. Embora vivendo a poucos metros, os seus torcionários, por um novo excesso de crueldade, proíbem-na de se aproximar dele e até de se informar sobre a sua saúde. Só o seu coração lhe fala ainda do filho... E eis que, um dia, no terceiro piso da torre, a rainha apercebe-se de que, por uma brecha que ilumina um pouco a escada, pode ver o pátio onde o filho por vezes se passeia. A partir desse momento, passa longas horas frente a esta abertura minúscula, vigiando avidamente a presença da criança, e quando finalmente ele aparece, lágrimas de alegria inundam-lhe o rosto. Este é agora o seu último consolo. Portanto, que interessa a sua sorte? Que esta morte, uma vez que os seus inimigos já a condenaram, chegue o mais depressa possível e lhe dê a única forma de liberdade a que pode aspirar...

Contudo, no momento em que se vai fechar o último capítulo do seu destino, não faltou muito para que a rainha recuperasse a liberdade. Com efeito, mais uma vez, a sorte das armas inverteu-se: os exércitos da República recuam face aos ataques dos Austro-Prussianos. Estes em breve se apoderam de Valenciennes; bastava então enviar um corpo de cavalaria a Paris para retirar a soberana da sua prisão. Fersen afadiga-se como um diabo para convencer os Aliados a acabarem com a apatia e a agir. Mas eles não partilham os sentimentos de Axel pela rainha. No tabuleiro do xadrez político, que importância pode ter agora uma rainha deposta? Muito mais do que salvar a vida da tia, aquilo que preocupa o novo imperador da Áustria é poder arrancar à França alguma boa província. Por outro lado, no próprio campo dos monárquicos no exílio

---

(*) A *Carmagnole* e *Ça ira* eram duas conhecidas canções revolucionárias. (*N. T.*)

O calvário

veriam com pouco prazer a rainha recuperar a liberdade, o que obrigaria o conde de Provença a ceder-lhe a regência. Também não se pensa propor à Convenção uma troca de prisioneiros. Os Austríacos têm em sua posse vários comissários nacionais que lhes foram entregues por Dumouriez quando se passou para o campo deles; segundo alguns rumores, para os recuperar o governo francês estaria disposto a libertar a família real. Esta possibilidade permanecerá letra morta e Fersen está desesperado:

«Já não vivo – escreve ele à irmã Sofia – pois viver como faço, ou sofrer todas as dores, não é vida. Se pudesse ainda agir para a sua libertação, acho que sofreria menos, mas nada poder fazer, a não ser por solicitações, é terrível para mim.»

Por seu lado, face ao avanço do inimigo, a Convenção desorienta-se e, para dar satisfação à opinião pública, decide adiar a presença da «viúva Capeto diante do tribunal revolucionário», com o que esta medida significa. De facto, trata-se de um sinal enviado aos Imperiais para os incitar a negociar uma paz que preserve a integridade do território da República, mas este sinal não será aceite pela família de Maria Antonieta, que prefere deixá-la morrer...

Na noite de 1 para 2 de Agosto, mais uma vez, o seu quarto é invadido por vários homens, que lhe dizem que a vão transferir imediatamente para a prisão do Palácio da Justiça. Maria Antonieta não se comove nem se revolta; já não tem a força nem o desejo para tal; os seus carrascos tinham alcançado o seu objectivo: conseguiram secar a nascente da sua vida, ainda que não lhe tenham retirado nem a coragem nem a dignidade. Assim, é sem emoção que segue os comissários que a vieram buscar. Nova humilhação, tão inútil quanto estúpida: enquanto ela se veste, os guardas não saem do quarto e submetem-na a uma revista completa. Maria Antonieta arruma e leva consigo alguns objectos usados. Aquela que foi a mais elegante mulher do seu tempo, cujos vestidos e adereços enchiam dezenas de armários, que passava todas as manhãs duas horas nas mãos do cabeleireiro, não passa agora de uma mulher precocemente envelhecida, vestida como uma mendiga, mas, mesmo sob este aspecto, pelo olhar, pela postura, continua a ser a rainha... Maria Antonieta segue os comissários através dos meandros da fortaleza, curvando-se para passar pelas doze passagens estreitas e baixas, mas, na última, esquece-se de se baixar e bate com a cabeça. Michonis, um dos comissários, pergunta-lhe se se sente mal.

223

A rainha esboça um pequeno sorriso e responde-lhe:
«Oh, não. Agora, já nada me pode fazer mal.»

A notícia da presença da rainha diante do tribunal chega ao conhecimento de Fersen, que, mais uma vez, numa carta datada de 14 de Agosto, confidencia as suas angústias à irmã:
«Tendes certamente conhecimento da terrível notícia da transferência da rainha para as prisões do Palácio da Justiça e do decreto daquela execrável Convenção que a entrega ao tribunal revolucionário para ser julgada... Uma marcha rápida sobre Paris é tudo o que resta fazer para a salvar e horroriza-me a incerteza sobre se este projecto será adoptado e seguido. Ah, minha querida Sofia, só vós podeis sentir tudo aquilo que eu sinto; tudo está perdido para mim. Não consigo fazer nada; só penso na infelicidade desta desafortunada e digna princesa. Daria a vida para a salvar e não posso. A minha maior felicidade seria morrer por ela para a salvar. Adeus, minha querida e terna Sofia, rogai a Deus por ela e amai o vosso muito infeliz irmão.»

Tal como outros bilhetes da mesma natureza, Maria Antonieta não terá conhecimento deste, nunca saberá que o homem que ama continua unido a ela pelo pensamento e pelo coração. Alguns dias depois, Axel volta a partilhar as suas aflições com Sofia:
«Nada sabemos da infeliz rainha e temos de nos contentar com isso. Que posição terrível; penso nela incessantemente; muitos vezes até me censuro pelo ar que respiro quando penso que ela está fechada numa terrível prisão. Esta ideia dilacera-me o coração, envenena-me a vida e sinto-me incessantemente dividido entre a dor e a fúria.»

Estes trechos de cartas são citados com um propósito; demonstram que o coração da rainha não a enganou quando a guiou para Axel. A incapacidade de socorrer a amada exacerba o rancor do sueco contra os soberanos da Europa, que ele trata como criminosos iguais ao governo francês, composto, na sua opinião, por «celerados». Mais uma vez, expressa a sua dor numa nova carta:
«... Terei perdido tudo, mas os meus únicos lamentos vão para eles; resta-me a satisfação de ter cumprido o meu dever, de tudo lhes ter sacrificado; gostaria de poder sacrificar-lhes também a minha vida e dá-la-ia com prazer para os salvar. O estado em que a rainha se encontra, só, numa prisão infame, separada de tudo o que de mais querido tem no mundo, entregue a todo o horror das suas reflexões, este estado apresen-

O calvário

ta-se incessantemente à minha imaginação e desespera-me. Por que terei eu perdido todas as hipóteses de os servir e como é que a Providência permitiu tantas maldades? Possa esta Providência ouvir os meus votos e orações e salvá-los, possa eu ser feliz por voltar a vê-los; sem isso não haverá para mim mais felicidade no mundo e a minha triste existência passará a ser preenchida apenas de lamentos...»

Mas que pode fazer o desgraçado Axel, armado apenas com o seu amor, para salvar a infeliz mulher assediada por inimigos implacáveis? Não lhes basta terem-na atirado para uma cela; exigem o castigo supremo, como Hébert, que se admira, citemo-lo, «que seja preciso tanto tempo para julgar a loba da Áustria, que se peçam provas para a condenar, enquanto que, se lhe fosse feita justiça, devia ser retalhada como carne picada por todo o sangue que ela fez correr».

Como se pode ver, Hébert não tem meias palavras...

A mulher que é objecto de tão feroz ódio, o alvo sobre o qual todos os dias os panfletos republicanos derramam o seu excesso de fel, foi então atirada para um calabouço fracamente iluminado por uma janela estreita, mobilado com uma mesa manca, duas cadeiras velhas e uma cama de tiras de lona. Pelas paredes escorre humidade; no mesmo espaço, separados dela apenas por um biombo, dois guardas vigiam-na permanentemente, que, para fugirem ao tédio, fumam cachimbo atrás de cachimbo, jogam aos dados e bebem várias garrafas de vinho por dia. As coisas da rainha foram confiscadas pela municipalidade, que lhe deixou apenas dois vestidos, um branco e um preto; o seu pequeno relógio, última recordação da mãe, foi-lhe também retirado, e Maria Antonieta chorou quando teve de se separar dele... Um dos seus raros sinais de fraqueza.

Vendo-a a remendar a roupa usada, a lavar-se numa bacia minúscula, a acomodar-se a este quotidiano sórdido, poder-se-ia crer que a rainha esqueceu o fausto de Versalhes, que já não se recorda daquele turbilhão de festas das quais ela era a fada triunfante... Mais uma vez, a magia da sua presença age sobre aqueles que a rodeiam. O sorriso bondoso que lhe ilumina o rosto quando se dirige aos outros, esta cortesia delicada, uma cortesia de rainha, que acompanha cada uma das suas frases, fazem-na ganhar a simpatia daqueles que, ainda ontem, mandavam «a Austríaca» às gemónias. Madame Richard, mulher do comandante da prisão, a pequena Rosalie, a criada que a Convenção lhe atribuiu, depressa são conquistadas por Maria Antonieta e esforçam-se por lhe facilitar a vida na medida do possível. Os guardas que permanecem junto dela, comovidos pela sua gentileza, trazem-lhe flores. Michonis, o comissário encarregado de velar pelo seu isolamento, desafia as ordens e dá-lhe notícias dos filhos. A sorte dos seus filhos... essa é a sua única preocupação. Para eles convergem todos os seus pensamentos, cristalizam todas as suas angústias. Maria Antonieta escreve à filha:

«Quero escrever-vos, minha querida filha, para vos dizer que estou bem, estou calma, e ficaria tranquila se soubesse que a minha pobre filha se encontra bem. Abraços para vós e para a vossa tia, de todo o meu coração...»

Não há dúvida de que o seu coração continua a bater também por Axel; a última mensagem que Maria Antonieta lhe enviou permite-nos supô-lo, sem risco de nos enganarmos. Mas que sinais, cujo segredo só os amantes possuem, a informam de que Fersen continua a sentir por si um amor tão fervoroso? Pode a rainha adivinhar em que angústias vive ele agora, temendo a cada instante que lhe chegue uma notícia fatal? Isto, evidentemente, não podemos saber.

Os dias passam, mornos, longos, na expectativa do temível processo de que a rainha é ameaçada. Graças ao relato de Rosalie, sabemos um pouco como Maria Antonieta passava o tempo. Levanta-se muito cedo, por volta das sete horas, e bebe uma chávena de café ou de chocolate. Arranja-se graças a um pequeno espelho que lhe foi dado pela jovem criada, que acrescenta: «O seu penteado era muito simples; separava os cabelos à frente, depois de os ter polvilhado com um pouco de pó perfumado. Madame Hurel apanhava-lhe a ponta dos cabelos com uma fita branca, apertava-os com força e, depois, dava as pontas da fita à Senhora, que, atando-as ela própria no cimo da cabeça, dava à sua cabeleira a forma de um carrapicho móvel...»

Como estamos longe dos penteados engenhosos e arquitectónicos de Léonard... Maria Antonieta usa uma touca de luto sobre este carrapicho de simples burguesa e veste um dos seus dois únicos vestidos, o preto ou o branco. Entretanto, Rosalie dá uma arrumação na cela. Tal como no Templo, a Comuna, que recusa à prisioneira o mínimo favor, serve-lhe, em contrapartida, refeições tão suculentas quanto abundantes. Citemos novamente Rosalie: «A rainha era servida com talheres de estanho, que eu mantinha tão limpos e brilhantes quanto possível. Sua Majestade comia com bastante apetite; cortava a sua galinha ao meio e descobria os ossos com uma facilidade incrível... Depois de terminar, recitava em voz baixa a sua oração de acção de graças, levantava-se e caminhava. Para nós, era sinal para sairmos.»

O calvário

Os seus guardiões recusaram deixar-lhe a obra de tapeçaria em que ela trabalhava no Templo; como se fosse suicidar-se com as agulhas! Esta precaução, da parte de pessoas que tratam a pobre mulher com tanto rigor, pode surpreender. Mas, no fim deste mês de Agosto, a Convenção considera-a, acima de tudo, um refém precioso, tendo em vista eventuais negociações com as potências inimigas. Teoricamente, a rainha está em isolamento e só tem direito, como vimos, a comunicar com as poucas pessoas que a rodeiam. No entanto, estas regras são frequentemente quebradas; os seus carcereiros, principalmente o comandante Richard, não se coíbem de lhe levar visitantes, na sua maioria curiosos que se dão ao luxo de contemplar uma rainha de França prisioneira, espectáculo que não se vê todos os dias!

Estas visitas incomodam Maria Antonieta, que se limita a cumprimentar os importunos com um sinal de cabeça, sem lhes dirigir a palavra. E eis que, na tarde de 28 de Agosto, Michonis entra na cela da prisioneira acompanhado de um visitante, como já fizera antes. Maquinalmente, Maria Antonieta lança um olhar à pessoa que acabara de entrar e sente-se quase desfalecer... O coração da rainha bate desenfreadamente; aquele homem, ela conhece-o; é o cavaleiro de Rougeville. No passado 20 de Junho, dia em que o povo invadiu as Tulherias, ele foi um dos nobres que defenderam a família real, pondo em risco as suas próprias vidas. Pela sua coragem nessa noite, contribuiu para salvar a rainha; se hoje a visita, não pode ser por acaso nem por curiosidade... A tremer, Maria Antonieta não ousa levantar os olhos para o visitante. Rougeville, esse dedicado servidor da coroa, esse intrépido cavaleiro, saberá como retirá-la da prisão? Uma emoção intensa apodera-se da rainha, os seus olhos ficam banhados em lágrimas[43]... De repente, Rougeville retira dois cravos que trazia na botoeira e atira-os para perto do fogão que aquece a cela, ao mesmo tempo que faz sinal a Maria Antonieta para os apanhar; depois, sempre acompanhado por Michonis, retira-se. Aproveitando um momento de desatenção do guarda Gilbert, que se encontrava também na cela, a rainha, a tremer, apanha as duas flores; uma delas esconde um bilhete, que ela lê com dificuldade, tão fatigados estavam os seus olhos: «Nunca poderia esquecer-vos, tentarei

---

[43] Segundo alguns interrogatórios de testemunhas após a descoberta da trama.

sempre demonstrar-vos o meu zelo; se precisardes de 300 ou 400 luízes para aqueles que vos rodeiam, trá-los-ei na próxima sexta-feira.»

Quase inacreditavelmente, alguns minutos depois, o cavaleiro arranja maneira de voltar à cela da rainha. Desta vez vem sozinho e, em poucas palavras, expõe a Maria Antonieta a forma como planeia libertá--la... Se, porém, ela quiser correr o risco. Mas não é o risco que pode deter Maria Antonieta; de repente, ao reconhecer Rougeville, recuperou a vontade, como o diz ao jovem:

– Não é o perigo da minha vida que me afecta. Os meus filhos são a única coisa que me preocupa.

– Haveis perdido a coragem?

– Ainda que esteja fraca e abatida, o meu coração não o está.

Palavras notáveis, que demonstram que as provações sofridas não lhe esgotaram as fontes de energia. Ei-la novamente de pé, pronta a travar uma última batalha. Para auxiliar o plano de Rougeville, Maria Antonieta assegurara a fidelidade de dois dos seus guardiões que, até então, lhe tinham demonstrado interesse: o guarda Gilbert e Dufresne, o quartel--mestre.

Na noite de 2 para 3 de Setembro, tudo está pronto; por volta das onze horas da noite, Michonis e Rougeville entram no Palácio da Justiça. Michonis diz que a municipalidade decidiu transferir a rainha para o Templo, e o comandante Richard parece acreditar. Escoltada por dois guardas, Maria Antonieta só tem de transpor alguns metros para recuperar a liberdade; no pátio da prisão espera-a uma carruagem, que a levará a toda a brida para a Mancha, onde embarcará num navio. Como o coração da rainha deve bater neste momento em que a Providência decidirá a sua vida ou a sua morte... Mas, mais uma vez, a sorte vai ser--lhe recusada, como Rougeville contou nas suas *Memórias*:

«Já tínhamos passado todas as portas e só faltava a da rua, quando um dos dois guardas, a quem eu dera cinquenta luízes de ouro, se opôs, com ameaças, à saída da rainha.»

A descoberta do plano tem consequências muito nefastas para a rainha; revistam-lhe a cela todos os dias e noites, confiscam-lhe a roupa, reduzem-lhe a comida à porção mínima e transferem-na para outra cela, ainda mais hermeticamente fechada do que a primeira. O casal Richard, detido pela sua negligência, é substituído por um certo Bault, cujas maneiras rudes devem inspirar confiança à municipalidade. O único consolo da infeliz é poder conservar perto de si a condoída Rosalie.

O calvário

Em vários interrogatórios esgotantes, Maria Antonieta evita habilmente comprometer os seus cúmplices; também não se deixa cair nas armadilhas que lhe estendem. Mas esta mudança agitada, este novo rigor com que é tratada, acabam por lhe esgotar as forças. Sofre várias hemorragias que a deixam exangue. Sozinha, quase emparedada na sua prisão, que pode ela esperar senão a morte? Contudo, ainda não chegou ao fim do seu martírio.

XII

O martírio

Apesar das exigências de uma opinião pública cada vez mais obstinada contra a rainha, apesar dos apelos à morte que chegam de toda a parte, apesar das reclamações do acusador público Fouquier-Tinville, impaciente por acrescentar esta vítima de eleição ao seu palmarés de mortes, a Convenção não se resolve a abrir o processo da rainha. Alguns dos seus membros alimentam ainda a esperança de tirar vantagens frutuosas de uma eventual libertação da sua prisioneira, mas o que atrasa também o momento fatal é a magreza do *dossier* de acusação. Com efeito, não há qualquer prova material de que ela tenha fornecido informações militares ao inimigo; quanto ao resto, são apenas simples calúnias... O *dossier* da Austríaca está vazio? Não importa, o infatigável Hébert vai encarregar-se de o preencher! Com a sua delicadeza, que lembra a de um paquiderme numa loja de porcelanas, de todos os procedimentos velhacos, Hébert vai escolher o mais ignóbil. A 30 de Setembro, recebeu do sapateiro Simon, o «preceptor» de Luís XVII, um bilhete convidando-o a ir urgentemente falar com ele, um bilhete cuja reprodução fiel, respeitando a sua ortografia original(*), dá uma ideia das qualidades de educador do homenzinho:

(*) Transcreve-se a ortografia francesa do original, irreproduzível em português: «*Je te coitte bien le bon jour moi e mon est pousse Jean Brasse tas cher est pousse et mas*

Maria Antonieta

«Desejo bom dia eu e a minha mulher saudamos a tua mulher. Peço para não faltares ao meu pedido de falar contigo depressa. Simon, teu amigo prá vida.»

Que terá Simon de tão urgente a comunicar ao seu «amigo prá vida»? Tendo surpreendido o pequeno príncipe entregue a prazeres solitários, a fé republicana do homem sugere-lhe que, na origem dessas práticas, devia estar certamente aquela «Messalina da Maria Antonieta», e o sapateiro não tem dificuldade em fazer com que o miúdo confirme esta hipótese escandalosa. Pouco depois, diante de Hébert, Luís repetirá estas acusações e, para a satisfação dos seus interrogadores, que lhe perguntam se Madame Isabel também brincava às iniciadoras, ele aquiesce. Quando se conhece a tendência para a mentira das crianças da sua idade, quando se sabe o prazer que têm quando se sentem importantes, podemos compreender que Luís tenha um malicioso prazer em satisfazer os seus novos amigos e em repetir tudo aquilo que querem ouvir. Sem pensar na improbabilidade desta efabulação, cego pelo seu ódio visceral à rainha, Hébert esfrega as mãos. Desta vez, declara ele, «a Austríaca não escapa à lâmina!» Veremos de que modo infame utilizará a arma decisiva que ele pensa deter.

O isolamento em que Maria Antonieta é mantida faz com que, pelo menos, não tome para já conhecimento da horrível acusação; durante o processo, quando a confrontarem, a rainha rejeitá-la-á com toda a força da sua indignação. Mas se a rainha vai saber encontrar as palavras certas para criticar os caluniadores, as declarações arrancadas ao filho abrirão no seu coração uma ferida que a acompanhará até ao último momento do seu martírio. Prova disso é uma carta que escreveu à cunhada, três horas antes de morrer:

«Sei o quanto esta criança vos deve ter afligido. Perdoai-lhe, minha querida, pensai na idade que tem e como é fácil obrigar uma criança a dizer o que se quiser e até aquilo que ela nem compreende. Virá um dia, espero, em que ele perceberá melhor o valor de vossas bondades e da vossa ternura por nós.»

Antes deste último golpe contra a infeliz soberana, a questão do seu processo volta a estar na ordem do dia, agitada novamente por Fouquier--Tinville, para quem a morte da rainha constituiria o «coroar» da carreira.

---

petiste bon ami la petiste fils ent oublier ta cher soeur. Je tan prie de nes pas manquer a mas demande pout te voir ce las presse pour mois. Simon, ton ami pour la vis.» (N.T.)

O martírio

A 2 de Setembro, às onze horas da noite, os membros do comité de Salvação Pública reúnem-se para discutir mais uma vez a sorte da sua prisioneira. Atente-se na data e hora desta reunião; no mesmo momento, o cavaleiro Rougeville tenta libertar Maria Antonieta da prisão; está convencido de que o vai conseguir... Que se teria passado se ela tivesse conseguido escapar? Com que cara ficariam os defensores da sua execução, se tivessem constatado que a sua vítima desaparecera, para lugar incerto, privando-os de uma alegria tão desejada? Tal não acontecerá e, após uma noite de discussões, é decidido que Maria Antonieta deverá comparecer diante do Tribunal Revolucionário, ou seja, que será condenada. Para evitar a surpresa desagradável que seria um julgamento justo, o próprio Fouquier-Tinville escolheu a dedo novos jurados em quem podia confiar. Quanto a Hébert, entregou nas mãos do acusador público o famoso relatório sobre as «manobras» da rainha.

Ainda que não tenha sido informada disso oficialmente, Maria Antonieta duvida de que a sinistra comédia do seu processo chegue à sua fase final. Desde 5 de Outubro que tem de suportar a presença na cela de um novo vigilante, o tenente Louis-François de Buines. Esta medida não provoca qualquer reacção na rainha; agora está preparada para suportar tudo. A sua saúde está pior, as hemorragias são cada vez mais frequentes e, além disso, sofre com o frio. Bault, o novo comandante da prisão, que ousou transmitir o pedido de um cobertor feito pela rainha, vê-se ameaçado da guilhotina por ter tido tal audácia!

O processo deve começar no dia 14 de Outubro, mas, na noite de 12 do mesmo mês, a rainha é retirada da cama para sofrer um primeiro interrogatório. A descrição dos pormenores deste interrogatório, tal como do processo que se irá seguir nos próximos dias, não faz parte do objectivo deste livro; interessam-nos, sobretudo, as reacções de Maria Antonieta, o seu comportamento, a sua resistência corajosa aos ataques de que é vítima, bem como as reflexões que Fersen anota no seu Diário íntimo. Mesmo à distância, o coração de Axel continua a bater em uníssono com o de Maria Antonieta, facto que é reflectido nas suas notas:

«Sexta-feira, 11 de Outubro – As Gazetas do dia 5 nada dizem da rainha e isso faz-me tremer e temer que o processo já se iniciou. Infelizmente, creio que a sua condenação é certa... O mais cruel é o constrangimento a que me vejo forçado.

Maria Antonieta

«Sábado, 12 – As notícias sobre a rainha são um pouco mais tranquilizadoras. O acusador público queixa-se de não ter provas; decreta-se que lhas dêem, pelo menos é um atraso...

«Domingo, 13 – Tendo o acusador se queixado de não ter as provas para o processo da rainha, foi decretado que ela seria julgada em duas horas. Isto não me parece verdadeiro nem sequer possível... Mesmo que não existam provas contra esta infeliz rainha, nada se pode esperar de celerados que as fabricam e que condenam até baseados em asserções vagas e suspeitas... Resignemo-nos à vontade divina, a sua condenação é certa, temos de nos preparar para isso e reunir força suficiente para suportar esse golpe terrível. Já há muito que me preparo para isso... Só Deus a pode salvar, imploremos a Sua misericórdia e sujeitemo-nos aos Seus decretos.»

Podemos imaginar como Axel se confessa a si mesmo, a tortura moral que sofre, por vezes a sua fúria face ao implacável destino que condena sem apelo a mulher da sua vida e também o seu ódio contra aqueles que agem como instrumentos desta condenação. Será que Maria Antonieta, no fundo do seu cárcere, adivinha o desespero vivido pelo jovem sueco? É muito possível, pois os corações que amam têm intuições estranhas e o da rainha é de uma extrema sensibilidade. Ninguém saberá qual foi o adeus silencioso que, no momento de deixar este mundo, ela dirigiu ao homem a quem tinha dado o seu amor; como a conhecemos, podemos supor que foi tão fervoroso quanto a paixão que lhe habitou o coração durante quase vinte anos...

Diante dos seus carrascos – não se pode chamar juízes a pessoas que só aí estão para a condenar e cuja obediência cega a Robespierre constitui a única lei –, Maria Antonieta vai defender-se com energia e inteligência, sem nunca renunciar à dignidade que permanece ligada ao seu estatuto, mesmo em tais circunstâncias. Quando entra na sala do tribunal, no seu vestido preto usado, com o cabelo precocemente grisalho, silhueta emagrecida, traços marcados e como que abatidos, o peso dos seus sofrimentos reflecte-se em toda a sua pessoa. Um murmúrio de admiração acolhe a entrada da rainha, de tal modo o seu aspecto físico surpreende a multidão, uma multidão ávida de ver a «traidora» e de a ouvir ser condenada, uma multidão em que as chamadas *tricoteuses*[*]

---

[*] As *tricoteuses* eram mulheres que, neste período revolucionário, assistiam a julgamentos e a vários actos populares enquanto tricotavam. (*N.T.*)

O martírio

se distinguem pelo seu ódio e insultos. No entanto, durante os dois dias de audiência, apesar do cansaço que a esmaga, obstinada num esforço violento, esta filha de imperadores, esta rainha de França esconderá o mínimo sinal de desfalecimento.

Resumamos em poucas palavras os factos que lhe são imputados: conluio com o inimigo, esbanjamento de fundos públicos, influência nefasta sobre as decisões de Luís XVI e comportamento privado escandaloso. Não há dúvida de que, sobre os três primeiros pontos, as acusações são parcialmente verdadeiras, mas, durante o processo, nenhum documento, nenhuma prova as apoiou. O caos em que então estava a administração do Estado não permitiu que se encontrassem as provas que teriam constituído argumentos irrefutáveis contra Maria Antonieta. Fouquier-Tinville, tal como Hermann, que preside às sessões, são então obrigados a conformar-se e a recorrer a testemunhas mais ou menos suspeitas e a rumores pouco fiáveis. Com uma lucidez impressionante em tais circunstâncias, Maria Antonieta refuta com rigor todas as acusações que lhe imputam. No que respeita às informações militares que forneceu, é verdade que as suas negações roçam a má-fé. Mas poderia ela oferecer mais armas a juízes que estão ali para a condenar? Além disso, como já dissemos, quando Maria Antonieta comunicou ao irmão o plano de batalha dos exércitos franceses, no seu espírito, era a Revolução que estava a combater e não a França, já que a França, segundo a antiga tradição real, identificava-se com a própria pessoa de Luís XVI.

Quanto ao último ponto da acusação, ou seja, às suas alegadas infâmias, Fouquier-Tinville está igualmente limitado a evocar as bisbilhotices das criadas. É então que Hébert, com o seu ignóbil depoimento acerca do filho da acusada, crê fornecer um testemunho decisivo contra a rainha. Como um dos jurados insiste para que a rainha responda às alegações de Hébert, Maria Antonieta não consegue conter a indignação; levantando-se da sua cadeira, com a voz a tremer de emoção, declara:

«Se não respondi, é porque a natureza recusa-se a tal acusação feita a uma mãe...», e, voltando-se para a multidão, acrescenta: «Dirijo-me a todas aquelas que se podem encontrar aqui.»

Ao comentar as reacções provocadas pela réplica da rainha, uma testemunha da cena escreverá:

«Face a esta declaração sublime, uma corrente magnética passa pela assistência. As *tricoteuses*, contra vontade, sentem-se comovidas; pouco faltou para aplaudirem. Ouvem-se gritos e o tribunal ameaça aqueles que perturbam a ordem.»

Quando Robespierre toma conhecimento deste incidente, fica furioso com Hébert. O seu sentido político faz-lhe perceber a enorme estupidez cometida pela sinistra personagem. «Aquele imbecil do Hébert – declara ele no comité de Salvação Pública – não lhe devia ter fornecido este triunfo de interesse público.»

Sabemos que Hébert só sobreviverá alguns meses àquela que ele caluniou de forma tão infame; na presença do carrasco, mostrará uma cobardia em conformidade com os sentimentos que o habitam.

Face à ausência de provas irrefutáveis contra si, Maria Antonieta tem de esperar. Numa sala contígua à Grande Câmara, aguarda o veredicto. A ansiedade secou-lhe a garganta e o tenente Buines traz-lhe um copo de água. Por causa deste copo de água e por ter cumprimentado a rainha com respeito, o jovem oficial será detido pouco depois. É um incidente que nos dá uma ideia sobre o clima em que se vivia e que explica que Antonieta – como é chamada no julgamento – nada tem a esperar dos seus juízes, nem equidade nem piedade. Da leitura da sentença, retém apenas estas palavras: «A morte.»

Assim, Fouquier-Tinville e os seus cúmplices cumpriram a missão funesta de que tinham sido incumbidos; podem voltar para casa de espírito tranquilo, já que não se pode dizer o mesmo das suas consciências. Como escreve André Castelot, «é uma assembleia de moribundos que se separa». A maioria dos carrascos não sobreviverá muito tempo à sua vítima.

Mergulhada numa espécie de nevoeiro, andando como um autómato, a rainha é reconduzida à prisão do Palácio da Justiça. Apesar da sua extrema debilidade, não quer dar a quem a observa a satisfação de a verem desfalecer. O seu corpo está esgotado e, se treme, é de fadiga e não de medo. Naqueles últimos momentos de vida que lhe restam após o julgamento, o coração de Maria Antonieta não fraquejará; por vezes, algumas lágrimas brilham-lhe nos olhos, únicos reflexos da emoção que a oprime. A rainha vai legar à posteridade um testemunho que atesta a firmeza da sua alma: uma carta que dirige a Madame Isabel: «É a vós, minha irmã, que escrevo pela última vez; fui condenada não a uma morte vergonhosa, só o é para os criminosos, mas a ir juntar-me ao vosso irmão. Inocente como ele, espero mostrar a mesma firmeza nos últimos momentos. Estou tranquila, como se está quando a consciência nada

O martírio

tem a censurar; tenho muita pena de abandonar os meus "pobres filhos"; sabeis que só vivia para eles e por vós, minha boa e terna irmã. Soube pelo advogado de defesa que a minha filha foi separada de vós? Infelizmente, não ouso escrever-lhe, pois a pobre criança não receberia a minha carta; nem sei se esta vos chegará. Recebei por eles dois, aqui, a minha bênção, espero que um dia, quando forem mais crescidos, se possam reunir a vós[44] e desfrutar completamente de vossos ternos cuidados; que os dois pensem naquilo que nunca deixei de lhes inspirar; que os princípios e a prática dos seus deveres sejam a primeira base da vida; que a sua amizade e confiança mútua lhes dê a felicidade; que a minha filha sinta que, na sua idade, deve ajudar sempre o irmão pelos conselhos que a sua maior experiência e a sua amizade lhe poderão inspirar; que sintam os dois, enfim, que, independentemente da posição em que se encontrem, só serão verdadeiramente felizes se unidos; que sigam o nosso exemplo, o quanto nas nossas infelicidades a nossa amizade nos deu consolo, e na felicidade desfrutamos duplamente quando a podemos partilhar com um amigo, e onde encontrar felicidade mais terna e mais verdadeira do que na própria família? Que o meu filho nunca se esqueça das últimas palavras do pai, que lhe repito expressamente, que nunca procure vingar a nossa morte...»

Em seguida, a rainha evoca o doloroso episódio do testemunho do filho por ocasião das calúnias proferidas por Hébert já aqui citadas; após o que, ela conclui:

«Morro na religião apostólica e romana, na dos meus pais, naquela em que fui educada e que sempre professei; não espero nenhum consolo espiritual, não sei se ainda existem aqui padres desta religião, e mesmo o lugar onde estou expô-los-ia demasiado se alguma vez aqui entrassem. Peço sinceramente perdão a Deus por todas as faltas que tenha cometido desde que existo; espero que na Sua bondade Ele queira receber os meus últimos votos, assim como aqueles que faço há muito para que Ele queira receber a minha alma na Sua misericórdia e bondade. Peço perdão a todos aqueles que conheço e a vós, minha irmã, em especial, por todos os sofrimentos que, sem o querer, lhes causei. Perdoo a todos os meus

---

[44] Este desejo nunca se realizará, pois Madame Isabel subirá também ao cadafalso e Luís XVII morrerá em circunstâncias cujo mistério ainda está por desvelar. Só a filha da rainha sobreviverá.

inimigos o mal que me fizeram. Despeço-me das minhas tias e de todos os meus irmãos e irmã. *Eu tinha amigos. A ideia de me separar deles para sempre e as suas dores são um dos maiores lamentos que levo ao morrer; saibam, pelo menos, que, até ao meu último momento, pensei neles.*

«Adeus, minha boa e terna irmã; possa esta carta chegar até vós! Pensai sempre em mim, abraço-vos de todo o meu coração, assim como aos meus pobres e queridos filhos. Meu Deus, é terrível deixá-los para sempre! Adeus! Adeus! Quero agora ocupar-me apenas dos meus deveres espirituais. Como não sou livre nas minhas acções, enviar-me-ão, talvez, um padre ajuramentado(*), mas declaro aqui que não lhe direi uma palavra e que o tratarei como um ser absolutamente estranho.»

Algumas linhas desta carta foram sublinhadas intencionalmente pela autora, pois, sem qualquer dúvida, ao escrevê-las, sem o nomear, é em Axel que ela pensa; adeus supremo, adeus tanto mais patético porquanto deve manter-se silencioso, derradeiro apelo de um coração àquele que o fez palpitar em segredo durante tantos anos. Perto dela, numa mesa, duas velas continuam a arder com uma chama vacilante, como esta vida que, em breve, se extinguirá...

Enquanto a Paris revolucionária se prepara para a «festa» que os seus novos senhores lhe prometeram, enquanto milhares de soldados assumem posição nos locais estratégicos da cidade, Maria Antonieta está estendida na sua cama, sem se preocupar com o oficial da prisão, que substituiu o tenente Buines, «culpado» de lhe ter dado um copo de água. Agora que a sua sorte está determinada, que já não está naquela sala do tribunal, exposta aos olhares odiosos da multidão, deixa o coração dar livre curso ao desgosto que até então retivera. De madrugada, a fiel Rosalie entra na cela e propõe à rainha que beba um pouco de caldo quente:

«Minha filha, tudo acabou para mim, já não preciso de mais nada...», diz-lhe ela.

Mas como esta resposta fez aparecer lágrimas nos olhos da criada, Maria Antonieta rectifica logo:

«Trazei-me o vosso caldo, Rosalie, e regressai por volta das oito horas...» Quando a jovem regressa às oito horas, a rainha encontrou no coração novas forças para cumprir a última estação do seu calvário.

(*) O padre ajuramentado é um clérigo que jurou fidelidade aos princípios da Revolução. (*N.T.*)

O martírio

Deseja morrer vestida com o seu vestido branco, a cor de luto das rainhas. Enquanto ela se despe, Rosalie põe-se à sua frente para a esconder dos olhares do oficial da prisão. Este, como funcionário zeloso, não gostaria de perder esta última oportunidade para humilhar «a Austríaca». Maria Antonieta tenta despertar nele uma aparência de humanidade:

«Em nome da honestidade, Senhor, permiti-me que troque de roupa sem testemunhas...», diz-lhe ela.

«Não posso consenti-lo. As minhas ordens são para não desviar os olhos de todos os vossos movimentos», replica este digno «patriota».

Maria Antonieta terá então de se vestir diante desta grosseira personagem, mas aceita esta nova afronta sem protestar. É a vez de o abade Girard, um padre ajuramentado, lhe propor agora os serviços do seu ministério. Fiel aos seus princípios, a rainha recusa-o com firmeza. Girard insiste:

«Madame, que se dirá quando se souber que haveis recusado os serviços da religião nestes supremos momentos?»

«Direis que a misericórdia de Deus assim o quis...», responde ela. Resposta muito digna de uma rainha que vai morrer. Tudo o que ela aceita é que o padre a acompanhe na carroça que a conduzirá à morte. Para muitos historiadores, a resposta que Maria Antonieta deu ao abade deixa no ar uma dúvida e tende a dar crédito às declarações do abade Magnin, um verdadeiro padre, segundo as quais a rainha teria recebido a absolvição em segredo alguns dias antes.

Aqueles que condenaram a rainha não ficam satisfeitos com o seu martírio. Avidamente, aproveitam os últimos momentos que precedem o suplício para acumularem as afrontas. Porquê atar-lhe as mãos às costas com tanta força? Cortar-lhe os cabelos com tanta brutalidade? Levá-la para a guilhotina numa carroça aberta e oscilante? Luís XVI tivera, pelo menos, direito a uma carruagem!... Esta ferocidade gratuita, no espírito daqueles que a praticam, é uma forma de exibirem o zelo para com a República, enquanto que, na verdade, a desonram. A Revolução Francesa, cuja ambição era fazer soprar um vento de fraternidade pelo país, teria merecido outros servidores...

Por volta das onze horas, o cortejo põe-se em marcha, rodeado de uma nuvem de guardas e precedido pelo actor Grammont a cavalo... Um actor. Só faltava este para ilustrar a sinistra paródia de justiça a que se assiste! Para dar mais relevo ao seu papel, faz gestos com a espada, enquanto grita à multidão:

«Ei-la, a infame Antonieta está feita, meus amigos!»

A populaça juntou-se ao longo do percurso, com as *tricoteuses* na primeira fila. Gritos de morte acompanham o lento progresso da carroça, mas Maria Antonieta parece não ouvi-los, tal como parece não ver os rostos retorcidos pelo ódio que se voltam para ela. Durante este caminho que a leva ao suplício, como é que, nestes mesmos lugares, não deixaria de rever outras imagens? Como é que o passado não brotaria repentinamente para lhe oprimir o coração? Há vinte e três anos, uma jovem delfina, em todo o brilho da sua beleza e felicidade, percorria esta mesma rua de Saint-Honoré debaixo dos vivas de uma multidão entusiástica. Como era sedutora esta princesinha de quinze anos, que um dia seria a rainha de França que todo um país acarinhava! Como parecia sorrir o destino que se lhe anunciava! Como é que esta adulação não deixaria de dar a volta à sua bonita cabeça? Esta bonita cabeça que, hoje, um povo enfurecido reclama aos gritos...

«Morte à Austríaca!»

Aquela mulher, que junta a sua voz à dos enraivecidos, é uma antiga criada do castelo; Maria Antonieta reconheceu-a... Decididamente, ninguém dará a esmola de um sorriso à condenada; apresenta-se completamente sozinha face à morte... Este pensamento, se lhe atravessa o espírito, não lhe diminui a resolução. Tanto pior para os seus inimigos, que tanto desejavam vê-la desfalecer, suplicar pela vida, prostrar-se aos pés do algoz... A rainha está de pé, silhueta frágil, tão diáfana que parece que um sopro a poderia abater... No entanto, está já fora deste mundo. A lei dos homens já nada pode contra ela...

Meio-dia. A carroça chega à praça da Revolução – a actual praça da Concórdia. Maria Antonieta pode ver agora a guilhotina erguer-se em direcção ao céu; máquina de matar cujo poder fez de instrumento do governo; mas nem esta visão funesta lhe perturbou a firmeza. «A marafona foi audaciosa e insolente até ao fim», comentará lamentavelmente o miserável Hébert.

Não, não é a guilhotina que Maria Antonieta contempla nesse instante; virou a cabeça para as Tulherias, e talvez outras visões lhe surgissem na memória... A de um jovem casal de príncipes a fazer a sua entrada em Paris, a chegar a esta mesma praça, que se chamava então praça Luís XV, enquanto que, à sua volta, o bravo povo de Paris manifesta a sua alegria...

O martírio

«Tendes aqui duzentos mil apaixonados, Madame...», diz ao ouvido da delfina uma voz cortesã... Duzentos mil apaixonados!... Quantos milhares serão hoje os que esperam com impaciência o momento em que o carrasco terminará a sua tarefa? Maria Antonieta não quer fazer esperar mais esta multidão ávida de sangue... Sem qualquer ajuda, com o seu passo ligeiro, elegante como o de uma bailarina, a rainha sobe os degraus do cadafalso... Sobe com tanta pressa que perde um dos seus sapatos e, chegada junto à guilhotina, pisa o pé do algoz:

«Senhor, peço-vos perdão, não fiz de propósito.»

São as últimas palavras de uma rainha que, neste momento exacto, se tornou uma mártir.

Para satisfazer o seu público, o carrasco só tem de concluir a sua sinistra mascarada; agarrar na cabeça da supliciada e mostrá-la à multidão... Uma multidão que, lentamente, esvazia a praça, agora que já nada há para ver. Além disso, não é altura de ir regar copiosamente este «dia de glória»?

A notícia da morte da rainha, que depressa se vai espalhar pela Europa, provoca apenas uma compaixão de circunstância nas cortes estrangeiras. Em Viena, o sobrinho de Maria Antonieta, o imperador Francisco, limita-se a ordenar o luto e abstém-se durante algumas semanas... de ir ao teatro. O conde de Provença declara, sem emoção, que se deve dizer missas... mas verifica que, entre ele e a coroa de França, só existe uma criança cuja sorte é muito incerta. O seu cálculo revelar-se-á exacto e, ao aceitar voltar a França sob a protecção do inimigo, tornar-se-á no «rei Luís XVIII», tal como esperava.

Napoleão, o soberano produzido pela Revolução Francesa, ao desposar a arquiduquesa Maria Luísa tornar-se-á sobrinho por aliança da defunta rainha. O que não o impedirá de julgar com a lucidez habitual o comportamento da sua nova «família».

«Uma máxima instituída na casa de Áustria consistia em guardar um silêncio profundo sobre a rainha de França. Ao nome de Maria Antonieta, baixavam os olhos e mudavam de conversa, como que para fugirem de um assunto desagradável e embaraçoso. É uma regra adoptada por toda a família e recomendada aos seus agentes no exterior.»

Então, nenhum pensamento terá assim acompanhado o suplício da rainha? Terá o seu coração parado sem que outro coração se lhe viesse juntar? Não. Pelo laço misterioso que une os seres que se amam, Axel de Fersen nunca deixou de estar perto dela. Alguns dias após a morte da rainha, escreveu à irmã:

«Aquela por quem eu vivia, aquela que eu tanto amava, por quem teria dado mil vidas, já não vive. A minha dor é terrível e não sei como ainda vivo, não sei como suportar a minha dor e nada a poderá alguma vez acalmar; tê-la-ei sempre presente na memória, e isso para a chorar sempre... Ah, por que não morri ao seu lado e por ela no dia 20 de Junho... A sua imagem persegue-me e seguir-me-á sempre e em toda a parte. Desgraçadamente, dela só me resta a recordação, mas conservá-la--ei e só me deixará com a vida...»

Axel iria manter o seu juramento e nunca deixar de pensar naquela que lhe iluminara a existência. Incessantemente, esta data de 20 de Junho de 1791, em que ele deixara partir a mulher que amava sem a acompanhar, regressa-lhe aos pensamentos como um remorso lancinante. Como Axel teria desejado oferecer-lhe a vida nesse dia... Estranha vontade do destino: o conde de Fersen morreu num 20 de Junho, também ele massacrado por uma multidão em revolta. Assim, juntava-se na morte àquela que tanto amara.

Não é possível que, no momento em que parou de bater, o coração da rainha não tenha sentido os ecos deste amor eterno...

Índice

Introdução 9
    I. A razão de Estado 11
    II. «Nada» 27
    III. Em busca do prazer 41
    IV. O encontro 57
    V. Viver sem ele 79
    VI. O regresso do amado 95
    VII. Um certo colar 107
    VIII. Noite de armas e de amor 127
    IX. Assalto à Austríaca 149
    X. «Fiquei lá» 183
    XI. O calvário 207
    XII. O martírio 231